英国王妃の事件ファイル④

貧乏お嬢さま、吸血鬼の城へ

リース・ボウエン　田辺千幸 訳

Royal Blood

by Rhys Bowen

コージーブックス

ROYAL BLOOD
(A Royal Spyness Mystery #4)
by
Rhys Bowen

コーンウォールの美しいマナーハウスでいつもわたしたちを温かく迎えてくれる義理の妹メアリー・ヴィヴァンに、この本を捧げます。あの家では、レディ・ジョージアナもさぞくつろげることでしょう。

謝辞

バークリーの素晴らしいチームである編集者のジャッキー・キャンター、広報係のメーガン・スワーツ、エージェントのメグ・ラリーとクリスティーナ・ホグレブ、そして我が家のアドバイザー兼編集者であるクレアとジェーンとジョン、いつもありがとう。

貧乏お嬢さま、吸血鬼の城へ

主要登場人物

ジョージアナ（ジョージー）……ラノク公爵令嬢
ビンキー……ラノク公爵。ジョージーの異母兄
フィグ……ラノク公爵夫人。ビンキーの妻
べリンダ……ジョージーの学生時代からの親友
ダーシー・オマーラ……アイルランド貴族の息子
メアリ王妃……英国王ジョージ五世の妃。皇太子デイヴィッドの母
クイーニー……ジョージーのメイド
レディ・ミドルセックス……ジョージーのお目付け役。英国高等弁務官の妻
シャンタル……レディ・ミドルセックスのメイド
ミス・ディアハート……レディ・ミドルセックスの同行者
マリア（マッティ）・テレサ……ルーマニアの王女
ニコラス……ブルガリアの皇太子
ピリン……ブルガリア軍の司令官。陸軍元帥
ドラゴミール……ブラン城の執事。伯爵
アントン……ブルガリアの王子
ジークフリート……ルーマニアの王子。マリアの兄
ハンネローレ……ドイツの王女
パトラスク……ルーマニア秘密警察長官

1

ラノクハウス
ベルグレーブ・スクエア
ロンドンW1
一九三二年一一月八日　火曜日

何日も霧が続いている。ロンドンの家にひとりで閉じこめられて、そのうち頭がおかしくなりそう。

一一月のロンドンはとにかく胸糞が悪い。もちろん、ちゃんとした淑女がこんな言葉を使うべきでないことはわかっているけれど、この一週間というものベルグレーブ・スクエアをすっぽり包んでいる、豆のスープのように濃厚で、じめじめしていて、骨まで凍りつくような霧にふさわしい言葉がほかにあるだろうか。わたしたちのロンドンの別宅ラノクハウスは、もっとも快適な時期でさえ暖かくて居心地がいいとは言えないが、家族が住んでいて、使用人が大勢いて、全部の暖炉で赤々と火が燃えていたなら、まあとりあえず我慢はできる。だがいまはわたしひとりきりで、使用人はだれもおらず、部屋を暖めるすべはまったくない。こんなことを言ったからといって、わたしがいつも寒がっている病弱で意気地のない人間だとは思わないでほしい。実家であるスコットランドのラノク城では、わたしはだれよりも頑健だ。凍《い》てつくような朝も遠乗りに出かけるし、どんなときでも窓は開けたまま眠ることにしていた。だがこのロンドンの寒さはわたしが知るどんなものとも違っていた。まるで骨に直接染み入るようだ。ずっとベッドの中にいたいという誘惑にかられるのも無理はないと、わかってもらえると思う。

それでもわたしが朝起き出し、セーターを三枚重ねにして、まだ比較的暖かい台所へと駆けおりていくのは、ベッドから出なければならない理由があったわけではなく、重症の肺炎にでもならないかぎりごろごろと寝ていたりするものではないという、乳母の厳しいしつけのたまものだった。

その日の朝、台所で背中を丸めて紅茶を飲んでいると、上の階のドアマットに郵便物が落ちる音が聞こえた。ロンドンに知り合いはほとんどいないから、これは重大事件だ。階段を駆けあがり、玄関のドアマットから手紙を拾いあげた。それも二通。胸を躍らせたところで、そのうちの一通が義理の姉のひょろひょろとした筆跡で書かれていることに気づいた。まあ、まあ。いったい何の用かしら？　フィグは切手を無駄にするのを嫌うから、必要もないのに手紙を書いたりはしない。

二通目の手紙を見て鼓動がさらに激しくなった。王室の紋章があり、バッキンガム宮殿から送られてきている。暖かい台所に戻るだけの時間も待てず、その場で封を切った。王妃陛下の個人秘書からの手紙だった。

親愛なるレディ・ジョージアナ

ご都合がおつきになるようでしたら、一一月一〇日木曜日の宮殿の昼食会にお越しいただければうれしいとメアリ王妃陛下が申しております。ご相談したいことがあるそうですので、少し早め、一一時四五分くらいにお越しくださればば幸いです。

「やだ、嘘」わたしはつぶやき、女学生みたいな言葉づかいはいい加減卒業すべきだろうと思った。ひとりきりのときなら、四文字の罵《のの》り言葉を使ってもいいかもしれない。王妃陛下からバッキンガム宮殿の昼食会に招待されるのは名誉なことだと普通は考えるだろうが、わたしは望みもしないのにこれまでも何度か招待されていた。ジョージ国王がわたしの親戚だということもあるが、ロンドンで暮らすようになって以来、メアリ王妃から続けざまにちょっとした任務を与えられていたのだ。厳密に言えば、〝ちょっとした〟どころではなく、皇太子の新たな愛人であるアメリカ人女性についてスパイをするようなことだ。数カ月前には、英国を訪れていたドイツの王女とお付きの人間の世話を押しつけられた――使用人もおらず、食べ物を買うお金すらないわたしには不似合いな任務だが、もちろん王妃さまにノーとは言えない。

王室とつながりのある人間が、なぜ使用人もおらず、食べ物を買うお金もなく、ひとりで暮らしているのかと疑問に思う人もいるかもしれない。悲しいことに、わたしの家はひどく貧乏だ。父は財産のほとんどを賭け事に費やし、残っていたものも一九二九年の株価大暴落で失った。現公爵である兄のビンキーはスコットランドにある先祖代々の地所で暮らしていて、わたしもそこにいてもよかったのだが、兄の妻のフィグから厄介者扱いされたのだ。

フィグからの手紙を見ると、ため息が出た。いったい何の用だろう？　体が冷え切ってこれ以上寒い廊下に立っていられなくなったので、台所に戻り、コンロのそばに座ってから封を切った。

親愛なるジョージアナ

元気でやっていることと思います。ロンドンの天気は、強風が続くこのあたりよりは穏やかなのでしょうね。わたくしたちの予定を知らせておきます。今年の冬はロンドンの別宅で過ごすことにしました。あの事故のあと、長いあいだベッドに臥《ふ》せっていたせいでビンキーはまだ本調子ではなく、ポッジもひどい風邪を繰り返しているので、いくらか暖かな場所で芸術に触れるのもいいだろうと思うの。来週中にはラノクハウスに行くつもりです。ビンキーに訊いたところ、あなたの家事能力はたいしたものなのですってね。あなたがきちんと準備を整えてくれるのだから、余計な費用をかけて、あらかじめ使用人をそちらに行かせる必要はないでしょう？　あなたを頼りにして大丈夫ね？それから、そちらにいるあいだに、あなたのために何度かパーティーを開かなくてはいけないとビンキーは考えているようです。あなたの社交シーズンには莫大なお金をかけたと何度も言ったのに。あなたにはふさわしい相手に嫁いでもらいたいと、ビンキーは願っています。こんな厳しい時代だから、そうしてくれればわたくしも心配の種が減るというものだわ。あなたにはちゃんと自分の務めを果たしてもらわないと。ジークフリート王子のときのように、わたくしたちが紹介する男性を袖にしたりはしないでちょうだいね。ジークフリート王子はマナーも完璧だし、ひょっとしたら、いずれ国王になるかもしれないというのに。あなたはもう若くないんですからね。女は二四歳になったら――あなたももうすぐよ――売れ残りだと言われることを忘れないように。花は色あせるものなのよ。

そういうわけで、わたくしたちがそちらに行く準備をしておいてください。近頃の旅費は高いので、最低限の使用人しか連れていかないつもりです。ビンキーがあなたによろしくと言っていました。

あなたの最愛なる義理の姉　ヒルダ・ラノク

〝公爵夫人〟と肩書きが入っていなかったことに驚いた。彼女はフィグと呼ばれているが、ヒルダというのが本当の名前だ。はっきり言って、もしわたしの名がヒルダだったら、フィグのほうがまだましだと思っただろう。近々フィグがここにやってくると思うと、お尻に火がついたような気持ちになった。日がな一日、家族のための義務についてお説教されたりすることのないように、なにかすることを探さなければ。

仕事を見つけるのが一番いいのだが、その点についてはほぼあきらめていた。街角に立って仕事を求めている失業中の男性のなかには、あらゆる学位や資格を持っている人もいる。かたやわたしがスイスの恐ろしく気取った教養学校で学んだことといえば、頭に本を載せて歩くことや、ひととおりのフランス語、ディナーパーティーの席で司祭さまにはどこに座っていただくかといったことくらいだ。どれも結婚のための修業にすぎない。そもそも、わたしのような立場にいる人間が仕事をすること自体が顰蹙《ひんしゅく》を買うのだ。ウールワースで売り子をしていたり、地元のパブでビールを注いだりしているところをだれかに見られたら、それだけで家の名に傷がつくことになる。

どこか遠い場所に招待されること——もっとも望ましいのはそれだ。ティンブクトゥあたりか、せめて地中海のどこかの別荘に。そうすれば、王妃さまがどんな提案をしてきても、逃れることができる。「申し訳ありません、王妃陛下。ぜひミセス・シンプソンをスパイしたいのですが、この週末にはモンテカルロに行かなければなりません」

わたしがこういう切迫した状況で駆けこめる相手は、ロンドンにひとりしかいない。学生時代の旧友ベリンダ・ウォーバートン＝ストークだ。ベリンダは何が起きようとも、ちゃんと両足で着地できるタイプの人間だ――彼女の場合は仰向けで着地できると言うべきだろう。みだらにもセクシーにもなるチャンスが一度もなかったわたしと違って、ベリンダはとんでもなくみだらでセクシーだったから、彼女はいつだってどこかのハウスパーティーやヨットクルーズに招待されていた。

数週間前にスコットランドのラノク城からロンドンに戻ってきたあと、ナイツブリッジにあるベリンダの馬屋コテージを訪ねてみたが、家はしっかりと戸締まりされ、ベリンダの姿はなかった。一番最近の愛人であるハンサムなイタリア人伯爵――残念なことに、婚約者がいた――といっしょにイタリアに行ったのだろうと思っていたが、ひょっとしたらもう帰ってきているかもしれないし、事態はこんなひどい霧の中を出かけなければならないほど急を要する。忍び寄るフィグから救い出してくれる人間がいるとしたら、それはベリンダだった。そういうわけでわたしはスカーフを何重にも巻いて、豆のスープの中へと足を踏み入れた。

だがそこはまるで異世界だった。あらゆる音がくぐもって聞こえ、何千本もの煙突から吐き出される煙に燻《いぶ》された空気のせいで、口の中はひどい金属の味がした。ベルグレーブ・スクエア周辺の家々は霧に呑みこまれて、中央にある庭園を囲む手すりがようやく見えるだけだ。慎重な足取りで進んでいくあいだも、あたりに人の気配はまったくなかった。

何度かあきらめようと思った。ベリンダのような機転のきく若い女性がこんなお天気のロンドンにいるはずがないのだから、こうして向かっても徒労に終わるだけかもしれない。それでもわたしは断固として進んだ。ラノク家の人間は、どれほど分が悪かろうとあきらめないことで知られている。英仏決戦の戦場となったケベックのアブラハムの平原で、数発の銃弾を受けながら城壁をのぼり続け、穴だらけになりながらも上までたどり着いて、五人の敵を殺してから息絶えたというロバート・ブルース・ラノクのことを思った。確かに愉快な話ではない。わたしの勇ましい祖先の武勇伝は、そのほとんどが死で締めくくられていた。

完全に迷ったことに気づいたのは、しばらくたってからだった。ベリンダのコテージがある通りはわたしの家からほんの数本しか離れていないし、これまでも数えきれないほど歩いたことがある。それに慎重に行動しなければならないことはわかっていたから、家々の前にある手すりに触れながら一歩ずつ進んでいたはずなのに、どこかで間違ってしまったらしい。

あわてないで、と自分に言い聞かせた。そのうち見たことのある場所に出るから、そうすれば大丈夫。問題は、わたしのほかはあたりにだれもおらず、道路標識も霧に隠れて読めないことだった。このまま進むほかはなかった。いずれはナイツブリッジのハロッズにたどり着くだろう。ショーウィンドーの明かりがきっとすぐに見えてくる。ハロッズは霧程度のことで休業したりはしない。どんな天気であろうとフォアグラとトリュフは欠かさないという人間が、ロンドンには何人もいるはずだ。だがハロッズは現われず、やがてどこかの庭園らしきものが見えてきた。ナイツブリッジを横断して、ハイド・パークまで来てしまったなんてありえない。そうでしょう？

わたしはものすごく不安になった。背後の足音に気づいたのはそのときだ——わたしと完全に歩調を合わせて、ゆっくりと一定の速度でついてくる。振り返ったが、だれもいない。ばかなことを考えないの、と自分を叱りつける。あれは、自分の足音が霧のせいで妙な具合に反響しているだけ。だが再び歩きだし、不意に立ち止まってみると、その足音は数歩進んでから止まった。わたしは歩を速めた。シャーロック・ホームズの小説に出てくるような、霧のなかの恐ろしい出来事が次々と浮かんでくる。縁石らしきものにつまずいたがそのまま進んでいくと、不意に硬い障害物にぶつかり、その向こうになにかがぽっかりと口を開けているのが感じられた。

いったいなに？　正体を確かめようと、もう一度その障害物に触れてみた。ざらざらした冷たい石。ハイド・パークのサーペンタイン池を囲っている壁だろうか？　冷たく湿った空気が這いのぼってきて、腐った植物のような不快なにおいを感じた。そして水が打ち寄せる音。身を乗り出して下のほうから聞こえてくるその音に耳を澄まし、この壁を乗り越えて、あとをつけてくる人物から逃げるべきだろうかと考えた。そのとき、不意に背後から何者かに肩をつかまれ、わたしは心臓が口から飛び出しそうなくらい驚いた。

2

「わたしならそんなことはしませんね、お嬢さん」低いロンドンなまりの声が言った。

「そんなこと？」振り返ると、警察官のヘルメットの形がかろうじて見て取れた。

「なにをしようとしていたのかはわかっていますよ。川に飛びこもうとしていた、違いますか？　あなたのあとをつけていたんです。手すりを乗り越えようとしていましたね。自殺しようとしていた」

まったく違う方角であるテムズ川まで来てしまったのだという事実を頭のなかで整理していたので、警察官の言葉を理解するのにしばらくかかった。「自殺？　とんでもない」

彼はまたわたしの肩に手を置いた。今度はとても優しく。

「いいんですよ、本当のことを話してくれて。そうでなければこんな日に外に出て、川の手すりをのぼろうなんてしませんよね。気にしなくていいんですよ。ここ最近、そんな人間を大勢見ていますから。この不況でみんな苦労しているんです。でもね、なにがあったとしても、人生はそれでも生きる価値があるものですよ。いっしょに署に戻りましょう。紅茶をいれますよ」

笑うべきか、憤慨するべきか迷ったが、後者に落ち着いた。「おまわりさん、わたしはただ友人の家に行こうとしていて、道に迷っただけです。自分が川のそばにいることすら知らなかったわ」

「そういうことにしておきましょうか、お嬢さん《ミス》」

お嬢さん《ミス》ではなくお嬢さま《マイ・レディ》だと訂正しようかと思ったが、ひどくばつが悪かったので、いまはただ早くこの場を離れたかった。

「ナイツブリッジに戻る道を教えてくださらないかしら。ベルグレービアでもいいわ。ベルグレーブ・スクエアから来たんです」

「なんとまあ、まったく見当違いのところに来たようですね。ここはチェルシー・ブリッジですよ」

警察官はわたしの腕を取って、チェルシー・ブリッジ・ロードからスローン・スクエアまで案内してくれた。警察署で紅茶を飲まないかという再度の誘いは断り、いまどこにいるかわかったからあとは大丈夫だと答えた。

「わたしなら、まっすぐ家に帰りますね」彼が言った。「今日は外を歩くような天気じゃありませんよ。お友だちとは電話で話すといい」

彼の言うとおりだとわかっていたが、フィグは通話料金の支払いに文句を言うし、わたしはそれだけの持ち合わせがなかったから、電話は緊急時しか使ったことがなかった。それでも今日はそうしたほうが賢明だろうと思ったけれど、実を言えばわたしは人恋しかった。話し相手になるメイドすらおらず、ひとりであの大きな家にいるのは恐ろしく孤独だったし、そもそもわたしは人に囲まれているほうが好きだ。そういうわけでわたしはスローン・スクエアをあとにすると、それ以降はなんの問題もなくベリンダのコテージにたどり着いた。だが、思っていたとおり彼女は留守だった。

警察官の助言を聞いてまっすぐ家に帰ればよかったと深く後悔しながら、ベルグレーブ・スクエアを目指して歩き始めた。すると、霧の合間から聞いたことのある音がした――汽笛だ。こんな霧でも列車は走っているらしい。ヴィクトリア駅が前方にあるようだ。駅を見つけることができれば、帰り道は簡単にわかる。不意に行列が目の前に現われた。ほとんどが男性で、口をスカーフで覆い、ポケットに両手を突っ込んで悄然とした様子で並んでいる。いったいなにをしているのかさっぱりわからなかったが、茹でたキャベツのにおいが漂ってきたので、駅で行われている炊き出しに並んでいるのだと気づいた。

素晴らしいアイディアが浮かんだ。炊き出しの手伝いをするのはどうだろう。奉仕活動なら家族も文句は言わない。それどころか、王妃陛下からも奉仕活動をしてはどうかと勧められたことがあるし、ビンキーとフィグが来るまで少なくとも一日一度はちゃんとした食事ができる。もう長いあいだ、ちゃんとした食事をしていなかった。実を言えば、いまも胃は空っぽで気分が悪いくらいだ。責任者を探すつもりで行列を越えて歩きかけたところで、だれかの手が伸びてきてわたしをつかんだ。

「おい、どこに行くつもりだ?」大柄でがっしりした体つきの男が言った。「割りこもうっていうんだろう。列のうしろに並んで、おれたちみたいに順番を待つんだな」

「わたしはただ、炊き出しをしている人と話がしたいだけよ。ここでボランティアをしようと思ったの」

「はん――言い訳なら散々聞いたさ。ほら、列のうしろに行けよ」

わたしは腹立たしさを覚えながらきびすを返し、家に帰ろうとしたが、大柄な男のうしろから別の男が顔をのぞかせて言った。「彼女をよく見ろよ、ハリー。がりがりじゃないか。落ちぶれたいいところの娘さんだってのは、だれが見たってわかる。お嬢ちゃん、おれの前に並ぶといい。早いところなにか腹に入れなけりゃ、いまにも倒れちまいそうだ」

彼の親切な申し出を断ろうとしたところで、スープのにおいがぷんと漂ってきた。茹でたキャベツをいいにおいだと感じたくらいだから、わたしがどれほど空腹だったのかをわかってもらえると思う。手伝う前に味見をしたところで、なにも問題はないはずだ。わたしは感謝の笑顔を彼に向け、列に並んだ。行列はじりじりと進み、わたしたちはようやく駅構内に入った。そこは不思議なほど人気《ひとけ》がなかったが、エンジンからの蒸気音とドーバー行きの臨港列車の発車を知らせるアナウンスが聞こえてきて、切望の思いが湧き起こった。ドーバー行きの臨港列車に乗って大陸に渡る。なんて素敵なんだろう。

けれどわたしの旅は、そこから数メートル先のホームの片側に置かれた、油布をかけたテーブルにたどり着いたところで終わりを告げた。お皿とスプーンを渡され、お皿にパンを載せられ、最後に登場したのがシチューのたっぷり入った大きなお鍋だ。肉と人参のかけらがどろりとした茶色い液体に浮いているのが見えた。お玉がシチューをすくい、わたしのお皿の上までやってきて、そこで止まった。

いらだたしげに顔をあげると、ダーシー・オマーラの驚愕《きょうがく》した顔がそこにあった。癖のある黒い髪はいつにも増して乱れていて、青い目に似合いのロイヤルブルーのたっぷりしたフィッシャーマンズ・セーターを着ている。ひとことで言えば、相変わらず格好よかった。わたしは微笑もうとした。

「ジョージー！」わたしが一糸まとわずそこに立っていたとしても、これほど驚いた声はあげなかったに違いない。それどころか、ヴィクトリア駅に裸で立つわたしを見たら喜んだかもしれない。ダーシーはそういう人だ。

顔が真っ赤になるのを感じ、わたしはあえて陽気に応じようとした。

「あら、偶然ね、ダーシー。お久しぶり」

「ジョージー、いったいなにを考えているんだ？」ダーシーはそれがまるで火傷《やけど》するほど熱いものであるかのように、わたしの手から皿を奪い取った。

「これは違うのよ、ダーシー」笑い飛ばそうとしたが、うまくいかなかった。「炊き出しのお手伝いをしようと思って来てみたの。そうしたら列に並んでいた男の人に、わたしも食べるものが欲しいんだろうって思われて、自分の前に並べって強く勧められたの。とても親切だったから、断ってがっかりさせたくなかったのよ」

そう話しているあいだにも、行列のうしろから文句を言う声が聞こえてきた。おいしそうなにおいが、もちろん彼らにも届いているのだ。

「さっさとしろよ」怒ったような声がした。

ダーシーはつけていた大きな青いエプロンをはずした。

「ウィルソン、替わってくれないか？」仲間のひとりに声をかける。「こちらの若い女性が気を失う前に、ここから連れ出さなきゃいけない」

ダーシーはテーブルを飛び越えるようにしてこちら側にやってくると、わたしの腕をつかみ、強引にその場から連れ出そうとした。

「なにをしているの？」こちらに向けられたいくつもの視線を意識しながら尋ねる。

「もちろん、だれかに気づかれる前にきみをここから連れ出そうとしているのさ」ダーシーが耳元で言った。

「どうしてそんなに大騒ぎするのかわからないわ。あなたがあんな態度を取らなければ、だれもわたしに気づいたりしなかったのに。それにわたしは本当に炊き出しを手伝おうと思って来たんだから」

「実際そうかもしれないが、有名人の写真を狙ってロンドンの大きな駅をうろついている記者連中はそんなことは知らない」足早にわたしを追い立てながら、ダーシーはわずかにアイルランドなまりが残るいつものしわがれた声で言った。「きみがだれであるかに気づくのは難しいことじゃないんだ。ロンドンの軽食堂でぼくはきみに気づいただろう？　もし彼らがきみに気づいたら、どんな騒ぎになるか想像できるかい？　王室の人間が路上生活者といっしょにいるんだぞ。〝バッキンガム宮殿から物乞いに?〟などという見出しが躍ったらどうなると思う? 王家の親戚がどれほどばつの悪い思いをするか、考えてみるといい」

「どうしてわたしがあの人たちのことを心配しなきゃいけないのか、わからないわ。養ってもらっているわけでもないのに」

わたしたちは通用口から駅の外に出た。ダーシーはつかんでいたわたしの腕を放し、じっと顔を見つめた。「きみは本当に、スープと呼ばれているあのぞっとするような代物を食べるつもりだったのか?」

「知りたいなら言うけれど、ええ、そのつもりだったわ。今年の夏、最後に仕事をして以来——ところで、その仕事はあなたのせいで続けられなくなったのよ——わたしはまったくお金を稼いでいないの。確か、食べ物を買うにはお金がいるんだったわよね」

ダーシーの表情が和らいだ。「ぼくのかわいそうなお嬢さん、どうしてだれかに頼まないんだ? どうしてぼくにそう言わない?」

「ダーシー、あなたがどこにいるのか、わたしが知っていたことがある? そもそも、あなただってほとんどいつも一文無しじゃないの」

「だがきみと違って、ぼくは生き延びるすべを知っている。いまはケンジントンにある友人の家で留守番をしているんだ。彼の家には素晴らしいワインセラーがあるし、使用人の半分は残っているから、それなりに快適に暮らしているよ。それじゃあ、きみはいまもまだラノクハウスにひとりでいるんだね?」

「ええ、ひとりよ」ひどく気の滅入る場所で彼と会ったショックは薄れていたし、彼のまなざしがとても優しかったから、わたしはなんだか泣きたくなった。

ダーシーは車道の縁までわたしを連れていくと、そこに止まっていたタクシーに声をかけた。

「ベルグレーブ・スクエアを見つけられると思うかい？」

「なんとかやってみますよ」タクシーの運転手は稼げることがうれしそうだった。「渋滞の心配だけはしなくてよさそうですからね」

ダーシーとわたしはタクシーに乗りこんだ。

「かわいそうなレディ・ジョージー」わたしの頬に手を当て、やさしく撫で始めたので、ますます落ち着かない気持ちになった。「きみは大きな世界で生き抜いていく準備ができていないんだね」

「そうしようとしているのよ。でも難しいわ」

「最後に聞いた話では、きみはラノク城でお兄さんといっしょにいるということだった。たしかにあそこは世界で一番楽しい場所だとは言えないが、少なくとも一日に三度はちゃんとした食事ができる。いったいなんだってこんな時期にロンドンに出てきたんだ？」

「答えは簡単よ。フィグのせい。いつもの意地の悪い彼女に戻ってしまって、養う口が多すぎるとか、フォートナム・アンド・メイソンのジャムがないとか、ことあるごとにほのめかすんですもの」

「あそこはきみの先祖の家だ。彼女のじゃない。きみのお兄さんはきみに感謝しているはずだろう？　きみがいなければ彼らの息子は死んでいただろうし、ビンキーだって無事じゃなかったかもしれない」

「ビンキーのことはあなたも知っているでしょう？　いい人だけれど、のんきなの。フィグにすっかり牛耳られている。それに足首が感染症を起こしたせいでずっと臥せっていたから、すっかり弱ってしまっているのよ。そんなこんなで、逃げ出したほうがいいと思ったの。なにか仕事を見つけられればいいと思っていたのだけれど」

「いまは仕事なんてないさ。競馬場や賭博場の胴元を除けば、金を稼いでいる人間などいない。もっとも、彼らとてぼくから金を巻きあげることはできないけれどね」ダーシーは満足そうににやりとした。「先週ニューマーケットの障害レースで五〇ポンド勝ったんだ。ぼくは物知りとは言えないかもしれないが、馬のことならよく知っている。父が売っていなければ、ぼくはいまもアイルランドの自宅にいて、厩舎を運営していただろうね。だが現実はこのとおりで、きみと同じく落ち着く場所もない身の上だ」

「でもダーシー、あなたは内密の仕事をしているんじゃないの？」

「その考えはいったいどこから湧いてきたんだろう？」ダーシーは挑発的な笑みをわたしに向けた。

「だって何週間もいなくなるし、行き先を教えてくれないわ」

「カサブランカかジャマイカのどこかに、魅力的な愛人がいるのかもしれない」

「ダーシー、あなたって本当に救いがたい人ね」わたしはダーシーの手を叩いたが、彼はその手をしっかりとつかんで言った。

「タクシーのなかではふさわしくない話題がある」

「ベルグレーブ・スクエアだと思いますぜ」タクシーの運転手がガラスの仕切りを開けて言った。「どの家です？」

「向こう側の真ん中だ」ダーシーが答えた。

車はラノクハウスの前で止まった。ダーシーが先に降り、ぐるりとまわってわたしの側のドアを開けてくれた。「今夜はこの霧だから、もうどこにも出かけないほうがいいな。暗くなったあとではタクシーを拾うのは無理だ。だが明日はいくらかましになっているはずだから、七時に迎えに来るよ」

「どこに行くの？」

「ちゃんとした食事をするんだよ、もちろん。ドレスを着ておいで」

「まさか招待されていない結婚式に押しかけるつもりじゃないでしょうね？」わたしがそう尋ねたのは、初めていっしょに出かけたときにしたことがそれだったからだ。

「違うさ」ダーシーは玄関への階段をのぼり始めたわたしの手を取った。「今度は公認会計士協会のディナーだよ」そう言ってからわたしの顔を見て、声をあげて笑った。「冗談さ」

3

ラノクハウス
一一月九日　水曜日

霧は晴れた。今夜はダーシーとディナーだ。万歳。

その日は一日かけて、迫り来る運命に備えた。ほこりよけの布をはずし、絨毯《じゅうたん》を掃いて、ベッドを整える。火をおこす準備は明日以降にすることにした。ダーシーと出かけるというのに、髪をすすだらけにしたくない。こうして連ねるだけでも、わたしの家事の腕前がどれほどあがったか、わかってもらえると思う。そうやっているあいだも、しばしば窓に駆け寄っては霧がまた出てきていないことを確かめていたが、やがてかなりの強風が吹きはじめ、ダーシーとのデートの準備を始める頃には雨が降りだしていた。

スコットランドの実家に帰っているあいだに、外出用のドレスはメイドがきれいに洗濯してアイロンをかけてくれてあった。暗緑色のベルベットのドレスを選び、髪はがんばっておしゃれな巻き毛のスタイルにした。どうせならとことんやろうと思い、口紅と頬紅とマスカラもつけ、仕上げに母のお古のビーバーのストールを肩にかけると、かなり見栄えがした。お決まりのように、ダーシーが来なかったらどうしようと不安が頭をもたげたが、彼は時間どおりにやってきた。待たせてあったタクシーに乗りこみ、パルマル街を抜け、トラファルガー・スクエアを通り、チャリング・クロス街の裏手に広がるごみごみした路地へと入っていく。

「どこに行くの？」このあたりは街灯も少なく、あまり魅力的に感じられる場所ではなかったので、わたしはおそるおそる尋ねた。

「きみを誘惑するためにぼくの隠れ処に向かっているところだ」ダーシーはわざとらしい悪党ぶった口調で言った。「〈ルールズ〉に行くんだよ」

「〈ルールズ〉？」

「行ったことがあると思っていたよ。ロンドンで一番古いレストランなんだ。ちゃんとしたイギリス料理を出してくれる」

タクシーは、感じの悪い鉛枠ガラスの窓の前に止まった。だが建物に入ると、心地のいい暖かさが出迎えてくれた。壁は高価な羽目板が張られ、糊《のり》のきいたテーブルクロスは真っ白で、カトラリーはきらきらと光っている。燕尾服姿の支配人が入り口で待っていた。

「ミスター・オマーラ、またお会いできてうれしゅうございます」奥の隅のテーブルにわたしたちを案内しながら、支配人が言った。「いかがお過ごしでしたか？」

「想像どおりだよ、バンクス」ダーシーが答える。「屋敷と厩舎をアメリカ人に売る羽目になり、いま父が山荘で暮らしていることは聞いているだろう?」

「いくらかは耳にしております。なんとも厳しい時代です。もはやなにひとつまともなことがなくなってしまいました。〈ルールズ〉だけは例外ですが。ここはなにも変わっておりません。こちらは前ラノク公爵のご令嬢でいらっしゃいますね? お越しいただいて光栄です、お嬢さま。亡くなられたお父さまにはしばしばお運びいただきました。もうお会いできないことがとても残念です」

支配人がわたしに椅子を引いてくれ、ダーシーは赤い革の長椅子に腰をおろした。

「ロンドンの歴史を作った人間はみんなここで食事をしている」

ダーシーが、風刺画やサインや劇場のプログラムがずらりと飾られた壁を示しながら言った。確かにそこにはチャールズ・ディケンズ、元首相ベンジャミン・ディズレーリ、小説家ジョン・ゴールズワージー、さらには英国王チャールズ二世の寵姫ネル・グウィンとおぼしき女性までいる。

ダーシーがメニューに目を通しているあいだに、わたしはサイン入り写真の列のなかに父か母の姿を探して壁を見まわした。

「まずは、ウィスタブル産の牡蠣《かき》を一ダースずつもらおう。それからジャガイモとポロネギのスープ。ここのはおいしいからね。あとはスモークした鱈《たら》と、もちろん雉《きじ》を忘れちゃいけない」

「素晴らしい選択でいらっしゃいます、サー」ウェイターが言った。「雉といっしょに上等のフランス産赤ワインはいかがでしょう？　牡蠣のお供にはシャンパンがよろしいかと」

「いいね。いただこう」

「ダーシー」ウェイターがいなくなるのを待って、わたしは囁いた。「ものすごく高くつくわ」

「言っただろう？　先週、お馬さんで五〇ポンド勝ったんだ」

「だからって一度に全部使わなくても」

「どうしてだい？」ダーシーは笑って言った。「ほかにどんな使い道がある？」

「もしものときのために、貯めておくべきよ」

「ばかばかしい。幸運は向こうからやってくるものさ。カルペ・ディエム、かわいいジョージー」

「ラテン語は勉強していないの。学校で教わったのはフランス語と、ピアノと、エチケットのようなくだらないことだけよ」

「いまを楽しめっていう意味さ。明日のことを心配するあまり、いまやりたいことを先延ばしにするな。ぼくのモットーだよ。ぼくはそうやって生きている。きみもそうするべきだ」

「それができたらと思うわ。あなたはなにがあっても切り抜けられるけれど、たいした教育も受けていないわたしのような娘にとっては簡単なことじゃない。いまだって、もうどうしようもないと思われているんですもの。二二歳の売れ残りだって」

いつか結婚しようとかなんとか言ってくれることを期待して、そんな台詞《せりふ》を口にしたのだと思う。だが彼からはこんな言葉が返ってきただけだった。

「そのうちに、きみにふさわしいどこかの王子が現われるさ」

「ダーシー！　わたしはもうジークフリート王子の申し出を断ったの。向こうのご家族は気を悪くしたでしょうけれど。王子なんてみんな不愉快な人ばかりよ。それに、驚くくらいしょっちゅう暗殺されているのよ」

「本当に、ジークフリートを暗殺したくならないかい？」ダーシーは笑いながら訊いた。

「実を言えば彼に会うたびに、首を絞めたくて指がうずうずするよ。だがブルガリアの王家は悪くない。皇太子のニコラスとは学校がいっしょだったんだが、ラグビーチームの素晴らしいスクラムハーフだったよ」

「いい夫になれそうっていうこと？」

「そういうことだ」

小気味のいい音と共にシャンパンのコルクが抜かれ、グラスに中身が注がれた。ダーシーがグラスを掲げて言った。「人生に乾杯。楽しいことと冒険でいっぱいになりますように」

わたしもグラスを手に取り、彼のグラスに合わせた。「人生に」

わたしはあまりお酒が強くない。シャンパンを三杯飲み終える頃には、かなり気持ちよくなっていた。スープがいつのまにか出てきて空になり、スモークした鱒も気づいたときにはさげられていた。小粒玉ねぎとマッシュルームに囲まれて濃厚な赤茶色のソースのなかで泳いでいる雉が運ばれてきて、赤ワインが開けられた。自活しようなんて考えたわたしは、なんてばかだったのかしら。人生は楽しむためにあるのよ。憂鬱《ゆううつ》なこともつらいこともうたくさん。

料理をすっかりたいらげると、そのあとはブレッド・アンド・バタープディングとポートワインが待っていて、タクシーでラノクハウスに帰り着いたときには、このうえなく満ち足りた気分だった。ダーシーが階段をのぼるわたしに手を貸してくれ、鍵穴に鍵を挿しこめないでいると手伝ってくれた。頭のどこかで、少しばかり酔っているかもしれないという声がして、さらには、ほかにだれもいないこの家にこんな夜遅く彼を招き入れるべきじゃないと囁く声も聞こえた。

「なんとまあ、ずいぶんと寒くてわびしい家じゃないか」玄関のドアをうしろ手に閉めながらダーシーが言った。「どこかに暖かい場所はないのかい？」

「寝室だけよ。あそこだけは火を絶やさないようにしているの」

「寝室か、いいね」彼はわたしを階段にいざなった。腰に手をまわし、いっしょにのぼっていく。わたしは階段を踏んでいる感覚すらなかった。ワインと、彼と身を寄せ合っている感覚に酔っていて、ふわふわと宙を飛んでいるようだ。

寝室の暖炉では最後の燃えさしがまだ赤くくすぶっていたので、凍りつきそうなくらい寒いほかの場所に比べればずっと暖かかった。

「ああ、ここはいいね」ダーシーが言った。

わたしはベッドが目の前にあることに気づいて、倒れこんだ。

「わたしのベッド。天国だわ」

ダーシーは面白そうにわたしを見おろしている。「ワインのせいで、きみの慎みはどこかに消えてしまったらしいな」

「そうなるってわかっていたくせに」彼に向かって指を振り立てながら言う。「あなたのもくろみくらいお見通しよ、ミスター・オマーラ。わたしが気づいてないだろうなんて思わないことね」

「だがきみは、ぼくに帰れとも言っていない」

「あなたはたったいま、人生は楽しむためにあるんだって言ったじゃないの」片方の靴を蹴るようにして脱ぐと、靴は宙を舞った。「あなたの言うとおりだわ。わたしの人生はずっと惨めで退屈だった。二二歳にもなってまだヴァージンなのよ。そんなものにいったいなんの意味があるっていうの？」

「なんの意味もないさ」ダーシーはコートを脱いで椅子の背にかけながら、静かに答えた。続けて上着を脱ぎ、ネクタイを緩める。

「わたしをひとりにしないで、ダーシー」なまめかしく聞こえることを願いながら言った。

「ぼくはその手の誘いを断ったことはないよ」ダーシーは座って靴を脱いでから、ベッドの縁に腰かけた。「きれいなドレスがしわだらけになってしまう。脱ぐのを手伝ってあげよう」

彼はわたしを起こして座らせようとしたが、手足が言うことを聞かなくなっていたので、なかなかに難しい作業だった。それに実を言えば、部屋がぐるぐる回っていた。背中に回された彼の手が、ドレスのホックをはずしながらおりていく。ドレスが頭から脱がされたかと思うと、シルクのスリップに冷たい空気が当たるのを感じた。

「寒いわ」わたしは身震いした。「こっちに来て、温めて」

「仰せのとおりに」ダーシーはそう言い、わたしを抱き寄せた。唇が合わさる。息が苦しくなるほど、激しく求めてくる強烈なキスだった。彼の舌に口の中をまさぐられ、わたしは恍惚のピンクの雲の上を漂っている気分だった。

これこそ天国だわ、心の中でつぶやいた。わたしがずっとしたかったのはこういうこと。ピンクの雲に身を任せ、ダーシーといっしょに空を飛んでいるうち、ふと気がつくと彼の唇はどこかに消え、わたしはまた寒さに震えていた。目を開けた。ダーシーはベッドの縁に座り、靴を履こうとしている。

「どうしたの？」朦朧《もうろう》としながら尋ねる。「わたしが欲しくないの、ダーシー？　初めて会ったときからわたしをベッドに連れていこうとしていたじゃないの。いまだれもいない家にふたりきりなのに、帰るつもりなの？」

「きみは眠っていたんだ。それに酔っている」

「確かにちょっとはいい気分だけれど、あなたはそうさせたかったんでしょう？」

「牡蠣とシャンパンを頼んだときはそのつもりだったが、相手がきみとなると、自分でもそんなものがあるとは知らなかった良心が顔を出すらしい」ダーシーはどこか苦々しげに笑った。「ぼくのかわいいジョージー、初めてきみを抱くときは、きみに起きていてほしいよ。自分がなにをしているのかをわかっていてほしいんだ。事の途中で眠ったりしてほしくないし、きみの弱みにつけこんだなどと思ってほしくない」

「そんなこと思わない」わたしは体を起こした。「どうして世界がぐるぐる回っているのかしら？」

「ほら、寝たほうがいい。ひとりでね。朝になったら様子を見にくるよ。きっとひどい頭痛がしているだろうからね」

ダーシーがスリップを脱ぐのを手伝ってくれた。「ああ、きれいな体だ。なにもしないで帰るなんて、ぼくは頭がどうかしているんだろうな」

不意に彼が動きを止めた。「あれはなんだ？」

「なに？」

「玄関のドアが閉まったような音だ。いまこの家にはだれもいないんだろう？」

「いないわ、わたしだけよ」わたしは起きあがり、耳を澄ました。階下から足音と話し声が聞こえた気がした。

「ちょっと見てくる」ダーシーは部屋を出ていき、わたしはドアの裏のフックにかけてあったガウンに手を伸ばした。立っているのが難しかったので、ドアをつかんで体を支えなければならなかった。そのときダーシーの声が聞こえ、一気に酔いが覚めた。

「ビンキー、フィグ、きみたちか」

4

ラノクハウス
一一月九日および一〇日

よろめく足で廊下に出た。床がわたしに挨拶をしたがっていたし、階段は浮きあがってどこかへ飛んでいこうとしているようだ。手すりにつかまって、ようやくのことで最初の階段をおりた。ふたつ目の階段の下にある黒と白の格子縞の廊下に、毛皮のコートをまとい、頭にピンク色のなにかが載ったふたつの染みのようなものが立っている。徐々に焦点が合っていくにつれ、それがあんぐりと口を開け、驚愕の表情を浮かべたふたつの顔であることがわかった。

「なんということだ、オマーラ、いったいここでなにをしているのだ？」ビンキーが尋ねた。

「いくら想像力に欠けるあなたでも、彼がここでなにをしているかなんてわかりきったことじゃありませんか」フィグはわたしをにらみつけながら、激昂した口調で言った。「よくもまあこんなことを、ジョージアナ。あなたはわたくしたちの信頼を裏切ったのよ。快くわたくしたちの家を使わせてあげているというのに、それをなんとかの巣……巣窟……なんだったかしら、ビンキー？」

「ライオンの巣かい？」

フィグはため息をついて天を仰いだ。「まったくどうしようもないわね」

「悪の巣窟？」ダーシーが助け舟を出した。ここにいる人間のなかで、彼だけが冷静さを失っていないようだ。わたしはまだよろよろと階段をおりている最中で、手すりを放せるほど自分を信用できずにいた。自分の声も信じられない。

「そう、それよ。悪の巣窟。かわいいポッジを連れてこなくて本当によかったわ。生涯の心の傷になったかもしれない」

「人間は時折セックスしたくなるということを知ると、心の傷になると？」ダーシーが尋ねた。

〝セックス〟という言葉を聞いて、フィグは喉を手で押さえた。「なにか言ってやってくださいな、ビンキー」ビンキーを前に押し出しながら言う。「あなたの妹じゃありませんか」

「やあ、ジョージー。久しぶりだな」

「そうじゃないでしょう。たしなめてやってと言っているのよ」フィグは怒りのあまり、跳ねまわっている。「彼女のしていることは許されないと言うのよ。ラノク家の人間にはあるまじき行為だわ。あれだけのことをしてあげて、教育にあれだけのお金をかけてあげたというのに、彼女ときたら結局母親と同じことをしているのよ」

「ちょっと言わせてもらいますが」ダーシーが口をはさもうとしたが、フィグはそのチャンスを逃さなかった。

「言いたいことがあるのはこっちです、ミスター・オマーラ」フィグは荒々しくつめ寄ったが、ダーシーは勇敢にもその場から動かなかった。「そもそも責められるべきはあなたでしょう。ジョージーは温室育ちなんです。世の中のことをよく知らなくて、正しい判断もできずにひとりきりのこの家にあなたを招き入れてしまった。わたくしがこれ以上なにか言う前に出ていっていただきます。残念ながらもう手遅れでしょうけれどね。こうなった以上、ジークフリート王子はジョージーと結婚しようとはなさらないわ」

どういうわけか、わたしはおかしくてたまらなくなった。階段に腰をおろし、こらえきれずにくすくす笑い始める。

「ご心配なく。帰るところですよ」ダーシーが言った。「だがジョージーはもう二一歳を超えていて、彼女がなにをしようと彼女の自由だということをお忘れなきように」

「わたくしたちの家の中ではそうはいきません」フィグが言った。

「ここはラノクの家だ、違いますか？　そして彼女はあなたより昔からラノク家の一員だ」

「いまこの家はわたくしの夫である現公爵の持ち物です」フィグは〝わたくしは公爵夫人だけれどあなたは違う〟とほのめかすときの、このうえなく冷ややかな声で言った。「わたくしたちは寛大さと善意から、ジョージアナをここに住まわせてあげているんです」

「暖炉に火も入っておらず、使用人もいないこの家にですか。とても善意とは呼べないと思いますがね、公爵夫人。とりわけ、もしジョージーがいなければ、あなたの夫の公爵と幼い息子は、今頃ふたり並んで冷たい土のなかに眠っていただろうということを考えれば。あなたは彼女にどれほど感謝してもしたりないいんじゃありませんか」

「もちろん、わたしたちはおおいに感謝している」ビンキーが言った。「心から」

「もちろんですとも。わたくしがいま問題にしているのは、ジョージアナの品行です」フィグが急いで言い添えた。「それからラノクハウスの評判と。見知らぬ男性が四六時中出たり入ったりしていたら、ベルグレーブ・スクエアの人たちに気づかれます」

フィグの言葉の使い方がおかしくて、わたしはまた笑い始めた。フィグが顔をあげて、こちらを見つめる。わたしは不意にガウンがきちんと結ばれていないこと、さらにはこの下には何も着ていないことに気づき、残った尊厳をいくらかでも守るべくガウンの前を合わせ直した。

「ジョージアナ、あなた酔っているの？」フィグが訊いた。

「ほんの少し」わたしは認め、これ以上笑わないように唇を固く結んだ。

「シャンパンがまわってしまったようです」ダーシーが言った。「だから彼女を送ってきたんですよ。階段から落ちて怪我をしたりしないように、ベッドに寝かせたほうがいいだろうと思いましてね。ここにはメイドがいませんから。そういうわけで、なにがあったのかを知りたいとおっしゃるのならお教えしますが、ぼくは彼女をベッドに寝かせ、彼女はたちまち眠りに落ち、ぼくは帰ろうとしていたというわけです」

「あら、そうなの」フィグは気勢を削がれたようだった。「その言葉を信じられたらいいんですけれど、ミスター・オマーラ」

「信じたいものを信じればいい」ダーシーはわたしに視線を移した。「それじゃあ、おやすみ、ジョージー」そう言って投げキスをする。「また会おう。彼女に偉そうなことを言わせておくことはないよ。きみは王家の親戚だが、彼女は違うんだ」

ダーシーはわたしにウィンクをすると、ビンキーの肩を叩き、玄関を出ていった。

「なんとまあ」フィグが長い沈黙を破って言った。

「ここはひどく寒いな」ビンキーが言った。「わたしたちの寝室に火を入れてくれてはいないのだろうね？」

「ええ、入れていないわ」なんとかまともにものが考えられるくらいにまで頭がはっきりしてくると、ひどく腹立たしくなった。「来週あたりに来る予定だって言っていたはずよ。今日や明日じゃなくて。そもそもどうして使用人を連れてきていないの？」

「今回はごく短期の滞在なの。ハーレイ・ストリートの専門の先生にビンキーの足首を診てもらう予約が取れたのよ。それにわたくしもロンドンのお医者さまに相談したいことがあったものだから。あなたは家の中を整える達人になったとビンキーから聞いたので、お金をかけて使用人をつれてこなくても大丈夫だろうと思ったの。でも例によって、ビンキーの話は大げさだったようね」

わたしは立ちあがったが、まだいくらか足元が危うかった。なにも履いていない足が階段の上で凍えそうだ。「お父さまはわたしに、自分の家でメイドのようなことをさせるつもりはなかったと思うわ。わたしはベッドに戻ります」

そう言い残し、向きを変えて階段をのぼり始める。ガウンの紐に足を引っかけてひとつ目の踊り場で無様に転んだりしなければ、華々しい退場と言えたのだろうが、実際はむきだしのお尻を人目にさらしてしまったかもしれない。

「おおっと」わたしは起きあがり、ふたつ目の階段をのぼった。ベッドに入って小さく体を丸める。暖かい湯たんぽは入っていなかったが、なにがあろうと再び階下におりるつもりはなかった。フィグも同じくらい冷たいベッドに寝るのだと思うと、少しは溜飲がさがった。

冷たい灰色の光を感じて目を開けたが、すぐにまた閉じた。ダーシーの言ったとおりだ。二日酔いだった。猛烈な頭痛がする。いったい何時だろう？　整理ダンスの上の小さな目覚まし時計は一〇時半を指していた。ゆうべの出来事が一気に蘇《よみがえ》ってくる。ビンキーとフィグがこの家にいる。今頃は台所になにひとつ食べるものがないことに気づいているだろう。わたしは急いでセーターとスカートに着替えると、ゆうべと同じくらいおぼつかない足取りで階段をおりた。

台所と使用人の区画に通じるベーズ張りのドアを開けようとしたところで、右手のほうから声が聞こえた。ビンキーとフィグは朝食室《モーニング・ルーム》にいるようだ。

「あなたはそれでいいでしょうよ」かたかたと歯の鳴る音と共にフィグの声がした。「居心地のいいクラブに行けばいいんですもの。でもわたくしはどうなるんです？　ここにはとてもいられないわ」

「ほんのふた晩のことじゃないか。それにきみはどうしてもあの医者に会う必要がある。そうだろう？」

「それはそうですけれど、こんな寒いところにいるのは体にさわります。お金のことは忘れて、ホテルに泊まりましょう。ふた晩くらいならクラリッジに泊まれるはずだわ」

「朝食をとれば、きみもきっと気分が上向くさ。そろそろジョージーも起きる頃じゃないか？」

ビンキーの言葉を聞きながら、わたしはドアの向こうをのぞきこんだ。ふたりとも毛皮のコートにくるまり、げっそりとした様子で座っている。着替えを手伝うメイドも執事もいないせいで、どこかだらしなく見えた。

わたしに気づいたフィグの表情はあらゆる意味で冷ややかだったが、ビンキーはかろうじて笑みを浮かべた。「やあ、ようやく起きたね、ジョージー。まったくここは恐ろしく冷える。火をおこしてもらうわけにはいかないだろうか？」

「あとでね。火をおこすのはものすごく手間がかかるのよ。まずは、石炭貯蔵庫で石炭を集めるの。手伝ってくれてもいいのよ」

わたしが下品な言葉を口にしたかのようにフィグは身震いしたが、ビンキーはさらに言った。「それなら、わたしたちに朝食を振る舞ってくれるかい？　そうすれば少しは暖まるというものだ。そうだろう、フィグ?」

「紅茶とトーストを用意するわ」わたしは答えた。

「卵はどうかな?」ビンキーは食いさがった。

「卵はないわ、残念だけれど」

「ベーコンは? ソーセージ? キドニー?」

「トーストだけよ。ビンキー、お金がなければ食べ物は買えないの」

「だが、それは……。なんということだ、ジョージー。まさか紅茶とトーストしか食べるものがないくらい、切り詰めた生活をしているのではないだろうな?」

「お金がいったいどこから湧いてくると思っているの、お兄さま? わたしには仕事もなければ、遺産もない。家族からの援助もない。フィグがお金がないと言うのは、フォートナム・アンド・メイソンのジャムが買えないという意味だけれど、わたしの場合はどんなジャムであろうと買えないということなの」

「驚いたよ」ビンキーが言った。「それならどうしてラノク城に戻ってこないのだ? 少なくともあそこには、満腹になるくらいの食べ物はある。そうだろう、フィグ?」

「あなたの奥さんは、わたしが厄介者であることをはっきりわからせてくれたわ。それに、わたしは重荷になりたくないの。自分の道は自分で切り開きたい。自分自身の人生が欲しい。ただ、いまはなにもかもがとても厳しいというだけよ」

「あなたはジークフリート王子と結婚すべきだったのよ」フィグが言った。「それが、あなたのような立場の娘がすることなの。あなたの王家の親戚が望んでいることなの。たいていの娘は、王妃になれるのなら右手を引き換えにしてもいいと思うでしょうね」

「ジークフリート王子は不愉快な人よ。わたしは愛のある結婚がしたいの」

「ばかばかしい」フィグは言い捨てた。「もしもミスター・オマーラのことが頭にあるのだったら、考え直すのね」フィグの言葉に熱がこもった。「彼は一文無しだと聞いたわ。一家は極貧だそうよ。自分の屋敷さえ売らなくてはならなかったんだとか。彼はどうしたって妻を養っていくことはできない――落ち着くつもりがあるならの話だけれど。だから、彼とつきあうのは時間の無駄なの」わたしが答えずにいると、フィグはさらに言った。「これは義務の話なのよ、ジョージアナ。人は自分のすべきことを知り、すべきことをするものなの。そうでしょう、ビンキー？」

「まったくきみの言うとおりだ」ビンキーは上の空で答えた。

フィグのまなざしがあまりに冷ややかだったので、ビンキーがその場で氷柱《つらら》にならないことが不思議なくらいだった。「ただ、世の中には運のいい人間がいて、結婚してから愛を見つけて幸せになることもあるのよ。そうでしょう、ビンキー？」

ビンキーは、再びベルグレーブ・スクエアを覆い始めた霧を窓越しに見つめている。

「紅茶はどうなったのだ、ジョージー？」

「台所で飲んだほうがいいわ」わたしは答えた。「あそこのほうが暖かいから」

ふたりはハーメルンの笛吹きに従う子供たちのように、わたしのあとをついてきた。壮観なマジックショーを行う奇術師を見るようなまなざしで、ガスコンロに火をつけるわたしを眺めている。残っていた最後のパンをトーストにするためグリルに載せると、ビンキーはわたしを見つめてため息をついた。「フィグ、フォートナム・アンド・メイソンに電話をして、食料を運んでもらおう。緊急事態だと言えばいい」

「お金を出してくれるのなら、わたしが食料庫をいっぱいにするわよ――フォートナム・アンド・メイソンに頼むよりずっと少ない金額で」

「本当に？　おまえは命の恩人だよ。まったくもって恩人だ」

フィグの目つきが険しくなった。「ホテルに泊まることにしたんじゃなかったの？」

「夕食は外でしよう。それでどうだね？　材料さえあれば、ジョージーが素晴らしい朝食を作ってくれるようだから。ジョージーは本当に天才だ」

ふたりは黙って紅茶を飲み、トーストを食べた。わたしも同じようにトーストを食べようとしたものの、ひと口かじるごとにその音が頭の中でシンバルのように鳴り響いた。ベリンダはいつ帰ってくるのだろうと思い、彼女の家の座り心地の悪い現代的なソファで寝るほうがはるかにましだと考えていると、玄関のベルが鳴った。

「こんな時間にだれかしら？」次の愛人が訪ねてきたのではないかとでも言いたげな目つきで、フィグがわたしを見つめた。

「ジョージアナに出てもらったほうがいいわ。あなたやわたくしがじきじきに玄関に出るわけにはいかないもの。噂はあっという間に広まるわ」

いったいだれだろうとフィグと同じくらい好奇心にかられながら、わたしは玄関に向かった。ダーシーが助けに来てくれたことを願ったが、彼が午前中に起きだして行動を起こすとは思えない。まず目に入ったのは、家の前に止められたダイムラーの車と、ドアの外に立つ運転手の制服に身を包んだ若い男性だった。

「レディ・ジョージアナはいらっしゃいますでしょうか」わたしが使用人であることを露ほども疑ってはいない。「宮殿からお迎えに参りました」

ダイムラーに翻《ひるがえ》る王旗に気づいたのはそのときだった。ああ、どうしよう。木曜日。王妃さまとの昼食会。脳みそがアルコール漬けになっていたせいで、すっかり忘れていた。

「伝えてきます」わたしはそう答え、ドアを閉めた。あわてふためいて階段を駆けあがろうとしたところで、台所の階段の上からフィグが顔をのぞかせた。

「だれだったの？」

「王妃さまの運転手よ。今日は宮殿で昼食会の予定だったの」王妃陛下との昼食会がごく普通の出来事であるかのように、さりげなくほのめかした。フィグは、わたしが王家と血がつながっているのに、自分はそうでないことを思い知らされるのをひどくいやがる。「部屋に戻って着替えないと。運転手を長々と待たせるわけにはいかないわ」

「宮殿で昼食会？」フィグはわたしをにらみつけた。「いつもそんなところで食事をしているのだったら、家に食べるものを置いておこうとは思わないのも当然でしょうね。聞いた、ビンキー？」フィグは階下に呼びかけた。「王妃陛下が迎えの車をよこしたのよ。ジョージアナは宮殿に昼食に行くんですって。豪華な食事をするんでしょうね。あなたは公爵なのよ。どうして招待されていないの？」

「陛下はジョージアナと話がなさりたいんだろう」ビンキーが言った。「そもそも、わたしたちがここにいることを陛下がご存じのはずもないだろう？」

フィグはそれでもわたしをにらみ続けている。まるで彼女をいらだたせるために、わたしが王妃さまとの会食を計画したとでも言わんばかりだ。胸がすっとした。

5

バッキンガム宮殿
一一月一〇日　木曜日

頭は真ん中から割れそうだったし、目はなかなか焦点を合わせてくれなかったにもかかわらず、わたしは一五分きっかりで体を洗い、身づくろいを終えると、宮殿へと向かう王家のダイムラーの後部座席に収まった。ベルグレーブ・スクエアからコンスティテューション・ヒルまではそれほど遠くなく、これまでに何度も歩いたことがある。だが、霧がうんざりするような一一月の雨に変わっていたから、今日は車の迎えがありがたかった。溺《おぼ》れたネズミのような有様で、王妃陛下にお目にかかるわけにはいかない。

雨が伝う窓ごしに陰鬱な風景を眺めながら、今日の招待がなにを意味しているのかを考えていると、次第に不安が募ってきた。王妃陛下はお忙しい方だ。常にあちらこちらを飛びまわって、開業する病院に足を運び、学校を視察し、外国の大使をもてなしている。そんな陛下が年若い親戚をわざわざ昼食に招待するのだから、なにか大切な用事があるはずだ。

どういうわけか、バッキンガム宮殿を訪れるとそのあとで悪いことが起きるような気がする。おそらく、これまでに何度もそういうことがあったからだろう。偽者の外国の王女の世話を押しつけられたり、皇太子にはふさわしくない愛人のシンプソン夫人のスパイをするように命じられたりしたことを思い出した。車が宮殿の錬鉄製のゲートを通り、警護中の衛兵の敬礼を受け、練兵場を抜け、アーチをくぐって内庭に入る頃には、わたしの心臓の鼓動はかなり激しくなっていた。

従僕が跳び出してきて、車のドアを開けてくれた。

「おはようございます、お嬢さま。こちらへどうぞ」従僕は先に立ち、足早に階段をのぼっていく。緊張が高まるとわたしの脚はしばしば言うことを聞かなくなるので、細心の注意を払ってそのあとを追った。

ジョージ五世の親戚であればバッキンガム宮殿を訪れるのはなんでもないことだと、世間の人は思うかもしれない。だが実際は、壮麗な階段をのぼり、像や鏡がずらりと並ぶ廊下を歩くたびに、わたしは圧倒されておののいてしまう。間違っておとぎ話の世界に足を踏み入れてしまった子供のような気持ちになるのだ。わたしも城で育ったが、同じ城でもラノク城はここととはまったく違っている。あそこは陰気な石造りで、質素で、寒くて、壁には昔の戦いで使われた盾や紋章旗が飾られている。翻ってここは、外国人や地位の低い人々を感嘆させることを目的として造られた、もっとも高貴な王族が住む城だ。

今回は裏の廊下ではなく、大階段に案内され、歓迎会が行われる謁見室と音楽室のあいだにある広間に出た。これは正式な行事なのだろうかと不安になったが、従僕は廊下を突き当たりまで歩いていく。その先にあるドアを開けると、そこは国王一家のプライベートな居住空間だった。ドアが開き、ごく当たり前の気持ちのいい居間が目の前に広がると、わたしはそれ以上息をこらえることができなくなり、そこで初めて息を止めていたことに気づいた。ここは、めったにない自由な時間に陛下たちがくつろぐために使われる部屋で、大広間のような壮麗さはない。ここに通されたということは、少なくとも昼食の席で初対面の人と顔を合わせる必要がないことを意味している。ほっとした。

「レディ・ジョージアナがいらっしゃいました、陛下」従僕はそう告げるとお辞儀をし、さがっていった。わたしは初め、窓のそばに立って庭園を眺めている王妃陛下に気づかなかった。陛下は振り返り、手を差し出した。

「ジョージアナ、急な話でしたのによく来てくれましたね」

まるで王妃さまの誘いを断る人がいるかのような口ぶりだ。いまはもう首をはねられることはないが、それでも王妃さまに逆らう人間はいない。

「お会いできて光栄です、王妃さま」わたしは部屋を横切って陛下と握手をかわし、膝を曲げてお辞儀をし、頬にキスをした――絶妙のタイミングを必要とする挨拶で、わたしはいまだにうまくやり通すことができず、いつも鼻をぶつけてしまう。

王妃さまは窓の外に視線を戻した。「この時期は庭もひどく殺風景ですね。それに、ここのところのお天気のひどいこと。最初は霧。そして今度は雨。国王陛下は長いあいだ屋内に閉じこめられているせいで、ずいぶんと機嫌がお悪いのですよ。お医者さまから、霧が出ているあいだは外出を禁じられているものだから。陛下の弱った肺を、すすまみれの空気にさらすわけにはいきませんからね」

「ごもっともです、王妃さま。今週の初め、わたしも外出しましたが、本当にひどい霧でした。この国の霧ほどひどいものはどこにもありません。まるで液体のすすを吸っているみたいでした」

王妃さまはうなずき、握ったままのわたしの手を引いて、部屋の向こう側にあるソファへといざなった。「お兄さまの怪我はよくなりましたか？」

「ずいぶん回復しました。また歩けるようになったのですが、ロンドンで専門のお医者さまに診てもらうようです」

「恐ろしい出来事でした。同じ人物がわたくしの孫娘に向かって銃を撃ったのですからね。あの子が助かったのは、あなたの機転のおかげですよ」

「王女さまの冷静さのおかげでもあります。王女さまは本当に乗馬がお上手ですね」

王妃さまはうれしそうに笑った。孫娘の話をすると、王妃さまはことのほかお喜びになる。

「今日はどうして昼食に呼ばれたのかと疑問に思っていることでしょうね、ジョージアナ」

王妃さまの言葉に、わたしは再び息を止めた。さあ、悲惨な運命の幕開けだ。だが王妃さまはずいぶんと陽気だった。「シェリーでもいかが？」

いつもならシェリーは大好きだが、いまはアルコールのことを考えただけで吐き気がした。

「わたしはけっこうです。ありがとうございます、王妃さま」

「昼間ですものね。賢明な判断だと思いますよ。わたくしも頭をはっきりさせておくほうが好きですよ」いまわたしの頭がどれほどはっきりしていないかを知ったら、王妃さまはなんておっしゃるだろう。

「それでは食事にしましょうか。食べながらのほうが、ずっと話がしやすいですからね」

個人的な意見を言わせてもらえば、わたしはまったく逆だった。会話と食事を同時にすることを簡単だと思ったことは一度もない。間の悪いときに口になにかを頬張っていたり、緊張のあまりフォークを落としてしまったりすることがしばしばあった。王妃陛下が小さな鐘を鳴らすと、どこからともなくメイドが現われた。

「レディ・ジョージアナとわたくしは昼食をいただきます」王妃さまが告げた。「いらっしゃい、ジョージアナ。こんなお天気の日には、栄養のあるものが必要だわ」

わたしたちは一家の食堂へと向かった。そこにあったのは一〇〇フィートの長さのテーブルなどではなく、ふたり用にしつらえられたこぢんまりとした食卓だった。示された席に腰をおろすと、最初の料理が運ばれてきた。わたしの宿敵――半分に切ったグレープフルーツを背の高いカットグラスに入れたものだった。なぜかいつもわたしの前には、実がきちんと切られていないものが運ばれてくる。わたしはおののきながらそのグレープフルーツを眺め、深呼吸をしてからスプーンを手に取った。

「まあ、グレープフルーツね」王妃さまはわたしに微笑みかけた。「冬にいただくと、さっぱりして本当においしいわ。そう思いませんか？」

王妃さまはきれいに切り分けられた実をスプーンですくった。希望が湧き起こった。今度こそ、厨房の人間がするべきことをしてくれているかもしれない。グレープフルーツにスプーンを突き立てた。グレープフルーツはグラスの中で滑って、危うくテーブルクロスの上に落ちそうになった。なんとかそれを阻止したものの、二度目にスプーンを使うときにはこっそり指で押さえなければならなかった。最初のひと切れはたいした問題もなく口に運ぶことができた。だが幸運もそこまでだった。スプーンで次のひと切れをすくおうとしたものの、隣の実とくっついている。それをスプーンで切り離そうとすると、果汁が飛んで目に入った。ひどくしみたが、ナプキンで目を拭うのは、王妃さまが自分の手元に視線を落とすまで待たなければならなかった。だが少なくとも、王妃陛下にグレープフルーツの果汁を浴びせることだけは免れた。

食べ終えたグレープフルーツがさげられると、わたしはおおいに安堵した。次に運ばれてきたのは濃厚なブラウンスープで、メインコースがそれに続いた。わたしの好物のステーキ・アンド・キドニーパイだ。カリフラワー入りのホワイトソースがかかっていて、小さなローストポテトが添えられている。唾が湧いてきた。二日で二度目のまともな食事。だが最初のひと口で、この料理も簡単にはすまないことがわかった。わたしは、大きな肉の塊を飲みくだすのが苦手なのだ。なかなか喉を通らない。

「ジョージアナ、あなたに特別なお願いがあります」王妃さまがお皿から顔をあげて言った。

「国王陛下は正式な依頼にしたがったのですが、内輪で話をしたほうがいいとわたくしが説きつけたのです。断りたくても断れないような窮地にあなたを立たせたくありませんでした」

当然のことながら、頭の中で様々なことが駆け巡った。花婿候補の新しい王子が見つかったのだろうか。それとも、もっと恐ろしいことにジークフリートが正式に結婚を申しこんできたのかもしれない。王室から王室への申し入れだ。断ったりすれば、国際紛争を招きかねない。わたしは体を凍りつかせ、お皿と口の中間地点でフォークが止まった。

「今月後半に、ある王室の結婚式があります。あなたももちろん噂を耳にしているでしょうね」

「いいえ」かすれたような声になった。

「ルーマニアのマリア・テレサ王女が、ブルガリアのニコラス王子と結婚するのです。あなたも知っているとおり、彼は王位継承者です」

ヨーロッパ中の王室から結婚式の相談を受けているとでもいうように、わたしは曖昧にうなずいた。ありがたいことに、ほかのだれかの結婚の話だった。わたしは宙で止まっていたフォークを口に運び、肉を噛み始めた。

「当然のことですが、わたくしたちも出席しなければなりません」陛下は言葉を継いだ。「新郎新婦どちらの側とも親戚関係にありますから。王子はあなたの曾祖母であるヴィクトリア女王と同じザクセン＝コーブルク＝ゴータ家の血を引いていますし、王女のほうはもちろんホーエンツォレルン＝ジグマリンゲンの人間です。これが夏であれば、わたくしたちも喜んで出席するのですが、こんな厳しい季節に陛下が国外へ旅に出るのは無理というものです」

わたしは口の中の肉片がとりわけ手ごわいことを意識しながら、うなずいた。

「そういうわけで、陛下とわたくしはあなたに出席してもらうことに決めたのです」

「わたし？」肉片を口に含んだまま、わたしはなんとか言葉を発した。なんとも困った事態になった。この肉片を飲みこむのは無理だ。かといって吐き出すわけにもいかない。水を口に含んで飲みくだそうとしてみたが、だめだった。こうなったら教養学校時代の技に頼るしかない——咳をするふりをしてナプキンを口に当て、肉片をナプキンに吐き出した。

「失礼しました」気を取り直して口を開いた。「他国の王家の結婚式に、英国王室を代表してわたしに出席しろとおっしゃるのですか？　ですが、わたしは国王陛下の親戚にすぎません。わたしのような人間を出席させれば、向こうの王家の方々は侮辱されたと思うのではありませんか？　王子のどなたか、あるいは第一王女のほうがふさわしいのではないでしょうか？」

「これがほかの場合であればわたくしもそうしていたところですが、あなたに花嫁の付添人になってほしいというマリア・テレサ王女たってのご希望なのです」

〝わたし？〟と再び妙な声をあげたくなるのを、かろうじてこらえた。

「教養学校時代、とても仲のいい友人だったと聞いていますよ」

学校で？　再び脳みそがぐるぐると回転する。わたしは教養学校時代にマリア・テレサ王女と知り合いだったの？　仲がよかった？　友人のリストを素早くたどってみた。王女はひとりもいない。

とは言え、外国の王女、それもわたしたちの親戚を嘘つきよばわりすることはできない。わたしは力なく微笑んだ。あるイメージが蘇ってきたのはそのときだ。ベリンダとわたしのあとをついてまわっていた、大柄でぽっちゃりした丸顔の少女。ベリンダは「マッティ、わたしたちを追いかけまわすのはやめてちょうだい。ジョージーとわたしはたまにはふたりだけになりたいの」と言っていた。マッティ——彼女に違いない。それが、マリア・テレサの愛称だとは考えたこともなかった。よもや、王女だったとは。痛ましくて、うっとうしい小さな少女だったっけ（それほど小さくはなかったが、とりあえず一歳年下だった）。

「ええ、そうでした」わたしは笑顔で答えた。「懐かしいマッティ。親切にもわたしを招待してくれたのですね。光栄に存じます、王妃さま」

わたしは気持ちが浮き立つのを感じていた。王家の結婚式に招待されたのだ——王家の結婚披露パーティーに出席するのは、食べるもののろくになく凍えるほど寒いラノクハウスにいるより、はるかに好ましいに決まっている。だがそこであることに気づいた。旅費。必要になるドレス……王妃さまはお金のことなど心配なさらないものだ。

「出発前に結婚式用のドレスを準備しなくてはならないのでしょうか？」

「その必要はありません。ドレスは王女お抱えの仕立て屋にすべて作らせるので、時間に余裕を持ってルーマニアに来てほしいとのことです。王女はドレスに関しては大変よい趣味をお持ちで、パリからデザイナーを連れてきたそうですよ」

　わたしの聞き間違えじゃないのかしら？　制服を着るとじゃがいも袋にしか見えなかったあのマッティが、パリからデザイナーを連れてきたですって？

「あなたとメイドの旅の手配は、わたくしの秘書にさせます」王妃さまが言葉を継いだ。「王家の人間としての公式な訪問ですから、様々な手続きは不要です。それからあなたのお目付け役もこちらで用意します。これほど長い旅にあなたひとりで行かせるわけにはいきません」

　王妃さまの言葉のなかのある単語が引っかかった。メイド。あなたとメイド、と王妃さまはおっしゃったのだ。新たな問題発生だ。わたしのような地位にいる人間がメイドなしで暮らしているなどと、王妃さまは夢にも考えていらっしゃらない。そう説明するつもりで口を開いたのに、出てきたのは別の言葉だった。「外国にまでいっしょに行こうというメイドを見つけるのは難しいかもしれません。わたしのスコットランド人のメイドはロンドンにすら来ようとしませんから」

　王妃さまはうなずいた。「たしかに難しいでしょうね。イギリスやスコットランドの娘は本当に視野が狭いですから。メイドに選択の余地を与えてはいけませんよ、ジョージアナ。使用人には決して選択をさせてはいけません。そんなことをすれば、つけあがるだけです。あなたのメイドがいまの仕事を続けたいのなら、たとえ世界の果てまでもあなたについていくべきです。わたくしのメイドはそうですよ」王妃さまはカリフラワーを口に運んだ。「断固とした態度をお取りなさい。立派な家庭を切り盛りするためには、使用人の扱い方を学ばなければいけません。少しでも譲歩すれば、彼女たちはどんどん図に乗ってきますからね。さあ、お料理が冷める前にお食べなさい」

6

主にベリンダ・ウォーバートン＝ストークの馬屋コテージ
一一月一〇日　木曜日

ラノクハウスにわたしを送り届けるための車が中庭で待っていた。ちょっとした気がかりさえなければ、意気揚々と自宅に戻っていたところだ。賃金なしでルーマニアまで行ってもいいというメイドを一週間のうちに見つけなければならない。そんな仕事に手をあげる若い女性がロンドンにそれほど大勢いるとは思えなかった。

家に入ると、フィグが玄関広間までやってきた。

「ずいぶんゆっくりだったのね。王妃陛下とのお食事はおいしかったのでしょうね」

「ええ、もちろんよ」グレープフルーツとステーキで危うく大失態を演じるところだったことには触れなかった。それからデザートにブラマンジェが振る舞われたことも。実を言えばわたしには、ブラマンジェとゼリー——ぐにゃぐにゃしたものすべて——を飲みこむのが苦手だというもうひとつの妙な癖があった。

「公式の昼食会だったの？　大勢の方がいらしていた？」フィグは好奇心の塊になっているにもかかわらず、さりげない口調を装っている。

「いいえ、ご一家の食堂で、王妃さまとわたしのふたりだけでいただいたの」ああ、なんて気持ちのいいことか。フィグが王家のご一家の食堂に招待されることは絶対にないし、王妃さまとふたりきりで話をすることも金輪際ありえない。

「まあ、それはそれは。どういうご用件だったのかしら？」

「親戚を食事に招待するのに、理由がいるの？」わたしはそう答えてから、言い添えた。「どうしても知りたいのなら教えてあげるけれど、ルーマニアのマリア・テレサ王女の結婚式に、王室を代表してわたしに出席してほしいと言われたわ」

フィグの顔が妙な暗赤色に染まった。「あなたが？　あなたが王室を代表して？　ほかの国の王家の結婚式に？　陛下はいったいなにを考えていらっしゃるのかしら」

「あら、わたしが作法を知らないとでも言いたいの？　変な言葉づかいをしたり、スープを音をたててすすったりすると思うの？」

「そうではないけれど、あなたは王位継承者でもないのに」フィグが口走った。

「継承者よ。三四番目だけれど」

「ビンキーは三二番目なのよ。それに彼は公爵だわ」

「そうね。でもビンキーが花嫁付添人のドレスを着て、ブーケを持つわけにはいかないと思うけれど。王女さまが、どうしてもわたしに付添人になってほしいとおっしゃっているのよ」

フィグの目がますます丸くなった。「あなたに？　いったいどうしてあなたにそんなことを？」

「教養学校時代、わたしたちは仲のいい友だちだったの」わたしはまばたきひとつせず答えた。「あなたが愚痴をこぼしていた莫大な教育費も、それなりに意味があったということがこれでわかったでしょう？」

「ビンキー！」フィグは淑女らしからぬ声で叫んだ。「ビンキー、ルーマニアの王家の結婚式に、ジョージアナがイギリス王室を代表して出席するんですって」

コートとマフラーをつけたままのビンキーが書斎から姿を現わした。「いったい何事だ？」

「ジョージアナが、王室を代表して出席するように頼まれたの。結婚式に」フィグが繰り返した。「そんな話、聞いたことがある？」

「暗殺のおそれがあるから、直系の王位継承者は行かせたくないのだろう」ビンキーはあっさりと答えた。「あのあたりでは頻繁に互いを殺し合っているからね」

フィグはその答えが気に入ったらしかった。わたしが出席するのは重要な存在だからではなく、どうでもいい人間だから。そう考えると、事情はおおいに変わってくる。

「その結婚式はいつなの？」フィグが訊いた。

「来週発つわ」

「来週。あまり時間がないのね。ドレスはどうするの？　結婚式に参列するためのドレスを作らなければならないのかしら？」

「いいえ。幸いなことに、王女さまはパリから連れてきたデザイナーにわたしたち全員のドレスを作ってくださるんですって。そのために早めに行かなくてはならないのよ」

「ティアラはどうするの？　ラノク城の金庫に入れたままよ。送ってもらわなくてはならないかしら？」

「ティアラをつけるのかどうかはわからないわ。王妃陛下の秘書に訊いてみないと」

「旅費はどうなるの？　だれが払うの？」

「陛下の秘書が全部手配してくださるそうよ。わたしが考えなければならないのは、連れていくメイドのことだけ」

フィグはわたしからビンキーに視線を移し、それから再びわたしを見た。

「どうするつもり？」

「どうすればいいかしら。ラノク城には、ルーマニアに行ってもいいなんていうメイドはいないわよね？」

フィグが声をあげて笑った。「ジョージアナ、ラノク城の使用人をロンドンに来させるだけでもひと苦労なのよ。危険で邪悪な場所だと思っているんですもの。あなたのメイドのマギーだって行かないでしょうね。母親が許さないわ」

わたしは肩をすくめた。「それなら、メイドを借りられるかどうか、ロンドンにいるだれかに頼まなくてはいけないわね。それもだめだったら、家事奉仕人紹介所でだれかを雇うしかないわ」

「どうやって雇うというの？　お金もないのに」

「そのとおりよ。でも、どうにかして見つけなくてはならないわ。そうでしょう？　代々伝わる我が家の宝石をいくつか売ることになるかもしれない。ティアラといっしょに、ダイヤモンドをひとつかふたつ送ってもらえるかしら」ほんの冗談のつもりだったが、フィグは怖い目でわたしをにらんだ。

「ばかなことを言わないでちょうだい。代々伝わるものを手放すわけにはいきません。それくらいわかっているでしょう？」

「それじゃあ、どうしろって言うの？　行かないわけにはいかないのよ。マリア・テレサ王女と王妃陛下を侮辱することになるもの」

フィグはまたビンキーを見た。「そんな異国の地への旅にメイドを貸してくれるような人は、思いつかないわ。あなたはどう、ビンキー？」

「メイドのことはよくわからないよ。すまない。それは、きみたち女性で考えてほしい。ジョージーは行かなくてはならない、それは確かだ。だから金についてはわたしたちでなんとかしなければならないのだろうな」

「わたくしたちがお金を工面すると言うの？」フィグは声を荒らげた。「いったいどうやって？　ジョージアナが言ったとおり、宝石を売るの？　かわいいポッジの家庭教師をやめさせるの？　あんまりだわ、ビンキー。ジョージアナは二一歳を超えているのよ。もうわたくしたちに責任はないんだわ」

ビンキーはフィグに歩み寄り、肩に手を乗せた。「そんなに興奮してはいけないよ。気持ちを荒立てたりせず、常に穏やかでいるようにと医者からも言われているじゃないか」

「医者や診療所に支払うお金もないのに、どうやったら穏やかな気持ちでいられるというの？」フィグの声は危険なほどに甲高くなった。

そしてなんの前触れもなく、フィグは――フィグだけでなく、わたしのまわりの人間すべてを含めて――これまでわたしが一度も見たことのないことをした。突然どっと泣きだすと、二階に駆けあがっていったのだ。淑女というものは、どれほど恐ろしい場面に遭遇しようと決して感情を露わにしてはいけないと教えられているというのに。

わたしはあんぐりと口を開けて彼女を見送った。フィグがお医者さまに会うと言ったことは覚えていたが、それが精神科医だとは夢にも思わなかった。彼女がいつも不機嫌なのは、なにかもっと悪いもの、例えば遺伝性の精神疾患かなにかのせいなんだろうか？

「彼女は今日は少し気が動転しているのだ」ビンキーが気まずそうに言った。「あまり調子がよくない」

「お医者さまに会うって言っていたのは、精神的なもの？」

「そういうわけではない」

ビンキーはフィグが駆けあがっていった階段を見つめ、神の怒りが降ってこないことを確認したうえで、打ち明け話をするときのようにわたしに顔を寄せた。

「ジョージー、実を言うとフィグは身ごもっているのだ。ラノク家のふたりめの子供だ。めでたい話だろう?」

驚くべき話だった。跡継ぎを産むために、一度でも事をやりおおせたというだけで仰天ものなのに、二度もしたという事実がなかなか受け入れられない。自分から進んでフィグを抱こうとする男性を想像しようとした。だがそのとき、スコットランドではベッドのなかでも寒いことを思い出した。それが理由に違いない。

「おめでとう。これでお兄さまもふたりの子持ちね」

「今年の冬をロンドンで過ごそうと決めた理由のひとつがそれなのだ」ビンキーが言った。「フィグの調子があまりよくないので、彼女がくつろいで過ごせるようにしたほうがいいと医者に言われた。それに、我が家の台所事情が苦しいことを彼女は気に病んでいる。正直言って、わたしは自分をひどい出来損ないのように感じているのだよ」

わたしはビンキーが気の毒になった。「お父さまが自殺して、地所に莫大な相続税がかかったのは、お兄さまのせいじゃないわ」

「わかっているが、それでも、もっとなにかをするべきだったのだという気がしてならない。あいにくわたしは頭の回転がいいほうではないし、仕事もできない。地所をうろつくのがせいぜいだ」

ビンキーの腕に手を乗せた。「メイドのことは心配しないで。なんとかするから。ベリンダに会いに行ってくるわ。彼女はとても顔が広いの。しょっちゅうヨーロッパに行っているのよ。お兄さまはフィグのところに行ってあげて」

ビンキーはため息をつくと、重い足取りで階段をあがっていった。ダーシーから電話があるかもしれないし、万一彼が訪ねてきたときには義理の姉の冷たい仕打ちを受けることがわかっていたから、本当は出かけたくなかった。だが連絡を取るすべはないうえ、これまでの経験から、彼がごく控え目に言っても予測不可能な人間であることはわかっていたから、いまはとりあえずメイドの件を解決するべく行動しようと決めた。霧が晴れたから、ベリンダもロンドンに戻っているかもしれない。電話を使ったりしてこれ以上フィグの気持ちを乱すのはよくないと思ったので、ベリンダの馬屋コテージまで雨の中を歩いていくことにした。

ベリンダのメイドがすぐにドアを開けてくれたのでほっとした。

「まあ、お嬢さま。申し訳ありませんが、ベリンダさまはお休みになっています。今夜はお出かけなさるので、起こさないようにと言われているんです」

冷たい雨の中をここまで歩いてきたのだから、おめおめ帰るつもりはなかった。

「まあ、残念だわ」演説法の授業で習ったとおり、わたしは声を響かせるようにして言った。「ベリンダはわたしに会えなくて残念がると思うわ。出席することになった王家の結婚式の話をするつもりだったの」

そう告げて待っていると案の定、二階から衣擦れの音が聞こえてきて、サテンのアイマスクを額に押しあげ、羽根飾りのついたガウンをまとったベリンダが目をしょぼしょぼさせながら現われた。慎重な足取りで階段をおりてくる。

「ジョージー、会えてうれしいわ。あなたがロンドンに戻ってきているなんて知らなかった。

フローリー、レディ・ジョージアナを戸口に立たせたままにしていちゃだめでしょう。中にお通しして、紅茶をいれてちょうだい」

　ベリンダは最後の数段をよろめきながらおりると、わたしを抱きしめた。

「あなたがいてくれて本当によかった。二日ほど前にも来たんだけれど、そのときはだれもいなかったわ」わたしは言った。

「フローリーが霧の中をここまで来ようとしなかったせいよ」メイドの背中をにらみつけながら言う。「おかげで大変な目に遭ったわ。彼女たちって義務の観念がないのよね。それから気骨も。あなたやわたしだったら、どうにかして来たと思わない？　たとえハックニーから歩かなければならないとしても？　彼女なしでなんとか生き延びようとしたんだけれど、最後はどうしようもなくなって、霧が晴れるまでドーチェスターに避難せざるを得なかったの」

　気持ちよく暖まっている居間に案内されると、わたしは外衣を脱いだ。

「あなたがここにいたことが驚きだわ。この時期、イタリアのほうがずっと過ごしやすいでしょうに」

　いらだたしげな表情がベリンダの顔をよぎった。

「イタリアのお天気は、突如として凍えそうなものになったと言っておくわ」

「どういう意味？」

「パウロのつまらない婚約者がわたしの存在に気づいて、断固とした態度を取ってきたの。

すぐに結婚したいって言いだしたのよ。そうしたら、身辺の整理をして義務を果たせってパウロがお父さまに言われて。財布の紐を握っているのがお父さまだったから、かわいそうなわたしはお払い箱というわけ」

「ベリンダ、あなたったらわたしの母みたいなことを言うようになってきたのね。母みたいにならなければいいのだけれど」

「あなたのお母さまは素晴らしい人生を送っているとわたしは思うわ。プレイボーイにレーシングドライバーにテキサスの石油王」

「そうね、でも最後にはなにが残るというの？」

「最低でも美しい宝石がいくつか。それから南フランスのあの小さな別荘」

「それはそうだけれど、家族はどうなの？　おじいちゃんとわたししかいないのに、母はそのどちらも無視している」

「ジョージー、あなたのお母さまはなにがあっても生き残れる人よ。わたしと同じ。パウロに別れを告げられて一日くらいは落ちこんでいたけれど、海にはまだ魚が山ほどいるって思い直したの。ほら、わたしの話はもういいわ。さっき言っていた王家の結婚式ってどういうこと？」ベリンダはアールヌーボーの肘掛け椅子に座り、わたしはとんでもなく座り心地の悪い現代的なソファに腰かけた。「魚顔にイエスって言わなきゃならなくなった、なんていうことはないでしょうね」

「地球上に彼しかいなくなっても、ごめんだわ。そうじゃないの。もっとわくわくする話よ。

ルーマニアの王家の結婚式に招待されたの。正式な英国王室の代表としてよ。花嫁の付添人になるの」

「まあ」ベリンダは期待どおりに感嘆の声をあげた。「素敵じゃないの！　階段を一段あがったわね。今日はなにも塗っていないトーストでどうにか生き延びていたかと思ったら、明日は国を代表して王家の結婚式に出席するわけね。いったいどうしてそういうことになったの？」

「花嫁がどうしてもって頼んできたのよ。教養学校時代の友人だからって」

「教養学校時代の友人？　レゾワゾにいた頃の？」

「わたしが通った学校はあそこだけよ。それまではずっと家庭教師だったもの」

ベリンダは顔をしかめ、記憶を探った。「ルーマニアにいる教養学校時代の友人？　だれなの？」

「マリア・テレサ王女よ」

「マリア・テレサ――いやだ、嘘でしょう。まさかあのおデブのマッティじゃないでしょうね」

「あなたが彼女をそう呼んでいたことを忘れていたわ、ベリンダ。あまりいいあだ名とは言えないわね」

「ジョージー、わたしは正直だっただけよ。それに彼女はあまり感じがいいとは言えなかったわ。そうじゃない？」

「そうだったかしら。いつもわたしたちのあとをついてまわって、なんにでも首を突っこみたがるわずらわしい人だったことは覚えているけれど。そう言えばわたしは、彼女をお月さまのマッティって呼んでいたわ。顔がお月さまみたいに真ん丸で、いつもわたしたちにまとわりついていたから」

「それに、セックスについて教えてくれってしょっちゅうわたしにせがんでいた。本当に無知だったのよ。赤ちゃんがどうやって生まれるのかも知らなかったんだから。でも彼女を仲間に入れてあげたら、今度はわたしたちを裏切って、マドモアゼル・アメリーにわたしのことを告げ口したんだわ」

「そうなの？」

「そうよ。わたしが窓から寄宿舎を抜け出して、スキーのインストラクターに会いに行ったときよ」

「告げ口したのはマッティだったの？」

「はっきりとはわからないけれど、ずっとそうじゃないかって思っていたの。マドモアゼルの書斎に連れていかれたとき、してやったりみたいな顔をしていたもの」

「その頃よりはよくなっていることを祈りましょう。花嫁の付添人たちのドレスをデザインするために、パリからデザイナーを連れてきているそうよ」

「あら、まあ。ウェディングドレスを着た彼女は、巨大なメレンゲみたいに見えるでしょうね。それで、お相手は？」

「ブルガリアのニコラス王子ですって」

「気の毒なニコラス王子。マッティが王女だっていうことをすっかり忘れていたけれど、当時のクラスメートには王室とつながりのある人が大勢いたわよね？　わたしは数少ない庶民だったんだわ」

「あなただって貴族じゃないの。庶民とは言えないわ」

「それでもあなたとは違うのよ。それにしても笑っちゃうわね。おデブのマッティの花嫁付添人だなんて。ほかの付添人が彼女みたいな体型じゃないことを祈るわ。そうでないとあなたが押しつぶされちゃう」

「ベリンダ、あなたって本当にひどい人」わたしは声をあげて笑った。紅茶が運ばれてきたので口をつぐむ。フローリーは手際よく紅茶を注ぐと、部屋を出ていった。

「あなたのメイドに妹はいないの？」わたしは尋ねた。

「フローリー？　知らないわ。どうして？」

「王妃さまから、ルーマニアにはメイドを連れていくように言われているの。わたしにメイドはいないから、だれかに頼むか、借りるか、盗んでくるしかないの。それとも紹介所で雇うか。あなたは、フローリーなしで一週間ほど過ごすのは無理よね？」

「絶対に無理」ベリンダが断言した。「あの霧のあいだ、もう少しで飢え死にするところだったのよ。ハロッズの食料品売り場にたどり着いてパテと果物が買えなかったら、一巻の終わりだったわね。それに霧のロンドンを歩こうともしないフローリーに、ドーバー海峡を渡る勇気があるとは思えないわ。ルーマニアなんて言わずもがなよ」

「あなたが外国に行くときはどうしているの？」

「彼女は置いていくの。ふたり分の旅費は出せないもの。わたしが滞在するようなお屋敷には、世話をしてくれる使用人が大勢いるのが普通だから」

「それなら、どこに行けばメイドを見つけられるか、なにか心あたりはないかしら？　メイドを置いて船旅に出かけたり、南フランスに行ったりするような人はいない？」

「お金のある人はメイドを置いていったりしないわ。連れていくのよ。でも、何日か早めに行けばパリでふさわしい子を見つけられるかもしれない」

「ベリンダ、パリのどこでメイドを見つければいいのか、わたしには見当もつかない。子供の頃、母に連れられて二度ほど、あとは学生時代に一度、行ったきりだもの。それに、フランス人のメイドにはお給金を払わなきゃいけないわ。わたしはお金がないの」

「そうね」ベリンダはうなずいた。「彼女たちは恐ろしく高いもの。でもそれだけの価値はあるのよ。わたしもこんな惨めな生活をしているのでなければ、すぐにでもフランス人のメイドを雇っていたでしょうね。継母にはフランス人のメイドがいるのよ。お父さまは彼女が欲しがるものをなんでも与えているから」ベリンダはティーカップに角砂糖をひとつ入れた。

「母親と言えば、どうしてフランス人メイドを雇うだけのお金を出してくれってあなたのお母さまに頼まないの？」

「母がどこにいるのかわからないもの。それに母にはなにも頼みたくない」ふと思いついたことがあった。「仕事を探していて、ちょっとした冒険がしてみたいと思っている女の子を知らないかってフローリーに訊いてみるのはどうかしら」

「フローリーの知り合いにちょっとした冒険がしたいと思っている子なんていないわ。あの子ほど退屈な人間はいないもの」ベリンダはそう言いながらも、ベルを鳴らしてフローリーを呼んだ。

フローリーはすぐさまやってきた。「なにかお持ちするのを忘れましたでしょうか？」不安そうにエプロンを握りしめている。

「いいえ、そうじゃないの。レディ・ジョージアナが訊きたいことがあるそうよ。どうぞ、ジョージー」

「フローリー、わたしはいまメイドを探しているの。だれかあなたの知り合いで、仕事を探していて、メイドにふさわしい人はいないかしら？」

「いるかもしれません、お嬢さま」

「その人はちょっとした冒険に興味はある？　外国に行くのだけれど」

「外国？　たとえばフランスとかですか？　あそこは恐ろしく危険だって聞いています。男の人にお尻をつねられるって」フローリーが目を見開いた。

「フランスより遠いところよ。それにもっと危険なところ」ベリンダが口をはさんだ。「ヨーロッパを列車で横断するの」

「だめです、だめです。そんなところに行きたがる知り合いなんてだれもいません。すみません、お嬢さま」フローリーはぎこちなくお辞儀をすると、逃げるように部屋を出ていった。

「なにも危険を誇張する必要はなかったのに」わたしは言った。「ただ列車に乗って、お城に滞在するだけなんだから」

「ヨーロッパの真ん中で取り乱して、家に帰してと泣きながら訴えるメイドじゃ困るでしょう？　列車が襲われたらどうするつもり？　盗賊とか狼とかに」

「ベリンダ！」わたしはぎこちなく笑った。「いまはもうそんなことは起こらないのよ」

「バルカン諸国では起きているのよ——ひっきりなしに。それに、雪崩《なだれ》に巻きこまれたあの列車がどうなったか覚えているでしょう？　何日もそのまま放っておかれたんだから」ベリンダはわたしの顔を眺め、どっと笑いだした。「なにをそんなに情けない顔をしているの？最高に楽しいことが待っているのに」

「雪崩で窒息したり、盗賊や狼に襲われたりしなければね」

「それに、いまトランシルヴァニアはルーマニアの一部になっているのよね？」ベリンダの声に熱がこもる。「ヴァンパイアに会うかもしれないわよ」

「なにを言っているのよ、ベリンダ。ヴァンパイアなんていうものはいないの」

「どれほどぞくぞくするか、考えてごらんなさいよ。首を噛まれるなんて、恍惚となるに決まっているわ。きっとセックス以上の快感でしょうね。噛まれたらその人もヴァンパイアになるらしいけれど、そんな経験ができるならそれだけの価値はあると思うわ」

「ヴァンパイアになるのはお断りよ」わたしは落ち着かない気持ちで笑った。

「そう言えば、マッティの先祖代々の家はトランシルヴァニアの山の中にあるって言っていたわ。きっとヴァンパイアでいっぱいよ。ああ、なんてうらやましい。わたしもいっしょに行ければいいのに」ベリンダはいきなり姿勢を正したので、小さなティーテーブルが倒れそうになった。「いいことを思いついたわ。わたしがあなたのメイドとしてついていくというのはどう？」

わたしはまじまじと彼女を見つめ、やがて笑いだした。「ベリンダ、ばかなことを言わないで。いったいどうしてわたしのメイドになんてなりたいの？」

「だって、あなたはトランシルヴァニアの王家の結婚式に招待されているけれど、わたしはされていないし、最近退屈しているし、とても楽しそうだし、ぜひともヴァンパイアに会いたいからよ」

「あなたはさぞ有能なメイドになるでしょうね」わたしはまだ笑い続けていた。「紅茶さえいれられないのに」

「あら、でもドレスのデザインをしていたおかげで、アイロンのかけ方なら知っているわよ。それって大切なことじゃない？　アイロンをかけたドレスをあなたに着せてあげることができる。それにまさか忘れてはいないでしょうけれど、以前に一度あなたのメイドのふりをしたことがあったし、そのときはかなりうまくやったはずよ。だから、いいでしょう？　わたしは冒険がしたくてうずうずしていて、あなたはそれを提供できる。それにお給金を支払う必要だってないのよ」

実を言えば、かなり心が揺れていた。ベリンダといっしょに外国を旅するのはきっと楽しいだろう。

「これがほかの場合だったら、すぐにでもうなずくところよ。とても楽しいと思うわ。でもあなたが忘れていることがひとつある――マッティはひと目であなたに気づくわ」

「とんでもない。使用人の顔なんてだれも見ないものよ。わたしはあなたの部屋か、使用人の区画にいるんだし、王女さまとわたしが顔を合わせることなんてないわ。ほら、いいでしょう？　お願いだから、イエスと言って」

「あなたのことはよくわかっているつもりよ。愉快なことやお祭り騒ぎに参加できないことが、じきに我慢できなくなる。違う？　きっと一〇分もたたないうちに、ハンサムな未来の王子さまを見つけて自分の正体を明らかにしてしまって、わたしを窮地に陥れる羽目になるわ」

「ぐさりとくるようなことを言うのね。わたしがこれだけ寛大な申し出をしているのに、あなたったらそれを断る理由を次から次へと見つけるんだから。いっしょに行ったら、とても楽しいだろうと思わない？」

「ものすごく楽しいと思うわ。一般人として行くのなら、文句なくあなたを連れていくわ。でも今回は王室と国を代表しているんですもの。あらゆる意味で外交儀礼は守らなきゃいけないの。わかってくれるでしょう？」

「あなたって、お兄さんみたいに堅物になってきたわね」

「兄と言えば、とても考えられないことが起きたのよ。フィグがまた妊娠したの」

ベリンダはにんまりした。「あの人たちの場合、事のあいだ、目を閉じて英国のことを考えているのは、お兄さんのほうなんでしょうね。それじゃああなたは、王位継承順位が三五番目にさがるわけね。女王になる日は来そうもないわね」

「当たり前じゃないの」わたしは笑った。「弟か妹ができるのはポッジにとっていいことよ。ラノク城で過ごした子供時代は本当に寂しかったもの」わたしはティーカップを置いて、立ちあがった。「さあ、またメイドを探しに行かなくちゃ。どこに行けばいいのか、見当もつかないけれど」

「わたしがメイドになると言ったのに、断ったのはあなたよ。でも今週末までに見つからなかったら、申し出はまだ有効だから」

7

庭に石像のあるエセックスの二軒長屋
まだ一一月一〇日　木曜日

難しい問題になりつつあった。メイドを貸してほしいと頼めるくらい親しい人間は、ロンドンにはほかにいない。それによくよく考えてみると、だれかの家の戸口に立ち、メイドを貸してくれなどと頼むのは、たとえどれほど相手をよく知っていようと、とんでもなくずうずうしい行為だ。ルーマニアにはひとりで行くことにして、メイドは直前になっておたふく風邪にかかったのだとお目付け役に説明するのはどうだろうと考えてみた。王家のお城には使用人が大勢いるだろうから、ひとりくらい借りてもどうということはないはずだ。自分ひとりで着替えをするのも、ずいぶんと上手になったことだし。けれど背中に千ものホックがあるような、結婚式で着る類《たぐい》のドレスをひとりで着るのは難しいかもしれない。やはりどこかの紹介所に行って、ふさわしい娘を雇わなければならないようだ。旅の終わりまでに、どうにかしてお給金を払う方法が見つかることを願うしかないだろう。

　宮殿を訪れた格好のままだったので、わたしはその足でメイフェア周辺の家事奉仕人紹介所を探しに出かけた。以前、ミルドレッドを紹介してくれたところは避けることにした。あそこの所長は、王妃陛下ですら中流階級に見えてしまうほど、あまりにも堂々としていたからだ。ピカデリー・ストリートを通って、バークレー・スクエアに出た。幸いなことに、雨はごく弱いこぬか雨に変わっている。ようやくのことで、よさそうな紹介所をボンドストリートで見つけた。机の向こうに座っている女性は、こちらもまたドラゴンのようだった——この仕事にはそれが必要条件なのかもしれない。

「話を整理させてください、公爵令嬢さま。ルーマニアに同行できるメイドをお探しなのですね？」

「ええ、そのとおりです」

「いつご出発ですか？」

「来週には」

「来週？」彼女の眉毛が勢いよく吊りあがった。「一週間以内にその条件に見合うメイドを見つけるのは、かなり難しいのではないかと思います。ひとり、ふたり心当たりがないでもありませんが、割増料金が必要になります」

「割増はおいくらくらい？」

　彼女が口にしたのは、ラノク城を一年間維持できるのではないかと思えるほどの金額だった。わたしが息を吞んだことに気づいたらしく、彼女は言った。

「わたくしどもは、最高レベルの家事奉公人しか取り扱っておりませんので」

わたしはひどくがっかりして紹介所をあとにした。たとえフィグが認めたとしても、ビンキーがそれほどの大金を工面することは不可能だ。ベリンダを連れていくか、そうでなければひとりで行くほかはなさそうだった。次第に濃くなる夕闇の中を歩きながら、ベリンダを連れていくことで起こりうる、ありとあらゆる可能性を考えてみた。どうにも絶望的だ。

そのとき、その日の見出しをロンドンなまりで読みあげる新聞売りの声が耳に入り、まだ相談していない人間がひとりいることを思い出した。わたしの祖父はいつだって、どんなに難しい問題でも答えをくれる。魔法でメイドを作り出すことはできないにしろ、祖父に会うだけできっと気持ちが上向くだろう。わたしは駆けださんばかりの勢いで地下鉄のボンド・ストリート駅に向かい、そこからさらに速度をあげてエセックスを目指した。

念のため説明しておくと、わたしの父はヴィクトリア女王の孫だが、母はロンドンの下町の警官の娘として生まれた。母は長じて有名な女優になり、やがて過去と決別して父と結婚した――わたしが二歳のときに、父ともまた決別したが。

ロンドン中央部を抜ける頃には列車は満員になっていて、わたしはすでにくたくただったし、列車を降りたときには、再び雨が強く降り始めていた。陽気な小鬼の像が飾られた、ハンカチほどの大きさの芝生の庭があるこぢんまりした祖父の家が見えてくると、いつも心が浮き立つものだが、今夜は一段とうれしかった。重い足取りで小道を歩いていくと、玄関のドアのすりガラスから明かりがこぼれているのが見えた。ノックをして待った。ようやくのことでドアが少しだけ開き、明るい色の丸くて小さな目がわたしを見つめた。

「なんの用だね？」しゃがれた声が言った。

「おじいちゃん、わたしよ。ジョージーよ」

ドアがさっと開いたかと思うと、朗らかな祖父の笑顔が目の前にあった。

「こりゃまた、たまげたね。よく来たな。さあ、お入り。さあさあ」

狭い玄関ホールに入ると、祖父は濡れたコートを着たままのわたしを抱きしめた。

「なんとまあ、溺れたネズミみたいな有様じゃないか」少し体を離してわたしを見つめ、機嫌のいい雀《すずめ》のように小首をかしげて笑いかける。「こんなひどい天気の夜にいったいなにをしているんだ？　まさか、またなにかトラブルに巻きこまれたんじゃあるまいな？」

「トラブルというわけじゃないんだけれど、おじいちゃんの助けが必要なの」

「とりあえず、コートをお脱ぎ。台所でゆっくりするといい」

祖父はわたしのコートを吊るすと、廊下の先にある小さな台所へと案内した。すでに先客がいた。

「ヘッティ、だれだと思う？」そこにいたのは隣人のミセス・ヘッティ・ハギンズだった。ずいぶん前から祖父の気を引こうとしていたが、ようやくその成果が出てきたらしい。

「またお会いできてうれしいよ、公爵令嬢さま」豊満な腰にこの台所は窮屈そうだったが、ミセス・ハギンズは膝を曲げてお辞儀をした。「おじいさんの世話をしていたんだよ。実はひどい気管支炎にかかっていてね」

「まあ、大変。もう大丈夫なの？」わたしは振り返って祖父を見た。

「わしか？　絶好調だよ。ヘッティのおかげだ。たっぷりとごちそうを食べさせてもらったからな。いまからヘッティのシチューをいただくところだったんだ。おまえもどうだ？」

「公爵令嬢さまはシチューなんか召しあがらないよ、アルバート。上流階級の人の口には合わないさ」

「ぜひ、いただきたいわ」わたしは答えたが、足りなくなるかもしれないと気づいて、あわてて付け加えた。「少しだけ」だがミセス・ハギンズは大麦と豆とラム肉のシチューを大きなボウルにたっぷりよそい、わたしがむさぼるようにして食べるのを見て、満足そうにうなずいた。

「もうずいぶんと長いあいだ、まともな食事をしていないみたいじゃないか。まさかまだ、背が伸びているんじゃないだろうな？」

「そう願うわ。ダンスのパートナーのなかには、わたしより背が低い人だっているんだから。でもおいしいシチューは大好きなの」

ふたりは満足げに目と目を見交わした。

「それで、霧の町の様子はどうだ？」祖父が訊いた。

「霧が本当にひどいの。外にも出られないくらいよ」

「ここいらも同じだよ。おかげでアルバートも体調を崩したんだ」ミセス・ヘギンズが言った。

「それで、いったいわしらになにをして欲しいんだ?」祖父の声には愛情があふれていた。

わたしは大きく息を吸った。「メイドを探しているの。急ぐのよ」

祖父はどっと笑いだした。「おまえの執事の真似をするのはかまわないが、帽子とエプロンをつけてメイドになる気はないぞ」

わたしも笑った。「おじいちゃんになってもらうつもりはないわ。だれかメイドの経験があって、いま仕事を探している人を知らないかどうか訊こうと思ったのよ」

「喜んでその仕事を引き受ける娘を半ダースは紹介できるぞ。違うかい、ヘッティ?」祖父が問いかけると、ミセス・ヘギンズはうなずいた。

「お嬢さまづきのメイドってことだよね?」

「ええ、そうよ」

「見つけるのは難しいことじゃないと思うけどね。あんたのような上流階級の人のところで働きたい娘は山ほどいる。どうして新聞に広告を出さないんだい?」

「ちょっと事情があるのよ」わたしは新聞に広告を出すのはとてもいい考えだと思いながら答えた。どうしていままで思いつかなかったんだろう?「まずは、この仕事が一時的なものだっていうこと。それから、王家の結婚式に参列するためにヨーロッパに行くんだけれど、それに同行してもらいたいの」

「ヨーロッパ?」

「正確に言うとルーマニアよ」

「なんとまあ」祖父はようやくそれだけ言った。「それに、あんまりたくさんはお給金を払えない。戻ってきてから、いくらかでも払えればいいと思っているくらいよ」

祖父は舌打ちしながら首を振った。「厄介なことになっているようだな。おまえの兄さんと高慢ちきな義理の姉さんは、使用人を貸してくれないのか？」

「ラノク城の使用人はロンドンにも来たがらないの。外国なんてとんでもないわ。冒険心のある子を探しているんだけれど、問題はたくさんお給金を払えないっていうことなのよ」

「わしが考えるに」祖父がゆったりした口調で言った。「身元照会先としておまえの名を使えると思えば、その仕事を引き受けてもいいと思う娘はいるんじゃないかね。王家の人間のメイドだったという経歴は、金より価値があると思うがな」

「そのとおりよ、おじいちゃん。素晴らしいわ」

祖父はうれしそうに笑った。

「ちょうどあたしの姪のドリーンの娘が仕事を探しているところなんだよ」ミセス・ハギンズが急いで言った。脳みそが猛烈に回転しているのがよくわかる。「おとなしくていい子だよ。あまり頭はよくないけど、あんたみたいなお嬢さまから推薦状をもらえれば、この先いい仕事につけるかもしれない。話をしてみて、もしあの子にその気があるのなら、あんたのところに行かせるよ」

「素晴らしいわ。ここに来ればきっと大丈夫だってわかっていたの。おじいちゃんたちはいつだって、助けてくれるもの」

「それじゃあ、あんたは王家の結婚式に出るんだね？」ミセス・ハギンズが訊いた。

「そうなの。花嫁の付添人になるんだけれど、来週には出発しなければならないから、いっしょに行くメイドを探している時間がなくて。いま言っていた子だけれど、メイドの経験はあるんでしょう？」

「もちろんさ。何軒かの家でメイドをしてきているよ。あんたのところのような大きな家じゃないけれどね。あの子にとってはたいした出世だよ。さっきも言ったとおり、おとなしくていい子だよ。それに男の影を心配する必要はない。近頃巷《ちまた》で言われているセックスアピールとやらは、ひとかけらもないからね。かわいそうに、バスをうしろから見たような顔をしているんだ。でもやる気は充分さ」

祖父がくすくす笑いながら言った。「あんたを彼女のマネージャーにはしないほうがよさそうだな、ヘッティ」

「公爵令嬢さまには正直に言わなきゃいけないと思ってね」

「わたしは彼女を見た目で判断したりはしないわ。それにいまはあれこれと選べるような立場じゃないもの」

「それじゃあ、あんたの家を訪ねるようにあの子に言ってもいいかい？」

「もちろん。彼女に会うのが楽しみだわ」わたしはシチューを食べ終えると、立ちあがった。

「ロンドンに戻らなくちゃ。本当は帰りたくないのよ。家には兄と義理の姉がいるんですもの」

「予備の寝室があるぞ。今夜はひどい天気じゃないか」

心が揺らいだ。祖父の小さな家の温かな安らぎに対して、いつもの倍もひんやりとしたフィグのいるラノクハウスの空気。けれど結婚式に出席するための準備があるし、またダーシーと夜を過ごしているのではないかとフィグに疑われるのもごめんだ。

「ううん、残念だけれど本当に帰らなくちゃならないの。今日は会えて本当によかった」

「どこにあるかはよく知らんが、戻ってきたらゆっくり話を聞かせておくれ」祖父が言った。

「気をつけるんだぞ。外国に行くんだからな」

「わたしが男だったら、従者としておじいちゃんにいっしょに行ってもらったのに」祖父がそばにいてくれたら、ヨーロッパの旅もどれほど楽しいものになるだろうと思いながら、わたしはため息まじりに言った。

「わしはそんな異教徒の国へは行かんぞ。このあいだスコットランドへは行ったし、あそこは充分に外国だった。冥土の土産には充分だ」

わたしは笑いながら、祖父の家をあとにした。

8

濡れて凍えながら家に帰ってみると、ミスター・オマーラが訪ねてきたが、レディ・ジョージアナは王妃陛下の要請でヨーロッパの王家の結婚式に参列することになったので、そのための準備で忙しいから邪魔をしないでほしいと言っておいたと、満足そうな顔のフィグから聞かされた。のみならず、無邪気な娘を餌食《えじき》にする彼に忠告をしたうえ、彼の存在はわたしが望ましい結婚をする邪魔になるなどと言ったらしい。

当然ながらわたしは激怒したが、いまさらどうしようもなかった。あとの祭りだ。いまわたしにできるのは、ダーシーはフィグの講釈をひどく面白がったに違いないと考えて、自分を慰めることくらいだった。

翌朝、ロンドンの最後の夜を暖かくて豪華なクラリッジで過ごすべく、兄とフィグはラノクハウスを出ていき、わたしは深々と安堵のため息をついた。あとはヨーロッパに向かう荷造りをして、約束のメイドが現われることを願うだけだ。宮殿から電話があって、お目付け役が出発日を早めたので、今度の火曜日までに準備を整えてほしいと言われた。チケットとパスポートはそれまでに届けるが、やはりティアラは必要だということだったので、クラリッジにいるビンキーに電話をかけなければならなかった。スコットランドから使用人にティアラを持ってこさせるための旅費がかかることを知って、歯ぎしりするフィグが目に浮かんだ。たとえそれだけの時間があったとしても、ティアラを郵便で送るわけにはいかないからだ。さらに、『モーニング・ポスト』や『ロンドン・タイムズ』にメイド募集の広告を出す時間がないことにも気づいた。ミセス・ハギンズの親戚の娘にするか、だれもいないかのどちらかということだ。

だれもいないことになりそうな気配が濃厚になり、気が変わったのだと言ってベリンダに頭をさげようかと思い始めた頃、勝手口をおそるおそるノックする音がした。折よく台所にいたからよかったものの、そうでなければ気づかないところだった。ドアを開けると、一一月の薄暗くじっとりした夕闇の中に立っていたのは、ビアトリクス・ポターの描くハリネズミ――ただし、あれほど愛らしくはない――の亡霊だった。やがてそれは、虫に食われ、つんつんと毛が立った古い毛皮のコートを着て、深いボウルのような真っ赤な帽子をかぶった人間であることがわかった。帽子の下にあるのは丸い赤ら顔で、頰は帽子とほぼ同じ色をしている。わたしを見ると、その顔に耳から耳まで届くような満面の笑みが浮かんだ。

「どうも。メイドを探してるっていうここのお嬢さんに会いに行けって言われたんで、来てみたんだ。なんで、ちょっとひとっ走り、そう言ってきてもらえないかな?」

わたしは面白がっていることを彼女に悟られまいとした。せいいっぱい威厳に満ちた声で告げる。「あなたの言うここのお嬢さんというのがわたしよ。わたしがレディ・ジョージアナ・ラノク」

「なんとまあ。いえその、すんませんでした。だってあなたみたいなレディがじきじきに勝手口のドアを開けるなんて、普通思わないもんですよね？」

「そうでしょうね。どうぞお入りなさい」

「本当にすみませんでした、お嬢さん。気を悪くなさらんかったですよね。出だしでつまずくのはごめんです。あたしの母さんのおばのヘッティが、お嬢さんのおじいさんと知り合いだとかで、お嬢さんがメイドを探してるってヘッティから聞いたんです。とりあえず話を聞いてみたらどうだって言われたもんで」

「ええ、確かにわたしづきのメイドを探しているところよ。さあコートを脱いでちょうだい。ここで面接をします。ここがいま家の中で一番暖かいの」

「わかりました、お嬢さん」彼女はそう言うと、湯気をたて、濡れた羊のようなにおいを発している毛皮のコートを脱いだ。その下に着ているのは、ややきつそうなカラシ色のニットのセーターと紫色のスカートだ。色の組み合わせは彼女にとって重要ではないらしい。わたしが食卓のまわりの椅子を示すと、彼女はそこに座った。がっしりした体つきの馬車馬のような娘で、いつも驚いているような、なにも考えていないような表情を浮かべている。とっさに脳裏をよぎったのは、食事にお金がかかりそうだということだった。

「わたしの名前は教えたわ。あなたはなんていうのかしら？」

「クイーニーです、お嬢さん。クイーニー・エップルホワイトって言います」

どうして労働者階級の人たちの苗字はどれもこれも、自分たちが発音できないか、あるいはその存在を無視しているHで始まるのかしら？　そして名前ときたら……。

「クイーニー？」わたしは用心深く尋ねた。「それがあなたの名前なの？　あだ名じゃなくて？」

「あだ名じゃないです、お嬢さん。あたしの名前はほかにはないです」

クイーニーという名のメイドは、王家《クイーン》の結婚式に参列しようとしている人間にとっては頭痛の種になるかもしれない。本物の王妃が何人もいるのだ。だがそのほとんどは英語が話せないし、わたしのメイドとは一度も顔を合わせることがないだろう。

「いくつか聞かせてもらえるかしら、クイーニー」わたしは彼女の向かい側に座った。「あなたはこれまでも家事奉公人をしていたそうね？」

「はい、そうです、お嬢さん。これまで三軒の家に勤めてきましたけど、もちろんここみたいに大きな家は初めてです」

「メイドとして勤めたのかしら？」

「そういうわけじゃないです、お嬢さん。どっちかって言うと、雑用係みたいなもんです」

「以前の家ではどれくらい勤めていたの？」

「三週間ほどです」

「三週間？」どこに三週間だけメイドを雇う人間がいるというのだろう？

「だいたいそれくらいです」

「どうしてそんなに短いのかしら？　訊いてもいい？」

「えーと、最後の奥さまはなんだか怒ってました。どちらにしろ、子供を産むときだけ手伝いがほしかったみたいで、赤ん坊が生まれるとすぐに追い出されました」

「ほかの二軒は？」

クイーニーは話しだす前に、一度唇を嚙んだ。「えーと、ひとり目の奥さまは、あたしがほこりをはらっているときに香水の瓶を割ってしまったんで、めちゃくちゃ腹を立てたんです。マホガニーの化粧台の上に中身がこぼれて、表面がはげちまいました。でも奥さまが怒ったのはそのことじゃないんです。その香水はものすごく高価で、パリから持ち帰ったものだったみたいです。そのときの奥さまがなにを口走ったのか、お嬢さんに聞かせたかったですよ。オールド・ケント・ロードの魚屋だってあんな言葉は使いませんからね」

「それでもう一軒は？」本当は訊きたくなかった。

「えーと、あそこにはもういられませんでした。奥さまのイブニングドレスを燃やしてしまったあとでは」

「どうしてそんなことになったの？」

「蠟燭《ろうそく》に火をつけていたとき、うっかりしてスカート部分にマッチを落としたんです。それほど燃えたわけじゃないんですけど、たまたまそのとき、奥さまがそのドレスを着ていらしたもんで。火傷なんてほとんどしなかったのに、奥さまはそれはそれは大騒ぎでした」

わたしはごくりと唾を飲み、なにを言うべきだろうと考えた。

「クイーニー、話を聞くかぎり、あなたは恐ろしく不器用みたいね。でもいまわたしは切羽詰まっているの。おばさんから聞いているでしょうけれど、とても重要な結婚式に参列するため外国に行くことになっていて、出発が来週の火曜日にせまっているのよ。服の管理をして、着替えを手伝ってくれて、髪を整えてくれるメイドをいっしょに連れていかなくてはならないの。あなたにできるかしら？」

「せいいっぱいやります、お嬢さん」

「そういうことなら、いくつかはっきりさせておかなくてはならないことがあるわ。ひとつ、言葉づかいには気をつけること。ふたつ、わたしはレディ・ジョージアナだから〝お嬢さん〟ではなくて、〝お嬢さま〟と呼ぶこと。わかったかしら？」

「はい、わかりました、お嬢さん。じゃなかった、お嬢さま」

「それから、わたしといっしょに外国に行くのだということはわかっているでしょうね？」

「はい、もちろんです、お嬢さん。じゃなかった、お嬢さま。なんだってどんとこいです。ちょっと楽しそうだし、それにブローニュに日帰りで行ったことを自慢ばっかりしている〈スリー・ベルズ〉のネリーを見返してやれるし」

とりあえず彼女の勇気は称賛すべきだろう。それともただ愚かなだけかもしれないが。

「お給金のことだけれど――最初は無給です。あなたはわたしといっしょに旅をするのですし、制服と食事はすべて支給します。満足できる働きを見せれば、戻ってきたときにそれに見合うだけのお給金を支払います。どこに行ってもいい仕事につけるように紹介状も書きましょう。つまりすべてはあなた次第ということよ、クイーニー。これはあなたが自分の手でなにかをつかめるチャンスなの。どうする？　わたしの条件に同意しますか？」

「問題ないです、お嬢さん」クイーニーはそう答えると、でっぷりした大きな手をわたしに差し出した。

わたしは、月曜日にラノクハウスに来るようにとクイーニーに告げた。彼女はすっかり型崩れした帽子を頭に載せ、ドアまで歩いたところで振り返って言った。「後悔はさせませんから。お嬢さんが見たこともないような最高のメイドになりますから」

というわけで、わたしは雪崩と盗賊と狼が待ち受ける旅に、ドレスに火をつけかねない世界で最悪のメイドといっしょに赴くことになった。生きて帰ってこられるかどうかは運次第だ。

9

ラノクハウス
一一月一四日　月曜日

明日ヨーロッパに向かう。まだメイドはいない。まだダーシーから連絡はない。まだ雨が降っている。

人生とは本当に厄介だ。

月曜日の朝になっても、ダーシーから連絡はなかった。彼に知らせないまま、旅立つことになりそうだ。彼ほど人をいらだたせる人間はいない。彼がどういうつもりなのか、いまだにわたしにはわからない。わたしに夢中なのかもしれないと思えるときもあれば、何週間も音沙汰がないこともある。ともあれ、彼に関してはいまできることはなにもなかった。住所を教えてくれていたらとか、ビンキーとフィグと同じ屋根の下でわたしが無事に生きているかどうかを確かめに来たりしていなければなどと、いまさら考えても無駄だ。

クイーニーは九時少し過ぎにやってきた。がっしりした体格をしていたから、家政婦のクローゼットの中から彼女の体に合い、かつそれらしく見える制服を見つけるのにいくらか手間取ったが、なんとか黒いドレスと白いエプロンと帽子を探し出した。鏡を見つめるクイーニーはいたって満足そうだ。

「あれまあ。本物のメイドみたいじゃないですか、お嬢さん。じゃなかった、お嬢さま」

「それらしく振る舞えるようになることを願うわ、クイーニー」わたしは答えた。「旅行に必要な物を入れた鞄は持ってきているようね。今度はわたしの部屋に来て、わたしの服の荷造りをしてちょうだい。ドレスにしわが寄らないように、そのティッシュペーパーも持ってきてね」

ブーツをベルベットのディナードレスといっしょに包んだりしないように目を光らせていなくてはならず、午前中はそれなりに緊張感に包まれた時間を過ごしたものの、なんとか荷造りを終えた。チケットとパスポートと紹介状が宮殿から届けられ、配達人がラノク城からティアラを運んできた。その中には、〝旅にはいくらか現金が必要だろう。これだけしかあげられなくてすまない〟という手紙と共に、ビンキーが数枚のソブリン金貨を気前よく忍ばせてくれていた。

ビンキーはいい人だ。役立たずではあるが、優しい。

その金貨のおかげで、一一月一五日火曜日の朝は、ヴィクトリア駅までタクシーを使うことができた。ポーターのあとについて臨港列車が発車するプラットホームへと向かっていると、突如として胸が高鳴った。本当に外国に行くんだわ。王家の結婚式に参列するのよ。たとえそれがお月さまのマッティの結婚式だとしても。わたしの客室までやってくると、ポーターは身の回りの荷物だけを残し、ほかの鞄を持って荷物専用車へと姿を消した。本来なら宝石ケースはメイドに預けるものだとわかっていたが、クイーニーはティアラを自分でつけてみようとしたり、ルビーを洗面所のシンクに流したりしかねない。

「あなたはもう自分の席に行っていいわ、クイーニー」わたしは言った。「これがあなたのチケットよ」

「わたしの席？」うろたえたような表情がクイーニーの顔に浮かんだ。「あたしはお嬢さんといっしょに行かないってことですか？」

「ここは一等車なの。使用人は三等車で行くものよ。心配ないわ。ドーバーに着いたら、ホームで会いましょう。それにわたしのお目付け役のメイドがあなたの隣の席のはずだから、話をする相手もいるわよ。ああ、それからクイーニー、ほかのメイドたちにあなたが昨日から雇われたばかりだとか、以前の雇い主のドレスに火をつけたとかいうことを話してはだめよ」

「わかってます、お嬢さん」クイーニーはそう言ってから、くすくす笑いながら口を手で押さえた。「〝お嬢さま〟って言うことにまだ慣れなくて。あたし、昔っからちょっとばかり鈍いんです。赤ん坊のとき頭から床に落っこちたんだって、父さんが言ってました」

茫然とした。いまになってそんなことを。失神の発作を起こしたり、ひきつけたりするのかもしれない。ベリンダを連れてくるんだったと後悔しそうになった。新しいメイドの愉快な話を聞かせようとベリンダに会いに行ったのだが、彼女もメイドも留守だったのだ。またどこか暖かな地へと旅立ったのかもしれない。彼女を責める気にはなれなかった。

ひどく不安そうなクイーニーが三等車両を探してプラットホームを歩いていく。そのうしろ姿を見送りながら、メイドが毛皮のコートを着ているのに、わたしは上等なハリスツイードのコートしか持っていないという皮肉な現実について考えた。二一歳の誕生日に毛皮のコートをもらう娘も多い。母の夫やあまたいる愛人のなかでわたしが一番好きだったサー・ヒューバートが送ってくれた小切手で買おうかと思ったこともあったが、結局そのお金は銀行に預けた。おかげで一年間はロンドンでなんとかやってこられたが、それもついに底をついた。サー・ヒューバートのことを思い出すと、楽しかった記憶が蘇った。彼はいまもスイスにいて、あの恐ろしい事故（それとも殺人未遂だったのかしら？　いまとなってはだれにもわからない）からの体調の回復に努めている。帰りに彼のところに寄ってみようと思った。向こうに着いたら手紙を送ろう。

客室にひとりでいるあいだに、ふたつのことに気づいた。お目付け役がまだ来ていないということと、実際の目的地を聞かされていないということだ。もし彼女が現われなければ、わたしはどの駅で降りればいいのかすらわからない。ああ、どうしよう。また心配の種が増えた。

出発時刻が迫ってくると、わたしは客室の中を落ち着きなく行ったり来たりし始めた。客室のドアが勢いよく開いて、背後から声がしたのは、宝石ケースが棚にしっかりと収まっていることを改めて確認していたときだった。「ちょっとあなた、いったいここでなにをしているの？　メイドは三等車に乗るものでしょう。あなたのご主人はどこなの？」

振り返るとそこには、ペルシャ子羊の毛皮のロングケープを着た馬面の女性がいた。そのうしろには、黒の服に身を包んだ恐ろしく傲慢《ごうまん》な顔つきの生き物が、様々な帽子箱やトレインケースを抱えて立っている。どちらも、靴の底に貼りついたなにかを見るような目つきでわたしを見つめていた。

「なにか誤解をなさっているんじゃないかしら。わたしはレディ・ジョージアナ・ラノク、ここはわたしの客室です」

馬面から明らかに血の気が引いた。「まあ、それは大変失礼しました。背中しか見えなかったもので。それにそのコートは最新流行とは言えないし、わたくしはてっきり……」彼女はにこやかな笑みを浮かべると、手を差し出した。「ミドルセックスです」

「は？」

「名前です。レディ・ミドルセックス。今回の旅にお供します。王妃陛下からお聞きになっていませんか？」

「お目付け役がいっしょに行くとはおっしゃっていましたが、名前はうかがっていませんでした」

「本当に？　陛下にしてはずいぶん手際の悪いこと。らしくありませんね。普段は細かいことにこだわる方なのに。でももちろん国王陛下のことが心配でいらっしゃるのね。あまりお加減がよろしくないから」

彼女は話しながらずっと、わたしの手を勢いよく上下に振り続けていた。そのあいだ、黒に身を包んだ生き物はわたしたちの脇をすり抜けて、せっせと棚に荷物を載せていた。

「すべて整いました、奥さま」彼女の言葉には強いフランス語なまりがあった。「わたしは自分の客室に引き取らせていただきます」

「けっこうよ。ありがとう、シャンタル」レディ・ミドルセックスはわたしに顔を寄せて言った。「本当に貴重な人材です。わたくしは彼女なしではどこへも行けません。とても献身的で、わたくしを崇拝しているんです。どこへ行こうと、どれほどつらい思いをすることになろうと厭《いと》わないんですよ。わたくしたちはバグダッドに向かうところなんです。あそこはとにかくひどい場所で、夏は焼けるように暑く、冬は凍えるほど寒いんです。でも主人がそこの大使館に行くことになったものですから。主人はいつも問題の起こりそうなところにばかり行かされるんです。とにかく気骨のある人ですから。現地の人がばかな真似をするのは絶対に許さないんですよ」

シャンタルとクイーニーはどんな言葉を交わすのだろうとわたしは考えた。ドアが閉まり、汽笛が鳴り響いた。

「出発ですわね。時間通りだわ。よろしいこと。わたくしは時間にはうるさいんです。家でも必ず守るようにしていますのよ。夕食は八時ちょうどに始めます。たとえお客さまでも、遅れてきた人を待ったりはしません」

　もう少しでこの列車に乗り遅れるところだったことを指摘しようかと思ったが、彼女はわたしといっしょに結婚式に出席するわけではない。わたしが列車を降りたあとも、現地の人間に威張り散らすことのできるバグダッドへと旅を続けるのだ。列車が動きだした。くすんだ灰色の建物のあいだをゆっくりと進み、テムズ川を渡った。次第に速度があがるにつれ、狭い裏庭の輪郭がにじんでより大きな庭園に変わり、やがて本物の田園風景が広がっていく。素晴らしく気持ちのいい秋の日で、ふと狩りのことを連想した。澄んだ青い空を雲が流れ、草地には羊がいる。レディ・ミドルセックスはミドルセックス卿が英国の法と秩序を紹介した国々のこと、彼女自身も現地の女性に正しい衛生法を教えたことを、延々と喋り続けている。「もちろんだれもがわたくしを崇拝していましたわ。けれど外国で暮らすというのは、夫のために我が身を犠牲にすることなんです。もう何年もちゃんとした狩りすらしていないんですから。上海では馬に乗りましたけれど、小作人の畑を走っただけですもの。広々とした田園地帯とは比べものになりません。そう思いませんこと？　愚かな現地の人たちはわたくしたちに向かって叫んだり、拳を突きあげたりして、馬を驚かせるんですから」

　長い旅になりそうだった。

　ドーバーで列車を降り、クイーニーとシャンタルと合流した。

「あらまあ。あれはいったいなんです？」レディ・ミドルセックスは、つんつん毛が立っている毛皮のコートと赤い帽子姿のクイーニーを見て言った。

「わたしのメイドです」

「あんな格好を許しているのですか？」

「ほかにないんですもの」

「それならあなたがきちんとした格好をさせないと。いいですか、使用人が特大の植木鉢のような格好でうろつくのを許したりしたら、あなたが笑い物になるんですよ。わたしはシャンタルに黒しか着せません。色物は、わたくしたちの階級の人間だけが着ればいいんです。さあ、シャンタル」彼女はメイドに向き直った。「荷物のところにお行きなさい。トランクをすべて船に載せ終えるまで、ポーターのそばから離れないようにするんですよ」

「あなたも同じようにしてちょうだい、クイーニー」わたしは言った。

「あたしは船に乗ったことがないんです」クイーニーはすでに青ざめている。「クラクトンの桟橋のまわりをめぐるソーシー・サリー号以外は。船酔いするかもしれない」

「ばかばかしい」レディ・ミドルセックスがぴしゃりと言った。「気分が悪くなったりしないと自分に言い聞かせればいいことです。ご主人さまがそんなことは許しません。さあ、ぐずぐずしていないでさっさとお行きなさい」それからわたしに向き直って言った。「あの娘は早急にしつけなければなりませんね」

彼女はわたしの前に立ち、さっそうと渡り板を渡った。船の上であることがようやくわかる程度のうねりしかなかったので、航海は快適だった。レディ・ミドルセックスとわたしは食堂で昼食をとり（彼女は旺盛な食欲を見せ、目に入るものすべてをたいらげた）、ちょうど前方にフランスの海岸が見えてきたところで甲板に出た。クイーニーは手を放したら死ぬとでも言わんばかりに、手すりにしがみついている。

「ひどい揺れじゃありませんか、お嬢さん？」

「ご主人さまのことは〝お嬢さま〟とお呼びなさい」レディ・ミドルセックスがぞっとしたような口調で言った。「いったいどうしてあなたのような不出来なメイドを雇ったのでしょうね。しっかりなさい。そうしないと、次の船で家に送り返しますよ」

ああ、それは困る。まさにそれこそが、クイーニーのいまの望みだとわかっていた。

「クイーニーはまだ慣れないだけなんです」わたしは急いで口をはさんだ。「すぐにできるようになりますわ」

レディ・ミドルセックスは鼻を鳴らした。船はまもなくカレー港に入港し、わたしたちは税関や入国審査のわずらわしい手続きを楽々と通過した。レディ・ミドルセックスと王室許可証のおかげで、長い行列や税関上屋《うわや》を回避することができたからだ。彼女は実際たいしたものだった――怖い人ではあるが、称賛に値する。彼女はフランス人の港湾労働者やポーターを追い立てて荷物をすべて運ばせ、わたしたちはアールベルク・オリエント急行の寝台車両に無事に乗りこんだ。

「さあ、もうけっこうよ」レディ・ミドルセックスはそう言いながら、まるでうるさい蝿《はえ》を追い払うようにシャンタルに向けて手を振った。「レディ・ジョージアナのメイドもいっしょに連れていってちょうだい」

わたしは、ひとりで使える寝台つきの個室を与えられていることを知って安堵した。通路に出たところで、レディ・ミドルセックスの口から出てくるとは夢にも思わなかった言葉が聞こえてきた。

「まあ、ようやく来たのね、かわいい人《ディア・ハート》」

レディ・ミドルセックスがだれかをかわいい人などと呼ぶこと自体が想像できなかったし、彼女の夫はすでにバグダッドにいることを知っていたから、わたしは好奇心の塊になった。しかし、使い古した大きなスーツケースを手に通路をやってきたのは、見るからに野暮ったい服を着た中年の女性だった。手編みであることがひと目でわかるベレー帽をかぶり、型崩れしたコートの上にスカーフを巻いている。いかにも暑そうで、当惑した様子だった。

「ひどい目に遭いましたよ、レディ・ミドルセックス。最悪でした。船では向かいに恐ろしい男がふたり座っていたんです。絶対にあれは世界をまたにかける犯罪者だわ。ええ、間違いありませんとも。すごく日に焼けていて、ずっとこそこそと何事かを話し続けていたんです。航海が夜でなくて本当によかった。そうでなければ、わたしは寝台の中で殺されていたでしょうね」

「わたしはそうは思いませんよ、ディアハート」レディ・ミドルセックスが言った。「あなたは盗むほど価値のある物は何も持っていないし、その人たちもあなたの体に興味があったとは思えませんからね」

「まあ、レディ・ミドルセックスったら」その女性は顔を赤らめた。

「とにかくあなたは無事にここにいるのだから、よかったじゃありませんか。レディ・ジョージアナ、紹介させてください。こちらはわたくしの同行者《コンパニオン》のミス・ディアハートです」

「お会いできて光栄です、レディ・ジョージアナ」彼女は大きなスーツケースを持ったまま、ぎこちなく膝を曲げてお辞儀をした。「ヨーロッパを横断するあいだ、楽しいひとときが過ごせると存じます。この時期、吹雪にならないといいんですけれど。それに、隣の国と戦争を始めようなどと考えるバルカンの国がないことを祈るばかりです」

「あなたはいつも悲観的なことばかり言うのね」レディ・ミドルセックスが言った。「明るい面を見るようにしないと。あなたの客室はその先よ。それにしてもどうしてポーターに任せずに、自分でスーツケースを運んだりしているの？」

「わたしが外国のお金の扱いを苦手にしていることはご存じじゃありませんか。一シリングのつもりで一ポンド渡してしまったらどうしようと、いつもびくびくしているんです。それにあの黒い口ひげがひどく邪悪に見えて。鞄を預けたら、二度と戻ってこないような気がするんです」

「さっきも言ったけれど、あなたの鞄を欲しがる人なんてだれもいませんよ。さあ、お部屋に荷物を置いていらっしゃい。そうしたら食堂車に行って、この国の人は飲める紅茶がいれられるかどうか確かめてみましょう」

レディ・ミドルセックスはそう言いながら通路の先に目をやり、あんぐりと口を開けた。

「いったい何事です？」

　クイーニーが通路にいる人々を乱暴に押しのけながら、こちらに向かって走ってくる。わたしのところまでやってくると、溺れている人間のように袖をつかんだ。

「ああ、お嬢さま。あたしもここにいちゃいけませんか？　あんなところにはいられません。外国人ばかりなんです。外国の言葉を喋って、外国人みたいな振る舞いをして。あたし、怖くて怖くて」

「大丈夫よ、クイーニー」わたしは言った。「シャンタルがいるでしょう？　彼女はこういう列車で何度も旅をしたことがあるし、この国の言葉も喋れるの。なにか困ったことがあったら、彼女に訊くといいわ」

「顔の下半分が細い人ですか？　あの人は、牛乳だって腐ってしまうような顔であたしを見るんです。それに外国の言葉を喋るし。こんなふうだなんて思ってもみませんでした。なにもかもこんなに――外国だなんて」

　レディ・ミドルセックスは怯えているクイーニーを叱りつけた。

「しっかりなさい。こんな大騒ぎをして、あなたはご主人さまに恥をかかせているんですよ。あなたが一等車に残るなどということは、金輪際許されません。シャンタルといっしょにいれば、なんの問題もありません。彼女はわたくしといっしょに世界中を旅しているのです。ほら、さっさと自分の客車に戻って、シャンタルに降りるように言われるまでそこでおとなしくしていらっしゃい。わかりましたか？」

　クイーニーはすすり泣きながらもうなずいて、通路を小走りに戻っていった。

「ああいった娘たちには毅然とした態度を取らねばいけませんよ」レディ・ミドルセックスが言った。「あの子たちには気骨というものがないのです。まったく困ったものです。イギリス人の恥です。さあ、フランスの人たちがまともな紅茶をいられるかどうか、確かめに行きましょう」

彼女は先に立ってつかつかと通路を歩いていった。

10

ヨーロッパを横断する列車の中
一一月一五日火曜日と一六日水曜日

レディ・ミドルセックスの目的地がバグダッドであることがありがたい。二日以上、彼女といっしょにいることには耐えられそうもない。ガールガイド（ガールスカウトの前身）の入団テストに落ちたときのことを思い出した。

まもなくわたしたちは食堂車に腰を落ち着け、紅茶と呼ばれている代物——スライスしたレモンを浮かべた淡い茶色の液体——を飲んでいた。「なにひとつわかっていないんですから」レディ・ミドルセックスが言った。

「ちゃんとした紅茶も飲まずに、フランス人はよく暮らしていけますこと。いつもひどく顔色が悪いのも当然ですわね。正しい紅茶のいれ方を教えようとしたこともありますけれど、あの人たちは学ぶ気がないのですよ。まあ、外国を旅するときには、耐えなければならないこともあります。心配しなくていいのよ、ディアハート。バグダッドの大使館につけば、まともな紅茶がいただけるから」

「あなたはどこにいらっしゃるのですか、レディ・ジョージアナ？」ミス・ディアハートは、五枚目とおぼしきビスケットに手を伸ばしながら訊いた。

「レディ・ジョージアナは、ルーマニアの王家の結婚式に王妃陛下の代理として参列なさるのよ」

「ルーマニアですって？　とんでもないところじゃありませんか。あんな恐ろしいところ」

「ばかなことを言って。先日の手紙に書いたじゃないの」

「あいにく、母が飼っているやんちゃな子犬のタウザーが郵便物を見つけて、あなたからの手紙の角を噛みちぎってしまったんです。本当にいたずらな犬で」

「かまわないわ、こうして会えたのだから。これからわたくしたちは、トランシルヴァニアの山中の目的地まで、レディ・ジョージアナといっしょに行くのよ」

「そこまでしていただく必要はありません」わたしはあわてて言った。「駅に迎えの車が来ているはずですから」

「とんでもない。あなたを無事にお城まで送り届けるようにと王妃陛下から特に頼まれているのです。わたくしは義務を怠るようなことはいたしません」

「でも、レディ・ミドルセックス、よりによってトランシルヴァニアの山中のお城、それもこの時期だなんて」ミス・ディアハートの声は震えている。「きっと狼に襲われます。それにヴァンパイアが現われるかもしれません」

「なにをばかなことを言っているの、ディアハート。ヴァンパイアだなんて。次はなにを言いだすのやら」

「でもトランシルヴァニアはヴァンパイアの巣窟です。だれだって知っていることです」

「そんなもの、おとぎ話ですよ。ヴァンパイアなどというものは現実には存在しないのよ、ディアハート。南アメリカに蝙蝠《こうもり》はいますけれどね。それに狼にしても、人の往来の多い道路で自動車の中の人間を襲えるとは思いませんよ」

レディ・ミドルセックスはティーカップの中身を飲み干し、わたしは窓の外に広がるたそがれどきの秋の景色を眺めた。荒涼とした野原の合間に、葉を落としたポプラ並木が通りすぎていく。農家からはすでに明かりが漏れていた。外国にいるのだという湧き立つような思いで、再び胸がいっぱいになった。

「いったいなにを見ているの、ディアハート？」レディ・ミドルセックスがよく響く声で尋ねた。

「通路の向こう側にいるカップルです」囁くように彼女が答える。「あの若い女性は絶対に奥さんじゃありませんわ。テーブルの上で手を握っている、あの男の恥知らずな態度を見てください。大陸に渡ったとたんに、あんなあきれた振る舞いをするんですから。それに隅にいるひげの男。あれは明らかに国際的な暗殺者ですね。客室のドアに内側から鍵をかけられるといいんですけれど。そうでないと、寝ているあいだに殺されてしまうかもしれない」

「あなたは行く先々で危険を見つけなければ気がすまないの？」レディ・ミドルセックスはいらだたしげに言った。

「行く先々に危険が待っているんですもの」

「ばかばかしい。わたくしはこれまでの人生で危険らしい危険に見舞われたことなどありませんよ」

「東アフリカにいたときはどうなんです？」

「数人のマサイ族が槍を振り立てただけじゃありませんか。だいたいあなたは何でもないことに大騒ぎしすぎなんですよ。まったくいつもびくびくしているんだから。しゃんとなさいな」

わたしは笑いを噛み殺した。なんとも妙な組み合わせだ。いったいどうして横柄で食欲旺盛なレディ・ミドルセックスのような人が、作り笑いをするおせっかいな女性を同行者として選んだのか、またミス・ディアハートはなぜ危険な場所から次の危険な場所へと移動する仕事を引き受けたのか、わたしは不思議でたまらなかった。

あたりが闇に包まれる頃、パリが近づいてきた。エッフェル塔やほかの見覚えのある建物でも見えはしないかと窓の外に目を凝らしたが、薄闇の中に見えたのは、すでにシャッターをおろした店が並ぶ細い路地や、街角のカフェ兼雑貨屋だけだった。お金さえあればしばらくでもパリに住んで、自由人を気取ってみるのにと、わたしは思った。

まともに紅茶もいれられなかったフランス人に対する評価は、パリをあとにして間もなく振る舞われたホタテ貝のコキールとブルゴーニュ風牛肉の煮込みという素晴らしい夕食で、一気に跳ねあがった。食事のあいだもレディ・ミドルセックスの独演会は続き、時折ミス・ディアハートが、国際的犯罪者をまた見つけたから、眠っているあいだに殺されるかもしれないとおののきながら口をはさんだ。食事が終わりに近づき、絶品のアイスクリームを堪能していると、ミス・ディアハートがわたしたちに顔を寄せて言った。

「だれかがわたくしたちを見張っています。さっきもそんな気がしたんですけれど、いまは断言できます。食堂車のドア越しにだれかがわたしたちのことを見ていたんです。わたしが顔をよく見ようとしたら、その男はあわてて逃げていきました」

レディ・ミドルセックスはため息をついた。「ディアハート、お願いだからばかなことを言うのはやめてちょうだい。食堂車に面白そうな人がいるかどうか、確かめに来ただけに決まっているじゃないの。わたしたちのような退屈そうな人間と食事をするのはごめんだと思って、しばらくバーで時間をつぶしに行ったのよ。あなたはすべてをドラマ仕立てにしないと気がすまないの？」

「でもわたしたちの客室のドアはちゃんと鍵がかからないんですよ、レディ・ミドルセックス。寝ているあいだに殺されたらどうするんです？　国境を越えて走る列車の中でなにが起きているか、ご存じですよね？　夜のあいだに人が消えたり、朝になったら死んでいたりなんていうことがしょっちゅう起きているんです。そうだわ、わたしたちが交代でレディ・ジョージアナの警護をしたほうがいいかもしれない。あれは無政府主義者かもしれませんから」

「レディ・ジョージアナを殺そうとする無政府主義者などいませんよ」レディ・ミドルセックスは見くだすように鼻を鳴らした。「彼女の王位継承順位はずっと下なんだから。これが国王陛下の息子だというならあなたの心配ももっともでしょうけれど、だれかがわたくしたちのことを見ているというのなら、それはきっと若くてかわいい娘を探しているフランス男に決まっています。年寄りふたりに邪魔されることなく、レディ・ジョージアナと話をする機会をうかがっているんですよ。彼にとっては不運でしたね。わたくしが鷹のように彼女を見守ると王妃さまに約束しましたから」

レディ・ミドルセックスが今夜は早めに休もうと言ったので、わたしはほっとした。客車の突き当たりにあるバスルームから出ると、だれかに見られているような妙な感覚があった。振り返ったが、通路にはだれもいない。ミス・ディアハートのせいだ。わたしまで神経質になっている。それに実を言えば、レディ・ミドルセックスが言っていた、お目付け役のいないところでわたしと話したがっているフランス男が本当にいればいいのにという思いもあった。面白い話じゃない？　フランス男は最高の愛人だとベリンダはいつも言っていた。もちろん彼を個室に入れたりはしないけれど、罪のない戯れくらいならかまわないんじゃないかしら。

わたしはしばらく個室の入り口でぐずぐずしていたけれど、フランス男は現われなかったのでベッドに入った。だがミス・ディアハートの言ったとおり、個室の鍵がかからないことがわかると、フランス男はわたしよりも宝石ケースのほうに興味があるのかもしれないという考えが浮かんできた。クイーニーはきっと、わたしがティアラを持っていることをシャンタルに教えただろう。まわりにいる人間全員に聞こえるほどの大声でしゃべったかもしれない。ありえることだと思うと不安になった。宝石ケースを寝台の頭側に移動させ、枕をその上にたてかけた。ベッドはそれなりに寝心地のいいものだったが、わたしは眠れなかった。列車の規則正しい揺れに身を任せながら、ダーシーはいまどこにいて、フィグと会ったあと連絡をくれなかったのはなぜだろうと考えた。フィグに恐れをなすはずはないのに。いつしかうとうとしていたらしく、気がつけばわたしは霧の中でダーシーといっしょにいた。彼はわたしにキスをしようとして、首に嚙みついた。「ぼくが本当はヴァンパイアだって知らなかったのかい？」

列車がポイントを通過する大きな揺れと金属のこすれる音に、わたしはぎくりとして目を覚まし、横になったままヴァンパイアのことを考えた。わたしはスコットランドの農民たちのように妖精《フェアリー》や幽霊の存在を信じていないし、もちろんヴァンパイアがいるとも思っていない。けれど気の毒なミス・ディアハートは、ヴァンパイアは存在すると考えている。ずっと昔に『ドラキュラ』を読んで、恐ろしく気味が悪いと思ったこと以外、わたしはヴァンパイアのことをほとんど知らない。ヴァンパイアに会えたらきっとぞくぞくするだろうけれど、首を嚙まれたいかどうかは微妙だったし、彼らの仲間になりたくないことは確かだ。ベリンダとの会話を思い出して、わたしはくすりと笑った。たとえ危険を冒してでも彼女をメイドとして連れてくればよかったと、わたしは心から後悔していた。どれほど楽しかっただろう。それなのにいまわたしが連れているのは歩く災いのようなメイドで、いっしょに笑い合える相手もいないのだ。

いつしかまた眠っていたらしく、個室のドア付近にだれかの気配を感じて目を覚ました。夜のあいだにフランスからスイス、そしてオーストリアに入る際にも、国境警察官がわたしたちを起こしに来ることがないようにしてほしいと申し入れてある。レディ・ミドルセックスがわたしの様子を確かめに来たのかもしれない。

「そこにいるのはだれ？」わたしは声をあげた。

スライドドアがゆっくりと開き始め、個室の外に長身の影が見えた。そのとき、通路に険しい声が響いた。「そこのあなた、なにをしているのです？」

低い声が応じた。「失礼しました。部屋を間違えたようです」

半分開いたドアの隙間から、レディ・ミドルセックスの顔が見えた。

「どこかの妙な男があなたの個室に入ろうとしていたのです。なんとあつかましい。この車両に入る人間をよく見張っているようにと車掌に言っておかなければ。彼がまたやってくるといけませんから、今夜はわたくしがいっしょにいます」

「とんでもない。わたしは大丈夫です」レディ・ミドルセックスといっしょに過ごす夜は、世界をまたにかけた宝石強盗や暗殺者と遭遇するよりも恐ろしい。

「わたくしは眠りません」彼女はきっぱりと告げた。「ひと晩中ここに座って、目を光らせています」

その言葉に安心したのか、わたしはようやく眠りに落ちた。眠っているあいだに殺されるというミス・ディアハートの予想に反して翌朝無事に目を覚ますと、そこは教養学校にいた頃によく目にしたクリスマスカードのような風景の中だった。屋根に厚い雪の毛布をかぶったかわいらしい小さなシャレーが、白く染まった丘のところどころに建っている。やがて山と山のあいだから太陽が顔をのぞかせ、雪をダイヤモンドのように輝かせた。わたしは窓を開け、ベッドの上に立ってきんと冷えた山の空気を吸いこんだ。列車がトンネルに入ったので、あわてて窓を閉めた。

インスブルックを過ぎたあたりで朝食をとり、個室に戻ってみると、ベッドは片付けられて普通の座席になっていた。列車が山を越えているときは壮大な風景が息を呑むほど美しかったので、ありがたいことに言葉は必要なかったが、それもウィーンの手前の平坦な場所にやってくるまでのことだった。そのあたりはところどころに雪が残るだけで、田園地帯にも草木はなく灰色一色だった。ウィーンとブダペストのあいだでたっぷりと時間をかけた昼食をとり、客室に戻ってきたときにはシャンタルとクイーニーがすでに荷造りを終えて、列車を降りる準備を整えていた。

「会えてよかったです、お嬢さん」クイーニーはわたしをどう呼ぶべきなのかをすでに忘れたらしい。「ものすごく怖かったんですよ。外国の人たちの中じゃ、一睡もできなかったんです。あの人たちが食べているものを見せたかったです。一キロ先からでもにおうくらいいたっぷりのにんにくを入れたソーセージなんですよ。まともな食べ物なんてまったくなかったんですから」

「お城に着いたら、ちゃんとしたものが食べられると思うわ」わたしは言った。「だから元気を出して。旅はもうすぐ終わりよ。あなたはとてもよくやっているわ」

「わかっていたら来なかったのに」クイーニーはつぶやいた。「バーキングのおしゃれなカフェのほうが断然よかった」

「準備はよろしいですか？」レディ・ミドルセックスが顔をのぞかせた。「わたくしたちのために臨時停車してくれるようです。長いあいだ待ってはくれませんから、列車が止まったらすぐに降りなくてはいけません」

窓の外に目をやると灰色の田園地帯が広がっていた。列車は再び山の中を走っていて、雪がちらついている。町の気配はない。

「首都に向かうんじゃないんですか？」わたしは訊いた。

「違います。王女さまは山の中にある先祖代々の王家のお城で結婚式をあげられるそうです。だからこそ、わたくしはあなたを無事に目的地まで送り届けなければならないのです。駅からかなり長時間車で走るようですから」

彼女が話しているあいだに、列車は速度を緩めた。ブレーキのきしむ音がして、やがてがくんと揺れて止まった。ドアが開き、わたしたちは小さな駅のプラットホームに降り立った。荷物専用車からわたしたちのトランクが降ろされるあいだ、防寒着にくるまった農民たちは好奇心をたたえた目でわたしたちを眺めていた。そして汽笛が鳴り、列車は薄闇の中を遠ざかっていった。

「迎えの人間はいったいどこにいるのです?」レディ・ミドルセックスが言った。「荷物といっしょにここにいてください。ポーターを探してきます」

普通列車が到着し、乗客が降り、待っていた人々が乗りこみ、ホームが空になった。不意に首のうしろがちりちりして、わたしはだれかに見られていると確信した。急いで振り返ったが、そこには雪が渦巻くがらんとしたプラットホームがあるだけだ。見られて当然でしょうと、自分に言い聞かせる。隣町より遠くに行ったことのない農民にとって、わたしたちはおおいに好奇心をそそられる存在に違いない。それでも胸騒ぎは消えなかった。

「わたしたちが来たことに気づいていないんですわ」ミス・ディアハートが言った。「日にちを間違えているのかもしれません。地元の宿屋に泊まる羽目になるんだわ。きっと想像もできないくらいひどくて恐ろしいところなんでしょうね。トコジラミがいて、盗賊に襲われて。わたしが言ったことを覚えておいてくださいね」

そこに数人のポーターを引きつれたレディ・ミドルセックスが戻ってきた。

「あのばかな男は駅の外に止めた車の横で待っていたのですよ。自分から来てくれなければ、そこにいることがわたくしたちにわかるはずもないでしょうと言ってやりました。わたくしたちがじきじきに彼を探しに行くとでも思っていたんでしょうか?　ですが彼は英語がわからないようです。王女さまは、英語の話せる人間を迎えによこしてくれるとばかり思っていましたけれど。正式な歓迎団がいてもよさそうなものじゃありませんか。民族衣装を着た農民の娘たちと合唱団とか。イギリスではわたくしたちはそうやって出迎えます。違いますか？　本当に外国人というのはどうしようもありませんね」レディ・ミドルセックスは不意に声を張りあげた。「その箱の扱いには気をつけなさい、このばか者！」

ポーターの手をぴしゃりと叩く。ポーターは地元の言葉で同僚になにかを言い、意地の悪そうな笑い声をあげたかと思うと、わたしたちの荷物を持って歩き去った。ミス・ディアハートの不安がわたしにも移ったらしく、ポーターたちは荷物を持って逃げたかもしれないと半分覚悟したが、彼らは駅の外の石畳の道路で待っていた。

そこに止められていたのは、窓ガラスが黒く塗られた四角くて大きな黒の車だった。黒い制服姿の運転手がその脇に立っている。

「嘘でしょう」ミス・ディアハートがぞっとしたように言った。「霊柩車を迎えによこしたわ」

11

ブラン城
ルーマニアの山地のどこか
一一月一六日　水曜日
寒くて陰鬱な山の中

「自動車はこれだけですか？」言葉を理解できない外国人と話をするときのイギリス人がよくするように、両手を振り回しながらレディ・ミドルセックスが尋ねた。「一台だけ？　使用人はどうするのです？　わたくしたちといっしょに乗せるわけにはいきません。そんなことは許されません。彼女たちが乗れるバスはないのですか？　列車は？」

どの質問に対しても答えが返ってくることはなく、最後には彼女もあきらめて、メイドたちが運転手といっしょに前の席に座ることを許した。運転手はそれが気に入らなかったらしく大声でわめいたが、どれほど勇敢な男であろうとレディ・ミドルセックスの断固たる決意の前にはかなわないことをやがて理解した。シャンタルとクイーニーはなんとかして前の座席に乗りこもうとしたが、最初から無理な相談だった。後部は広々としていたものの座席はひとつしかなく、わたしたち三人は体を寄せ合うようにして座った。結局前の席にはシャンタルが座り、かわいそうなクイーニーは山積みになった鞄や帽子箱と並んで運転手の背後の床に腰をおろさなくてはならなかった。残りの荷物はかろうじてトランクに積みこんだものの、もちろん蓋は閉まらなかったので、紐を探してきてくくりつける羽目になった。王室を代表する一行にはとても見えなかった――旅芸人といった風情だ――が、ようやくのことで駅をあとにした。

日は暮れかかっていたけれど、石畳の細い道や趣のある噴水や背の高い切妻造りの家がある小さな古い町を走っているのはわかった。街灯は灯っているものの、通りにはほとんど人気《ひとけ》がない。通りを歩く数少ない人たちは、防寒着にすっぽりと身を包んでいた。町を抜けたところで、雪が本格的に降り始めた。あたりの地面が白い絨毯に覆われていく。運転手はルーマニア語とおぼしき彼の国の言葉で何事かをつぶやいた。それからしばらくはだれも口を開こうとしなかったが、車が暗い松林の中をのぼり始めたところでミス・ディアハートが言った。「なんて気味が悪いところでしょう。だから盗賊と狼の話をしたじゃありませんか」

「狼？」クイーニーが泣きそうな声で訊き返した。「まさかあたしたち、狼に食べられちまうんじゃないでしょうね！」

運転手は聞き覚えのある単語に耳をそばだてた。わたしたちを振り返り、尖った黄色い歯を露わにして意地悪く笑った。「そう――狼だ」

胸が悪くなるほどの断崖を片側に見おろしながらの急カーブが続く道を、車はひたすらのぼっていく。降りしきる雪が視界を遮り、どこまでが道路でどこからが崖なのか判然としなかった。運転手は背筋をまっすぐに立て、フロントガラスの向こうに広がる闇をのぞきこんでいる。明かりはまったく見えず、暗い森と崖の岩肌があるばかりだ。

「これほど遠いとわかっていたなら、ホテルに泊まることにしていましたのに」レディ・ミドルセックスの声に初めて緊迫感がにじんだ。「運転手がこのあたりにくわしいことを祈るしかありませんね。本当にひどい天気です」

ふたりにはさまれて座り、カーブを曲がるたびに右へ左へと揺すぶられるせいで、わたしは吐き気を催しはじめていた。クイーニーもなんとか耐えてはいたが、口にハンカチを当てている。

「気分が悪くなったら、そう言うのですよ」レディ・ミドルセックスが言った。「車を止めさせますから。でも、車から降りるまでは我慢しなければいけません。いいですね？」

クイーニーは弱々しい笑みを返した。

「もうそれほど遠くないはずです」レディ・ミドルセックスは明るい声を出した。体を乗り出して尋ねる。「まだ遠いのかしら？　エ・シ・ボクー・ロワ？」ひどいフランス語で繰り返した。

運転手は答えなかった。車はようやく峠の頂上にたどり着いた。道路脇に小さな宿屋があって、明かりが見える。運転手は車を止めると、エンジンを冷やすためなのかボンネットを開けた。そして凍えそうな車にわたしたちを残したまま、宿屋の中に姿を消した。

「あれはなんです？」ミス・ディアハートが道路の反対側の暗がりを指差した。「あの林の中です。きっと狼だわ」

「ただの大型犬ですよ」レディ・ミドルセックスが答えた。

わたしはなにも言わなかった。狼のように見えたからだ。だがそのとき宿屋のドアが開いて、人影がいくつか現われた。

「今度は盗賊」ミス・ディアハートがつぶやくように言った。「わたしたちみんな、喉をかき切られるんだわ」

「ただの農民です」レディ・ミドルセックスが見くだすように応じた。「ほら、子供もいっしょにいるじゃありませんか」

本当に農民だとしても、彼らは確かに残忍そうに見えた。男たちは口の両脇にだらりと垂れる黒いひげをはやし、女たちはみな大柄でたくましい。驚くほどの人数が宿屋から出てきたかと思うと、自動車の中をいぶかしげにのぞきこんだ。ひとりの女性が十字を切り、別の女性は指を十字に交差させた。まるで邪悪なものを寄せつけまいとしているようだ。三人目の女性は、車のすぐそばまで近づこうとした子供をあわてて引き留め、両手で抱きしめた。

「いったいなんだというんです？」レディ・ミドルセックスが尋ねた。

老人がひとり、近づいてきた。「よくない」窓のすぐそばに顔を寄せて言う。「行くな。気をつけろ」雪の上に唾を吐いた。

「尋常ではありませんね」レディ・ミドルセックスが言った。

運転手が戻ってきて、相当な数になっていた野次馬たちを追い払った。ボンネットを閉め、運転席に戻り、再びエンジンをかける。叫び声が起き、なにかを身振りで伝えたがっているようにも見える人々をその場に残して、わたしたちは出発した。

「いったいあれはなんだったのです？」運転手が突如として英語を理解できるようになったことを願いながらレディ・ミドルセックスが尋ねたが、彼はひたすら前方の急な下り坂を見つめるだけだった。

すべてが不安になり始めていた。レディ・ミドルセックスはなにか誤解をしていて、わたしたちは間違った駅で降りてしまったんだろうか？　乗るべきではない車に乗ってしまったのかもしれない。こんな人里離れた場所に王家のお城があるはずもない。ミス・ディアハートがわたしの不安を口に出して尋ねた。

「いったいどうしてこんな辺鄙《へんぴ》な場所で王家の結婚式をすることになったんです？」

「伝統ですよ」レディ・ミドルセックスは自信に満ちた口調で言おうとしたが、彼女もまた疑念を抱き始めているのがわかった。「長女は先祖代々の家で結婚式をあげることになっているのですよ。もう何世紀もそれが続いています。ここで式をあげたあと、一行はブルガリアに移動し、大聖堂で二度目の式を行なって、花嫁は新しく彼女の祖国となった国の人々にお披露目されるというわけです」そう言ってため息をつく。「外国に渡れば、妙な習慣と向き合わなければなりません。それが故郷に比べて、どれほど粗野なものであっても」

車の速度が落ちていた。運転手は尖った歯を見せて笑った。「ブラン」ブランがなにを意味するのかさっぱりわからなかったが、道路脇にそそりたつ岩壁から光が漏れているのが見えた。窓の外をのぞきこむと、巨大な城の輪郭が浮かびあがっている。あまりに古くて、ぞっとするような様相を呈しているので、岩の一部であるかのように見える。車は大きな木製の門の前で止まった。門がゆっくりと開き、車は中庭へと進んだ。最後通牒のように、背後で音を立てて門が閉まる。車が止まり、運転手が後部座席のドアを開けた。

最初に雪の上に降り立ったのはミス・ディアハートだった。わたしたちを取り囲むように空に向かってそびえたつ石造りの胸壁を、おののきながら見あげる。

「ああ、神さま。あなたはとんでもないところにわたしたちを連れてきてしまいましたわ、レディ・ミドルセックス。ここは正真正銘の恐怖の館です。わたしにはわかります。わたしは死のにおいを嗅ぐことができるんです。ここにはそのにおいがあります」車の反対側から降りたばかりのレディ・ミドルセックスに向かって言う。「お願いです、すぐにここを発ちましょう。この人にお金を払って、駅に連れ戻してもらえませんか？　町には宿屋があるはずですから、そこに泊まればいいんです。こんなところにいるのはいやです」

「ばかなことを言うものではありませんよ。この中は問題なく居心地がいいに決まっていますし、もちろんわたくしたちにはレディ・ジョージアナをこちらの王家の方々に正式に紹介するという義務があります。こんなところに彼女を置き去りにするわけにはいかないのですよ。イギリスのやり方というものがあります。さあ、しっかりなさい、ディアハート。ちゃんとした食事をすれば、気分もきっとよくなりますよ」

わたしはその圧倒的な壁を見あげていた。二階か三階より下には窓がなく、閉じた鎧戸《よろいど》の隙間からわずかな光が漏れているだけだ。実を言えば、わたしも思わず唾を飲んでいた。様々な情報の断片が一気に蘇ってくる。国王陛下と王妃陛下が息子たちを来させたがらないのは、危険すぎるからだとビンキーが言っていたこと。ベリンダでさえ、盗賊とヴァンパイアのことを冗談にしていた。それに峠の頂上にいたあの人たちは、いったいなぜ恐怖と嫌悪のないまぜになったような顔でわたしたちを見つめ、十字を切ったりしたのだろう？　レディ・ミドルセックスの言葉を頭の中で繰り返した。しっかりなさい。いまは二〇世紀。古風なゴシック建築に見えても、きっと中は居心地がいいに決まっている。自分を叱りつける。

車から這い出てきたクイーニーが、わたしのすぐ隣に立って袖をつかんだ。

「とんでもなく恐ろしいところじゃないですか。ぞわぞわします。ロンドン塔がかわいらしい田舎の小屋に見えるってもんです」

苦笑せざるを得なかった。「まったくそのとおりね。でもわたしはスコットランドの古いお城で暮らしていたけれど、中はとても居心地がよかったのよ。ここでもきっと楽しい時間が過ごせるわ。ほら、だれか出てきたわよ」

石の階段の上にあるドアが開いて、星の形をした銀の飾りを首から吊るした黒と銀色のお仕着せ姿の男性がおりてきた。白髪で頬は高く、猫のように光る一風変わった淡い色の瞳をしていて、気位の高そうな顔つきだ。

「グレンギャリーおよびラノク公爵令嬢レディ・ジョージアナでいらっしゃいますか？」フランス語で尋ねられ、わたしたちはおおいに狼狽した。「歓迎いたします《ビヤンヴニュ》。ブラン城にようこそ」

ヨーロッパの貴族たちのあいだでは、フランス語が共通語であることをすっかり忘れていた。

「こちらはレディ・ジョージアナです」レディ・ミドルセックスは、いかにもイギリス人らしい英語なまりのひどいフランス語で言った。「わたくしは彼女に同行しておりますレディ・ミドルセックス、それからこちらはわたくしの同行者のミス・ディアハートです」

「ミス・ディアハートの同行者はいらっしゃらないのですか？」彼が訊いた。「子犬とか？」

冗談のつもりだったのだろうが、レディ・ミドルセックスは冷たく答えただけだった。

「動物など連れてきておりません」

「自己紹介させてください。わたしはドラゴミール伯爵、この城の執事です。両陛下に代わって、あなた方を歓迎いたします。こちらでの滞在が快適なものになりますことを祈っております」

彼は音をたてて踵《かかと》を合わせ、小さくお辞儀をした。その姿を見て、わたしの花婿志願者であるジークフリート王子を思い出した。彼もルーマニアの王家の血筋だ。もちろんここに来ているだろう。当然のことなのに、いままで思いつきもしなかった。とたんに、別の考えが浮かんできた。まさかこれは罠じゃないでしょうね？　彼からのプロポーズを断ったとき、わたしの家族もジークフリートの家族も憤慨したし、ジークフリートは何事であれ自分の思いどおりにしないと気がすまないタイプだ。わたしがここに招待されたのは、ルーマニアの山中の古くて不気味なお城に閉じこめるためだったんだろうか？　結婚式を執り行う司祭さまが都合よく滞在しているときに？

ドラゴミール伯爵に促され、彼のあとについて階段をあがりながら、わたしはなごりおしげに自動車を振り返った。

わたしたちがまず招き入れられたのは、紋章旗や武器が吊るされた天井の高いホールだった。壁のアーチ形の入り口から建物の奥へと、暗い通路が何本も延びている。床と壁は石造りで、屋外と変わらないくらい寒かった。

「長旅のあとですから、ゆっくりなさってください」ドラゴミールが言った。息が目に見えるくらい白い。「使用人に部屋まで案内させます。夕食は八時です。マリア・テレサ王女は、古いご友人であるレディ・ジョージアナ・ラノクと旧交を温めることを楽しみにしておられます。さあ、こちらにどうぞ」

彼が手を叩くと、従僕の一団が暗がりから飛び出してきてわたしたちの荷物を持ち、一方の壁に造られた手すりのない急な石の階段をのぼり始めた。わたしたちもそのあとに続いたが、すぐに長々と歩いたあとのように足が疲れてきた。もし転んだらかなりの距離を落ちることになるのだろう。あがりきった踊り場はラノク城のどこよりも寒く、すきま風がひどい。

そこからさらに螺旋階段をのぼったが、どこまでも延々と続くのでめまいがしてくるほどだった。階段の上は彫刻を施した天井があるゆったりした廊下で、床はやはり石造りだった。壁には荒々しい顔つきか、あるいは半分いかれているか、もしくはその両方である祖先の人々の肖像画がずらりと飾られている。クイーニーはわたしのすぐうしろをついてきていたが、不意に悲鳴をあげてわたしに飛びついてきた。あやうく、ふたりそろって倒れこむところだった。

「柱の陰に人が」クイーニーがあえぐように言った。

わたしは振り返った。「ただの甲冑《かっちゅう》よ」

「でも絶対に動いたんです。手をあげるのを見たんです」

その甲冑は確かに槍を持った手をあげている。わたしは面頬《めんぽお》を開けた。

「ほらね。中にはだれもいないでしょう？　さあ、いらっしゃい。案内人とはぐれてしまうわ」

クイーニーはわたしのすぐあとをぴったりとついてきたので、わたしが足取りを緩めるたびにぶつかった。ドアが開かれ、その先にあったカーテンを押しのけると、そこには感心するほど広い部屋があった。

首にクイーニーの息が当たった。「なんとまあ。映画の中の部屋みたいじゃないですか、お嬢さん。ボリス・カーロフの『フランケンシュタイン』に出てくるみたいな」

「こっちだ」従僕がクイーニーに言った。「ご主人さまはお休みになる。さあ」

「行きなさい、クイーニー。あなたの部屋まで連れていってくれるから。あなたも体を休めて、夕食の着替えに間に合うように戻ってきてちょうだい」

クイーニーは怯えたようなまなざしをわたしに向けてから、しぶしぶ従僕について部屋を出ていった。カーテンが閉じられ、わたしはひとりで残された。その部屋は古くてじっとりしていた。生まれ育ったお城でよく嗅いだにおいだ。けれどラノク城の部屋はどこも極端に質素なのに対して、この部屋はカーテンや掛け布やどっしりした家具でいっぱいだった。部屋の真ん中には、『エンドウ豆の上に寝たお姫さま』に出てくるような、ベルベットのカーテンがかかった四柱式ベッドが置かれている。同じカーテンが一方の壁を覆っているのは、そこに窓があるのだろう。わたしがたったいま入ってきたドアもカーテンに隠れている。

装飾の施された大理石の暖炉には火が入っていたが、部屋はあまり暖まってはいなかった。巨大な衣装ダンスと化粧台、がっしりした整理ダンスが置かれ、窓のそばには書き物机があり、壁に大きな肖像画が飾られている。白いシャツを着た色白でなかなかハンサムな若者で、わたしはロマン派詩人のひとりを思い出した――バイロン卿はこのあたりを訪れたことがあったかしら？　だがバイロンは黒髪だが、この若者は金髪だ。壁に取りつけた燭台が弱々しく照らすだけなので、部屋のなかはかなり暗かった。車酔いから完全に回復していなかったし、妙な男が列車の中でわたしの個室に入ろうとしてからというもの、妙な緊張感が続いている。窓もドアも見当たらない部屋の中にいるのはあまりいい気分ではなかったので、奥の壁のカーテンを開けることにした。

部屋を横切っているとなにか動くものが見えた。白い顔がこちらを見つめていることに気づいて心臓が止まりそうになったが、衣装ダンスの扉に取りつけられた染みだらけの古い鏡であることがすぐにわかった。窓が見えるくらいにカーテンを開き、鎧戸を開けて夜の景色を眺めた。木に覆われた山々には明かりひとつない。雪はまだ静かに降っていて、冷たいものがひらひらと頬に落ちてきた。わたしは下に視線を向けた。この部屋のある建物は岩の縁の上に造られているらしく、はるか下のほうまでなにも見えない。どこか遠くから、静寂を切り裂くように遠吠えが聞こえた。これまでに聞いたどんな犬の鳴き声とも違っていて、〝狼〟という言葉が脳裏に浮かんだ。

窓を閉めようとしたところで、わたしの体は凍りついた。自分の目に間違いがないことを確かめるように、改めて暗闇に目を凝らす。なにかが、あるいはだれかがお城の壁をよじのぼっていた。

12

ブラン城
トランシルヴァニアのどこか
一一月一六日　水曜日

自分の目が信じられなかった。黒い服に身を包んだ人影が、マントらしきものを背中にたなびかせながら、手がかりもないお城の石壁をするするとのぼっている。と思う間もなく、不意にその姿が消えた。わたしはその場に立ちつくし、しばし窓の外を凝視していたが、やがて風が強まり、狼の鳴き声と共に雪が部屋に吹きこんできたので窓を閉めた。ベッドに横になったが、眠れない。ミス・ディアハートがうらめしかった。彼女がヴァンパイアの話など持ちださなければ、こんなに動揺することもなかっただろうに。横になったまま部屋の中を見まわした。衣装ダンスの上部の角は、まるでガーゴイルの彫刻のように見える。天井と壁のあいだのモールディングには顔がいくつも浮かびあがっている。それに——あれは、いったいなに？　ドアのカーテンに半分隠れていままで気づかなかった家具がある。彫刻が施された大きな木の衣装箱のようだ。人間が入れそうなくらい大きな、彫刻の施された木の箱。それとも……まさか棺桶？

　わたしはベッドから降り、忍び足で部屋を横切った。あの中を確かめておかなければ。蓋は恐ろしく重かった。必死になって格闘していると、不意に背後で空気が動くのを感じ、だれかがわたしの背中に触れた。悲鳴をあげながら振り返る。開きかけていた蓋がむなしい音を立てて閉じ、目の前には怯えた顔のクイーニーがいた。

「すみません、お嬢さん。驚かすつもりはなかったんです。すごく静かに入ってきただけなんです。寝ているかもしれないと思って」

「寝る？　こんなところでどうやって寝られると言うの？」

　クイーニーは部屋を見ました。「わお。よくわかります。薄気味の悪い古いお城ですよね。ぞっとします。マダム・タッソー蠟人形館の恐怖の部屋《チエンバー・オブ・ホラーズ》みたい。壁のあの若者は別ですけど。なかなかかっこいいじゃないですか？」

「ベッドで寝ているところを見られたいとは思わないわね」わたしはそう応じながら、その肖像画が衣装箱／棺桶の真上にあることに気づいた。「あなたの部屋はどう？」

「言わせてもらえば、ホロウェイ刑務所みたいです。なんにもなくて寒くて。それに小塔をずっと上までのぼるんです。あそこじゃろくに眠れやしませんよ。吹きさらしの階段をぐるぐるとひたすらのぼらなきゃならないんです。おりてくるあいだに、何度も迷ったんです。洒落た制服姿の若者とたまたま行き会って、ここまで連れてきてもらってなければ、きっと今頃は地下牢にいたと思いますね。どうやったら自分の部屋に戻れるんだか」クイーニーはわたしの顔をしげしげと眺めた。「大丈夫ですか、お嬢さん？　顔色が悪いですけど」

お城の壁をよじのぼっていた何者かのことを話そうかと思ったが、考え直した。ラノク家の例の義務感が頭をもたげたこともあるし、ロバート・ブルース・ラノクやマードック・マクラハン・ラノクは、壁をのぼる人影に怯えたりしないはずだと思ったからだ。落ち着いているように振る舞わなくてはいけない。

「ええ、大丈夫。元気よ。ありがとう、クイーニー。わたしの荷物はいつ届くのかしら」

その言葉が合図だったかのようにドアをノックする音がして、皆同じ顔をしているように見える長身で黒髪の従僕たちが荷物を運んできた。

「服を鞄から出して片付けたら、夕食の着替えを手伝ってちょうだい」わたしは言った。「どこで体を洗えるのかしら」

廊下を探すと、少し先にバスルームがあるのがわかった。大きな石のアーチの上に円天井があるがらんとした広い部屋だ。中央に置かれたかぎ爪足のバスタブは泳げそうなくらい大きい。その上にある妙な機械からは、おそらくお湯が出るのだろう。

「夕食前にお風呂に入るわ。お湯を入れてちょうだい。それからガウンを用意してね」

クイーニーが荷物をほどき、服を片付けているあいだに、わたしはドレスを脱いだ。そのときになって初めて、彼女がガウンを入れ忘れていたことがわかった。

「かまわないわ。寝間着でバスルームまで行けばいいことだから。ほかにはだれもいないようだし」

寝間着姿であることに気まずさを感じながら急いでバスルームに戻ってみると、中は蒸気が充満していて、バスタブのお湯はプディングを茹でられそうなくらい熱かった。窓は引っかかっていて開かないうえ、お湯を半分捨てて水で埋めるのにかなりの時間がかかった。それでもそのあとは気持ちよくお湯に体を沈め、すっかり生き返った気分でタオルを探した。見当たらない。さあ、困った。ここまで着てきた寝間着は蒸気のせいで、すっかり湿ってしまっている。濡れた体を拭くものはない。とにかく部屋まで戻るほかはなかった。

わたしは四苦八苦しながら寝間着を頭からかぶった。もう一枚の皮膚のように、濡れた体にぴったりと貼りついた。バスルームのドアを開け、左右を確かめ、自分の部屋に向かって廊下を走る。いくつめのドアが自分の部屋だったのかを覚えていないことに気づいたのはそのときだ。たしか二番目だったはず。それとも三番目だった？　わたしのうしろには水滴が点々と残っていて、足の下には水たまりができている。石の床の上で足は凍えそうに冷たかった。二番目のドアの前に立ち、開けようとした。開かない。

ノックした。「クイーニー、お願い、開けてちょうだい」

答えはない。

さらに大きな音でドアを叩く。「クイーニー、早く開けてったら」

ドアがさっと開いたかと思うと、目の前にはぼうっとした顔つきのジークフリート王子が立っていた。いままで眠っていたようだ。彼はおののいたように眉を吊りあげ、じろじろとわたしの姿を眺めた。

「失礼しました。部屋を間違えたようです」わたしはもごもごと告げた。

「レディ・ジョージアナ。なんということだ《マイ・ゴッド》。いったいこれはどういうことだ？　きみは服を着ていないではないか。あるまじき格好だ。なにがあったのだ？　事故にでもあって、水の中に落ちたのかね？」

「ちゃんと服を着ていますわ。ただ濡れているだけで。バスルームにタオルがなかったんです。わたし、どのドアが自分の部屋だったのかわからなくなってしまって、それで……」訳のわからないことをつぶやいていると、クイーニーの声がした。「こっちですよ、お嬢さん」

「お邪魔してごめんなさい」わたしはあわててその場を逃げ出した。

　安全な自分の部屋にたどり着いてみると、衣装ダンスの一番上の棚にタオルがあった。濡れた体を拭きながら、自分のばかさ加減にあきれると同時に恥ずかしくてたまらなくなった。よりによって、ジークフリートの部屋のドアをノックするなんて。まったく今日という日は、なんて長くつらい一日なんだろう。

　クイーニーは手を貸すよりも邪魔をするほうが多かったから、ひとりで着替えをする練習をたっぷり積んでいたのは幸いだった。わたしの頭をアームホールに押しこもうとしたかと思うと、髪を整えると言って鳥の巣のようにしてしまう。それでもワインレッドのベルベットのドレスと代々伝わるルビーで、なんとか見苦しくなく装うことができた。最初の銅鑼《どら》が聞こえてきたときには、すっかり準備ができていた。

「わたしは晩餐《ばんさん》に行くわ。あなたがどこで食事をするのかはわからないけれど、使用人のだれかが教えてくれるはずよ」

クイーニーが不安そうに目を泳がせるのを見て、気の毒になった。

「最初の夜だから遅れるわけにはいかないの。きっと大丈夫よ。とにかく厨房に行ってごらんなさい」

わたしについてきたがっているような顔をしているクイーニーを残して部屋を出た。少し迷ったものの、食事が始まるのを待つ長広間になんとかたどり着いた。長広間にはさらに多くの紋章旗が吊るされ、イノシシから熊まで様々な動物の頭部が飾られていたが、クリスタルのシャンデリアには何百本という蠟燭の火が灯されていたから、明るく華やいだ雰囲気だった。集まった人々はみな、金モールや勲章やダイヤモンドで飾り立てていて、わたしは派手派手しいウィーンのオペレッタを思い出した。こういう場に来るといつも、絨毯につまずいたり、像を倒したり、飲み物をこぼしたりといった失態を演じるのではないかと思って不安になる。緊張すると体の動きがぎこちなくなる癖があるからだ。だれにも気づかれずにさりげなくこの場に交じりたかったけれど、わたしの到着が高々と告げられ、人々が振り返った。ひとりの若者がいっしょにいたグループから離れ、手を差し出しながらこちらに近づいてきた。

「ジョージアナ。来てくれて本当にうれしいよ。きみは覚えていないかもしれないが、きみとは子供の頃、一度会っているんだ。わたしはニコラス。新郎だ。たしかわたしたちは、はとこだかなんだかの親戚のはずだ」

典型的なパブリック・スクールのアクセントはあるものの、彼の英語は完璧だった。長身でハンサムで、ザクセン゠コーブルク゠ゴータ家の血を引く人間の多くがそうであるように濃い金髪と青い目をしている。お月さまのマッティを押しつけられた彼に同情の念が湧き起こった。彼のような王子なら、結婚してもいいかもしれない――どうしても王子と結婚しなければならないならの話だが。

「ごきげんよう、殿下」わたしは握手をしながら、膝を曲げてお辞儀をした。「残念ながら、覚えていないわ」

「世界大戦の終結を祝う席だった。わたしたちはイギリスにいたんだ。きみは当時やせっぽちのおちびさんで、わたしの記憶が正しければ、テーブルの下でターキッシュ・デライトをいっしょになってひと箱たいらげた」

わたしは声をあげて笑った。「そしてそのあと、ものすごく気分が悪くなったんだわ。思い出したわ。あなたはそのすぐあとに学校に行くことになっていた。わたしは家で家庭教師についていたから、すごくうらやましかったの」もうひとつ思い出したことがあった。「あなたはたしか、学校でダーシー・オマーラといっしょだったんじゃないかしら？　とてもラグビーが上手だったって彼が言っていたわ」

「きみはダーシーの知り合いなのか。彼も素晴らしいフルバックだったよ。足がとても速いんだ。それで、この城は気に入ったかい？」彼はいたずらっぽく笑った。「見事なゴシック建築だろう？　マリアがどうしてもここで結婚式をあげたいと言うんだ」

「ご家族の伝統なんでしょう？」

「元々の家ではそうだったのかもしれない――ドラキュラのモデルになったと言われている串刺し公ヴラドは、確か祖先のひとりだったはずだ。だがマリアの家はそれほど昔から、王座についているわけではないんだ。だからここで式をあげたがっているのは、子供の頃に過ごした楽しい夏の思い出があるからだと思う。それからおとぎ話のようなお城で結婚したいという、ロマンチックな思いからかな」彼はわたしに顔を寄せて言った。「正直に言うと、わたしはもっと居心地がよくて、交通の便もいいところのほうがよかった」

「確かにここはかなり……ゴシックね」

大柄な男が突然割りこんできたので、わたしたちは口をつぐんだ。

「こちらの美しい女性はどなただい？　紹介してくれよ、ニコラス」男は強い訛りのある声で言った。

スラブ人らしいのっぺりした顔立ちで、色が白く、髪の色も淡い。軍服にはところ狭しと勲章やサッシュや記章やモールがつけられていて、まるでギルバート・アンド・サリヴァン（一九世紀末、英国で一世を風靡したオペラ台本作家と作曲家のコンビ）のコミックオペラに出てくる戯画化した将軍のようだ。わたしは、彼が王子をニコラスと呼んだことにも気づいていた。

一瞬、ニコラスの顔をいらだたしげな表情がよぎった。「やあ、ピリン。もちろんだ。こちらはイギリスから来たわたしの大切な親戚、レディ・ジョージアナだ。ジョージアナ、彼はピリン陸軍元帥。ブルガリア軍の司令官で、ぼくの父である国王の顧問だ」

「お会いできて光栄ですわ、陸軍元帥」わたしは握手を交わしながら、優雅に頭をさげた。彼の手は肉厚でじっとり湿っていて、必要以上に長くわたしの手を握っていた。

「ほお、イギリスから来たんですか、レディ・ジョージアナ。ジョージ国王は元気ですかな？　立派なご老人だが、少々退屈だ。まったく酒を飲まないんですからな」

「最後にお会いしたときはお元気でしたわ。ありがとうございます」わたしは冷ややかに答えた。陛下に対するくだけた口調が気に入らない。「ただお聞きになっていらっしゃると思いますが、陛下はここ最近、あまり体調がよろしくないので」

「ええ、聞いていますよ。皇太子は父親の跡を継ぐ準備はできているんですか？　父親にお迎えが来た暁には、ちゃんと務めを果たせるんでしょうかね？　それとも遊び人のままなんでしょうかね？」

たとえそれが王家のことでなかったとしても、見も知らぬ人間と親戚の話をしたくはなかった。「そのときが来れば、殿下も必ず素晴らしい国王になりますわ」

元帥はぽってりした手でわたしのむき出しの腕をつかんだ。「気に入った。彼女には気骨がある」ニコラスに向かって言う。「今夜の晩餐の席は、彼女をわたしの隣にしてくれ。彼女のことをもっとよく知りたいんだ」そして、色目としか表現のできない目つきでわたしを見た。

「申し訳ないが、花嫁がどうしてもジョージアナの近くに座りたいと言っているんだ。ふたりは親しい友人でね、話したいことがたくさんあるらしい。マリア・テレサに会ったかい、ジョージアナ？　きみに会いたくてうずうずしているんだよ。おいで、探しに行こう」

ニコラスはわたしの腕を取ると、その場から連れ出してくれた。

「まったくいやな男だ」声の届かないあたりまでやってきたところで、彼が囁いた。「だがいまわたしたちは、ブルガリア国内での動きには慎重にならなくてはいけないんだ。彼はマケドニアの南西部の出身なんだが、そのあたりでは独立運動が盛んだ。わたしたちから独立したがっている――それにユーゴスラヴィアは、マケドニアのぼくたちの領土を併合したいと考えている。だから、いまは微妙な状況なんだよ。ピリンが権力を握っているあいだは、独立運動を抑えておくことができる。だが彼がいなくなったら、独立の動きが高まるだろう。内戦になる。ユーゴスラヴィアは間違いなく独立を目論む側につくだろうから、気づいたときには、新たな地域戦争――世界大戦でなければいいが――が勃発寸前などということになりかねない。だからいまは彼のご機嫌をとる必要があるんだよ。彼は田舎者だ。そして危険な男なんだ」

「そういうことね」

「だからこそ、この結婚でルーマニアと同盟を結ぶことがとても重要だ。バルカン諸国のあいだで紛争が起きたときには、わたしたちの側についてもらう必要がある。だがもう暗い話はやめようじゃないか。今夜はわたしたちの結婚を祝うために集まってもらったんだ。ほら、あそこにわたしの愛しい花嫁がいる。マリア、愛しい人《シェッツ・ライン》、だれだと思う？」

振り返ってニコラスの視線の先をたどったが、見覚えのある人はいない。パリから取り寄せたことがひと目でわかるドレスを着た、すらりとした美しい人がいるだけだ。黒い髪を洒落たスタイルにまとめ、片手に黒檀のシガレットホルダーを持ったその女性は優雅な足取りで人ごみのあいだをこちらに近づいてくる。わたしに気づくと、その顔がぱっと輝いた。

「ジョージー。来てくれたのね。よかった。会えて本当にうれしいわ」

そう言うと、両手を広げてわたしに歩み寄った。

わたしを抱きしめようとしたところでその動きが止まり、彼女は笑いだした。

「その顔ったら。しばらく会っていなかった人はわたしのことがわからないんだって、すぐに忘れてしまうのよ。マッティよ。あなたの旧友のマッティ」

「信じられない」わたしは言った。「マッティ、あなたったらなんてきれいなの」

「ええ、きれいでしょう？」マッティは満足そうだ。「ブラック・フォーレストで過ごした日々は無駄じゃなかったわね。そう思うでしょう？」

「ブラック・フォーレスト？」

「鉱泉場での痩身合宿よ。まさに拷問の三カ月だったわ。人参ジュースを飲み、冷たいお風呂に入り、夜明けに森の中を延々と走らされ、何時間も体操をして。でもその結果がこれよ。三〇キロが見事に消えたの。そのあと洗練された女性になるために、パリで一年過ごしたら、ほら、新しいわたしのできあがりというわけ」

わたしはそれでもまだ、まじまじと彼女を眺め続けていた。

「彼女は本当に美しいだろう？」ニコラスが言った。「ぼくは本当に幸せ者だ」

ニコラスはマッティに腕をまわしたが、マッティが彼を見あげて笑みを返す前にほんの一瞬の間があったような気がした。

「とてもお似合いよ。本当におめでとう」わたしは言った。

「ドレスの試着が楽しみじゃない？」マッティが言葉を継いだ。「パリから素晴らしい女性を連れてきているのよ。わたしは美しいドレスが大好きなの。一年のうち何カ月かはパリで暮らそうってニッキーが約束してくれたの。とても楽しみだわ。学校にいた頃着なければならなかった、あのひどい制服を覚えている？またあの頃の友だちが集まるなんて、学生時代に戻ったみたい」

「ほかにもレゾワゾのときの友だちが来ているの？」

「そうなの。だれだと思う？ベリンダ・ウォーバートン＝ストークよ」

「ベリンダ？ここに？彼女を結婚式に招待していたの？」

頭に血がのぼった。ほんの一週間前に会ったとき、彼女はなにも言っていなかったのに。

「そういうわけじゃないの。ありえないようなことが起きたのよ。このあたりを旅していたら、ちょうどこのお城の外で彼女の車が故障してしまったんですって。ここにだれが住んでいるのかも、わたしが結婚式をあげることも、彼女はもちろん知らなかったわ。信じられない偶然じゃない？」

「本当に信じられないわ」わたしは冷たく応じた。「それであなたは、結婚式に出席するように彼女を招待したのね？」

「追い返せるはずがないでしょう？　それに彼女がいたら、あなたも喜ぶってわかっていたもの。ベリンダって楽しい人だったわよね。ここにいる人たちはほとんどが、うんざりするくらい退屈なのよ。ほら、ベリンダがあそこの隅にいるわ」

マッティの視線は部屋の隅の暗がりに向けられていた。自分でデザインした深い青緑色とエメラルドグリーンの優美なドレスを着たベリンダのうしろ姿が見える。首をかしげ、金髪のハンサムな若者の言葉に熱心に耳を傾けているようだ。彼は、ベリンダのそばにいるときのたいていの男性が見せるうっとりとした表情で、彼女に笑いかけていた。

「いっしょにいるのはだれ？」わたしは尋ねた。

「アントンよ。ニッキーの弟。残念だけれど、ベリンダが彼の気を引こうとしても無駄よ。アントンはどこかの王家の人と結婚して、家を繁栄させなければいけないから。わたしたちと同じように」マッティはどこかうつろな笑い声をあげた。

晩餐を告げる銅鑼が鳴った。

「今夜はわたしの近くに座ってね。卒業してから、あなたがなにをしていたのか聞かせてちょうだい。でもエスコートしてくれる人がいるわね。アントンはもう先約済みのようだし、わたしの兄ではどうかしら」

マッティはわたしの手を引いて、人ごみの中を進んだ。

「ジークフリート、ジョージアナのことは知っているわよね？」

ジークフリートがルーマニアの王家の一員であることは知っていたが、マッティの兄だとは思ってもみなかった。なんてばかなわたし。

ジークフリートは用心深いまなざしでわたしを見た。「レディ・ジョージアナ。今度はちゃんと服を着ていてくれているようで安心した」

「どういうこと、ジョージー？」マッティは、学生時代に聞いてはならないことを耳にしたときによく見せていたのと同じ顔で笑った。

「バスルームに行くのにタオルを持っていくのを忘れたの。そうしたら濡れた寝間着一枚しか着ていない姿をジークフリート王子に見られてしまったのよ」

「ジークフリートったら運のいいこと。それをきっかけにしてその気になってくれればいいんだけれど」マッティが意地悪く言った。「どうやっても兄は女性に興味を示さないんですもの。お父さまがひどく落胆なさっているのよ」

「義務を果たして結婚すると父には約束した」ジークフリートが言った。「実際、今年になってからふさわしい相手を見つけようとしているのだ。さあ、もうこの話はやめようではないか」

「そういうもったいぶった話し方はやめてちょうだい、ジークフリート。もっと相手を楽しませることを覚えないと。さあ、ジョージーをエスコートしてね」

マッティが強引にわたしの腕を彼にからませたところで、ドラゴミール伯爵が姿を見せた。

「晩餐の用意ができました、殿下。わたくしどもの国王もお父上もいらっしゃいませんので、先頭に立って宴会場にお進みいただけますか、ニコラス王子？　レディ・ジョージアナはアントトン王子にエスコートしていただければよろしいかと存じます」

「アントトン王子は先約があるようよ」わたしが言った。

ドラゴミール伯爵はぞっとしたように顔をゆがめた。「彼女は平民ではありませんか。許すわけにはまいりません。殿下をいますぐお止めしなければ」

「堅苦しいことを言わないのよ、ドラゴミール」マッティが言った。「これは非公式の場なんだから。わたしの両親もいないのだし、文句を言うのはやめてちょうだい」

「仰せのとおりに、殿下」ドラゴミールはお辞儀をし、ぶつぶつ言いながら離れていった。

「本当に堅物なんだから」マッティは首を振った。宴会場のほうへと進んでいると、ひと組のカップルがわたしたちの前に割りこもうとしてきた。ベリンダを連れたアントトン王子だ。

「さてと問題発生だ」アントトンはジークフリートを見てにやりとした。「どっちが先に立つ？王子がふたり。どちらも世継ぎではなく、美しい女性を連れている」

「そういうことなら、今回はわたしの勝ちだ」ジークフリートが答えた。「わたしが連れている美しい女性は王家の血を引いているが、きみが連れている女性はそうではない。なにより、ここはわたしの家族が所有する城だ。だがここはきみに譲るのが礼儀というものだろう」

ベリンダは、わたしの母と充分に渡り合える演技を披露した。「ジョージーじゃないの。驚いたわ」甘ったるい声をあげる。「無事に着いたのね。本当によかった。わたしはとても恐ろしい思いをしたの。聞いた？　このお城にたどり着けなかったら、今頃はあの世に行っていたかもしれないわ」

「車の車軸が壊れてしまったので、かわいそうなベリンダは雪のなかを何キロも歩かなければならなかったんだ」アントンはうっとりとベリンダを眺めながら言った。「ぼくたちがいて実に運がよかったと思わないか？　たいていここにはだれもいないんだ」

「ベリンダはいつも運がいいから」わたしはまだ彼女の取った卑劣な手段を許せずにいたが、その厚顔はたいしたものだと思わざるを得なかった。

わたしたちは宴会場に入った。そこは驚くほど長く、天井の高い部屋で、両側の壁にはアーチが作られ、その上に背の高い鉛枠の窓がある。白い布をかけた一〇〇人は座れそうなくらいのテーブルが部屋の端から端まで延び、金箔を貼った椅子のうしろでは、黒と銀のお仕着せを着た従僕たちが背筋を伸ばして立っていた。なにもかもが仰々しい。わたしはジークフリートにいざなわれてテーブルの端まで進み、マッティの向かいに座った。

「ご両親はいらっしゃらないの？」上座に案内されたことに気づいてわたしは訊いた。国王と王妃両陛下の姿は見当たらない。

「わたしとニコラスの両親は明日到着することになっているのだ」ジークフリートが言った。「ほかの王家の客もだ。わたしたちはいわゆる先発隊なのだよ。だから今夜は非公式の場ということになる」ジークフリートはテーブルの向こう側に目をやり、ピリン陸軍元帥が人を押しのけるようにしてこちらに近づいてくるのを見て、嫌悪に顔をしかめた。

ピリンの狙いがわたしであることに気づいたニコラスが先手を打った。

「今夜は、わたしの名付け親にきみの隣に座ってもらうよ、ジョージアナ。彼はあまり英語がうまくないが、きみを知っていると言っていた」振り返ってだれかを呼んでいる。今夜はあと何度くらい驚かされることになるのだろうと思ったところで、その名付け親がほかでもないマックス・フォン・ストローハイムであることに気づいた。わたしの母の一番新しい愛人だ。

「ジョージアナ、ヘル・フォン・ストローハイムを覚えているだろう?」ニコラスが気軽に尋ねてくる。「彼の魅力的な同伴者とは知り合いかな?」

わたしはテーブルの向こう側からこちらを見つめている、母の驚いたような紫色の目を見つめ返した。

「ええ、知り合いよ」わたしは答えた。

13
その夜遅く

楽しいとは言えない晩餐だった。マックスの英語はつたないものだったし、母は自分が三〇歳を超えていることの生き証人であるわたしがこの場にいることに、明らかに腹を立てていた。

「このお祝いに出席するのなら、そう言っておいてくれればよかったのに」母が低い声で言った。

「王妃陛下から王家を代表して出席するように言われたのが、一週間前だったのよ」

何千回となく舞台から観客を熱狂させてきた目が、さらに大きくなった。

「いったいなんだって王妃さまがあなたをよこしたの？」

「〝会えてうれしいわ、ジョージー〟くらい言ってもいいと思うけれど」

「あら、もちろんうれしいわよ。でもあなたにいま必要なのは腕のいい美容師ね。あなたがいるのを見て、本当に驚いたわ。付添人として第一王女が来るかもしれないとは思っていたけれど、まさかあなただとは」

「花嫁がわたしに来てほしがったの。教養学校時代の友だちなのよ」

「そうなの。あの学校にいたことが、ようやく役に立ったわけね」母はマックスの前に身を乗り出し、声を潜めた。「いい、これはあなたにとってまたとないチャンスかもしれないのよ。結婚相手として格好の王子や伯爵が大勢いるんだから」

「多すぎるわ」わたしはマックスとドイツ語で会話をしているジークフリートをちらりと見て応じた。

「あなたは自分の人生をもっとよく考えるべきよ。衣装ダンスの中身を整えなければいけないし、それができる唯一の方法がお金持ちの男の人を見つけることなのよ」

「世の中には、娘のドレスを買ってあげる母親もいると思うけれど」わたしは冷ややかに言った。「でもそれは無理みたいだから、仕事を見つけたいと思っているのよ。問題は、わたしのような人間にできる仕事はなさそうだっていうことなの」

「あなたのような身分の娘は働いたりしないものなの」母はわたしの言葉の前半部分を無視して、不快そうに言った。

「お父さまと会うまで、お母さまだって仕事をしていたじゃないの」

「あら、だってわたしは女優だったのよ。わたしには才能があったの。才能を活用するのは悪いことじゃないわ。あなたにも何か才能があればの話だけれど」

幸いなことに、マッティがわたしに話を聞いてほしがっているようだった。彼女はわたしたちの学生時代の悪ふざけをあれこれとまわりの人に聞かせていたが、どれもわたしの記憶とは異なっていたし、そのすべてでマッティが主役になっていた。わたしはただ笑顔でうなずきながら、晩餐が早く終わってくれることを願っていた。だがもちろん食事は何時間も続いた――次から次へと料理が運ばれてくる。メインディッシュは鹿肉で、わたしに供されたのはすね肉だった。あまりにすらりとしてきれいな肉だったので、森のなかを飛び回る子鹿が脳裏に浮かんで仕方がなかった。ごく軽く火を通してあるだけだったから、ナイフを入れると皿の上に血が飛んだ。

食べるふりをしながら皿の向こうに肉を押しやり、テーブルの下にこっそり落とせないだろうかと考えていると、意識のうしろに押しやっていたことが浮かびあがってきた――お城の壁をよじのぼっていた人影。マッティに訊いてみたかったが、王家の晩餐の席で「ところで、お城の壁をよじのぼる奇妙な生き物に心当たりはある？」などと口にすることはできない。

そこでわたしは言った。「このお城にはヴァンパイアにまつわる伝説があるんですってね」

「ヴァンパイア？」マッティは笑い声を響かせた。「ええ、そうよ。もちろんあるわ。わたしたちの家族の半分はヴァンパイアなの。そうよね、ジークフリート？」

ジークフリートは顔をしかめた。「わたしたちの家族は元々ドイツの出身だから、それはありえない。しかし、この城にまつわる伝説はたくさんある」いつもの神経質そうな口調で言う。「この城は、田舎者たちが悪魔の一味だと考えていた串刺し公ヴラドが建てたものだし、ドラキュラの物語はここから始まったと言われている。地元の人間はひどく迷信深いのだ。水を向ければだれもが、ヴァンパイアに噛まれたか、狼人間に会ったことのある親戚の話を聞かせてくれるだろう。彼らは夜に外出しようとはしない。日が落ちたあと出かけようとする者がいれば、その人間はヴァンパイアの仲間だとみなされてしまうのだ」

「そうだったのね。峠の上の宿屋で車を止めたとき、あそこにいた人たちが十字を切った理由がこれでわかったわ」

「まったく粗野で無教養な人間たちだ」ジークフリートが言った。「結婚式は首都であげて、現代人らしい振る舞いの手本をしめすべきだとマリア・テレサに言ったのだが、彼女は耳を貸そうとしなかった。昔から、救いようのないほどのロマンチストでね」

わたし自身はこのお城をロマンチックだとは思わなかったが、思い切って尋ねてみた。

「そのヴァンパイアたちはお城の壁をのぼったりするのかしら?」

「お城の壁を?」マッティは鋭い口調で訊き返してきた。「やめてほしいわ。わたしは窓を開けて眠るのに」

ジークフリートは陰気な笑い声をあげた。「ヴァンパイアは頭を下にして壁を降りるのだと思っていたが。ともあれ、心配することはない。きみは安全だ——スコットランドにあるきみのお城にいるのと同じくらいに。あそこにも幽霊や怪物が棲みついていると聞いている」

彼は再びマックスに向き直り、わたしは母のほうを見た。魅力を振りまく相手が近くにいないので、機嫌が悪い。だが母の視線が何度かテーブルの先に流れたのを見て、アントンに興味を持ったらしいと気づいた。ベリンダと母が彼をめぐって争うとは、面白いことになりそうだ。もちろんマックスを従えている母は不利だけれど、シンプソン夫人は夫がそばにいてさえものともしなかったのだから。どういうわけかピリン元帥は母が自分のほうを見ていると思ったらしく、いやらしい流し目を送りながらグラスを掲げて見せた。母は身震いした。

「あの気持ちの悪い人はだれ？　パントマイムに出てくる意地の悪い貴族みたい」

「ブルガリア軍の司令官よ」わたしは答えた。

「ここの人たちは恐ろしく民主的なのね。王家のお城に兵士を招待するなんて」

「彼は権力を握っているから、ご機嫌を取っておかなければならないらしいわ」

「わたしはあの人のご機嫌を取るつもりはないから」母が言った。「さっきからずっと、心のなかで服を脱がしているような目でわたしを見ているのよ」

「だれがきみの服を脱がしたがっているんだ？」マックスが不意にこちらに向き直って尋ねた。

「だれでもないわ。あなただけよ」母があわてて答える。マックスが再びジークフリートとの会話に戻るのを待って言葉を継いだ。「英語がうまくなりすぎて困るわ。わかってほしいときだけわかってくれていたときのほうがよかった」

ピリン元帥は鹿肉を食べることに対する抵抗感など、まったく持ち合わせていなかった。彼もすね肉を供されていたが、それを片手でつかみ、もう一方の手でワイングラスを持って肉とワインを交互に口に運んでいる。彼としばしば食卓を囲まなければならないのだと考えて、わたしはニコラスとアントンが気の毒になった。

晩餐はようやく終わり、わたしたち女性陣は応接室へといざなわれた。男性たちはこれから葉巻とシュナップスを楽しむのだ。わたしは、レディ・ミドルセックスに呼びとめられた。見る者が震えあがるような黒のドレスをまとい、髪形はまるでヘルメットをかぶったようだ。植民地の住人を畏怖させるためらしかったが、どこか廊下にあった甲冑を連想させた。

「ああ、ここにいたのですね。なにも問題はありませんか？　よかったこと。わたくしたちは明日の朝ここを発ちます。王女さまがご親切に車を手配してくださったのです」

「ミス・ディアハートは具合がお悪いんですか？」彼女の姿が見当たらなかった。

「彼女は元気ですわ。ずっとびくびくしていますけれどね。部屋に食事を運ばせました。このような場に彼女を同席させるわけにはいきませんもの。そうでしょう？　あくまでもわたくしの同行者にすぎませんから」

「ジョージー、楽しんでいる？」ベリンダと腕を組んだマッティが近づいてきた。「あなたはすっかり彼をとりこにしてしまったみたいね、ベリンダ。食事のあいだ中ずっと、アントンはあなたを見つめていたわ」

「ベリンダの趣味は男の人をとりこにすることなんですもの」わたしは言った。「ヨーロッパじゅうに失意の男性の山を築いてきたのよ」

「気の毒に」マッティが言った。「楽しむのはいいけれど、傷つけるのはよくないわ。わたしは死ぬまで、だれの心も傷つけたくない」

　応接室へと入っていくと、宝石と毛皮で全身を飾り立てた中年女性のグループがわたしたちをじろじろと眺めていることに気づいた——正確に言えば、わたしを。やがて彼女たちはわたしを手招きした。

「イギリスからいらしたレディ・ジョージアナですわね？」ひとりが切り出した。

「ええ、そうです」

「イギリス国王のご親戚？」

「ええ、わたしの父と陛下がいとこ同士です」

　彼女はほかの女性たちに向かってうなずいた。「いいことだわ。イギリス国王には力がありますもの」

「それで、あなたは皇太子さまをご存じなの？」別のひとりが訊いた。最新流行のドレスを着て、髪をこてで大きく波打たせ、唇は鮮やかな赤に塗っている。

「ええ、よくお会いしますわ」

「新しい愛人ができたと聞いたのですけれど。アメリカ人ですって？　平民だとか？」

「残念ながら、そのとおりです」噂がルーマニアまで流れているのなら、否定しても無駄だ。

「どんな人なのかしら、その女性は？」彼女は執拗だった。「きれいな人？」

「あまり。どちらかというと、顔も体つきもボーイッシュです」

「ほらね」彼女は勝ち誇ったように友人たちに向き直った。「そう言ったでしょう？　彼は実は男の人のほうが好きなのよ。結婚もしないだろうし、国王の座につくこともないわ」

「いずれきっと義務を果たされますわ。ふさわしい時がくれば」わたしは反論した。

「ふさわしい時がくれば？　彼はもう四〇歳を超えているじゃありませんか。ふさわしい時はもう二〇年前に過ぎてしまったのですよ。当時、彼との結婚話がわたしにあったんです。でも彼にはまったくその気がなくて、幸いなことにわたしはいまの夫である伯爵と結婚しましたの。夫はいまでもベッドでわたしを満足させてくれています。デイヴィッド王子では絶対に無理だったでしょうね」

友人たちは声をあげて笑った。

「イギリス人男性は冷たいというじゃありませんか」別の女性が声をあげた。「幼い頃に寄宿舎に入れられるせいで、情熱というものを感じられなくなるんでしょうね。あなたはヨーロッパの男性を選んだほうがいいですよ。より感情が豊かで、情熱的ですから」

「みんながみんな、そうだというわけではないわよ、ソフィア」最初の女性がわたしには理解できない意味ありげな目つきで彼女を見ながら言った。「それにイギリスの女性は情熱を求めないのかもしれないわ。いっしょにいるだけで満足なのかもしれない」

彼女たちは内輪の冗談に笑い声をあげ、わたしは落ち着きなくあたりを見まわした。駅で感じたあの感覚と同じものが伝わってきたのはそのときだ——だれかがわたしを見ている。部屋の片側にはいくつかアーチがあって、その奥は暗い通路になっている。アーチのすぐ向こうに人影が見えたような気がしたが、あれは彫刻を施しただの石か甲冑だろうか。

ちょうどそのとき、男性たちが応接室に入ってきた。ニコラスはマッティとわたしのところにやってきて、アントンはまっすぐベリンダに歩み寄る。ピリン元帥が近づいてくるのを見て、母は突然頭痛が始まったと訴え、自分の部屋へと引き取った。

「この城には土牢があると言っていなかったかい?」アントンがマッティに訊いた。「ピリンを押しこめてやりたいよ。あの男にはいい加減うんざりだ。食事のときの態度を見たか? 不作法にもほどがある」

「おまえの提案どおりにしたいのはやまやまだが、内戦を避けるためには彼の機嫌を取る必要があることは、おまえもわかっているだろう」ニコラスが言った。「それに父上は彼を頼りにしている」

「頼りにしすぎだ。おかげで彼はすっかりつけあがっている。あの男は危険だよ。自分の目的のためにぼくたちを利用しているんだ。独裁者になりたがっている。もうひとりのムッソリーニに」

「おまえが心配する必要はないさ。おまえはパリでの楽しい暮らしに戻ればいいんだから。いずれ国王の座についたら、わたしは彼にどう対処するかを考えなければならないかもしれない」

「そうさ、ぼくは役立たずの遊び人だからね。ぼくにできるのは、美しい女性をエスコートすることだけだ」アントンはそう言ってベリンダの腕を取った。

「わたしだって望んで最初に生まれたわけではない。どうしてもその地位につきたいとは思っていないよ。いとこのデイヴィッドもイギリス国王になりたがってはいないと思う」ニコラスは確かめるようにわたしを見た。

「国王になりたい人はあまりいないんじゃないかしら」

「父上が長生きしてくださることを願おう」

ピリンがけたたましい笑い声をあげたので、わたしたちはそちらに目を向けた。

「そいつはいい」ピリンはそう言いながら、ぴしゃりと自分の太腿を叩いた。話をしている相手はわたしたちを出迎えてくれたドラゴミール伯爵だったが、彼は笑っていないどころか、どこかが痛むような顔をしている。

「わたくしは部屋に引き取ります」レディ・ミドルセックスがわたしのかたわらにやってきて告げた。「今日は長く大変な一日でしたし、明日はまたあの峠を越えなければなりませんから。かわいそうなディアハートはいまからもう神経をぴりぴりさせていますわ」彼女は値踏みするようなまなざしでわたしを見つめた。「あなたも今夜はゆっくり休んだほうがよさそうですわね。さあ、いらっしゃい」そう言ってわたしの腕をしっかりとつかむ。

わたしは文句を言うことなくマッティに挨拶をし、おとなしくレディ・ミドルセックスに連れられてその場をあとにした。部屋に戻ってみると、驚いたことにだれかがわたしのベッドで眠っていた。またジークフリートの部屋に入ってしまったのかとおののいたわたしは、あわてて忍び足で廊下に戻って確かめた。自分の部屋に間違いない。再び部屋に戻った。そこで眠っていたのは、ほかでもないクイーニーだった。わたしは彼女を起こした。

「すみません、お嬢さん。眠っちまったみたいです。すごく寒かったんで、布団の中に入っていたんです」

「食事はしたの？」

「部屋を出たくなかったんです。どこに行けばいいのかわからなくて」

「まあ、かわいそうに。あなたを厨房に連れていってもらうように、使用人のだれかに頼んでみるわ。なにか食べるものがないかどうか探してもらいましょう」

「いいんです、お嬢さん。ありがとうございます。でもいまは寝るほうがいいです。外国のものを食べる気にはなれないし、今日はとにかくいろいろとあったんで」

わたしは自分がどれほど精神的に参ったかを思い、次にロンドンの裏通りからやってきたばかりの彼女の立場になって考えてみた。

「いい考えだわ、クイーニー。とりあえずわたしがドレスを脱ぐのを手伝ってちょうだい。ドレスを吊るしたら、行っていいわ。紅茶のトレイをどこから持ってくるのかは、朝になって確かめればいいから」

クイーニーは部屋を出ていき、わたしはひとりになった。ベッドに潜りこみ、しばらくぐずぐずしたのちにようやくのことでベッド脇のランプを消した。家族の中でも、自分は勇気がある人間だとずっと思っていた。兄とその友人に、ラノク城の井戸の中におろされたときも逆らわなかったし、祖父の幽霊が本当にバグパイプを吹いているのかどうかを確かめようと、ひと晩中、胸壁に座っていたこともある。けれどこれは話が別だ。何とも形容のしようのない不安。隣の部屋に乳母がいてくれればよかったのにと思った。小さく体を丸め、眠ろうとした。

うとうとしかかったとき、ごくかすかな音が聞こえた気がした——カチリという小さな音。ぱっと目を開いた。眠気は完全に消えている。部屋の周囲は真っ暗だったが、なぜかだれかが部屋にいるという確信があった。ベッドのまわりのカーテンが視界を遮っている。その人影は少しだけ身を乗り出してのぞきこみ、すぐに頭をひっこめた。暖炉の火は消えかかっていたが、その明かりがじりじりと近づいてくる黒い人影を浮かびあがらせている。やがて男はベッドの脇に立った。わたしは口を開いたが、恐怖のあまり動くことも叫ぶこともできずにいた。炎の明かりが男の顔を照らし出した。壁にかかっている肖像画の若者によく似ている。

男は顔を寄せてきて、わたしには理解できないどこかの国の言葉で何事かを囁いた。笑みを浮かべ、歯が光にきらめくのが見えた。ヴァンパイアは首を噛むとか、噛まれたときの恍惚感とか、ベリンダから聞いたありとあらゆることが一気に蘇ってきた。安全な昼間のロンドンでその話を聞いたときは、彼女といっしょになって笑ったものだ。けれどいま目の前にある顔は現実そのもので、その歯はいまにも首に食いこもうとしているように見えた。それでも、どれほど恐ろしかろうと、ひとつだけ確かなことがあった。絶対にヴァンパイアにはなりたくない。

わたしがいきなり体を起こすと、男はあとずさった。

「いったいどういうつもり？」わたしは、曾祖母のヴィクトリア女王が誇らしく思うに違いない口調で言った。

男はこの世のものとは思えない恐怖のうめき声をあげたかと思うと向きを変え、暗がりへと姿を消した。

14

ブラン城の寝室の中。暗闇
一一月一六日　水曜日

しばらくわたしは動けなかった。心臓の鼓動があまりに激しくて、息ができないくらいだ。あの生き物はまだこの部屋の中にいるの？　ヴァンパイアはどうやって撃退すればいいんだった？　わたしは『ドラキュラ』で読んだことを思い出そうとした。確かなにかのハーブか植物だったはず。パセリ？　いいえ、違う。ニンニクだった気がする。息がニンニク臭くなるくらい、わたしは鹿肉を食べたかしら？　厨房までニンニクを探しに行こうとは思わなかった。十字架に効力があるはずだということも思い出したが、それも手元にはない。心臓に杭を突き立てるんだった？　たとえ手元に杭があったとしても、そんなことをやり通せるとは思えなかった。

より確実な方法を思いついた。炉棚の上の大きな燭台はどうだろう。ヴァンパイアといえど、あれで頭を一撃されればそれ以上近づけないはずだ。わたしはベッドから出ると、部屋を横切り、燭台を手に取った。それから照明のスイッチがあるところまで、そろそろと移動する。明かりをつけたが、部屋にはだれもいなかった。いくつもあるカーテンを一枚一枚持ちあげて確かめていく。冷たい風が顔に吹きつけてきたときには、心臓が止まる思いをした。窓のひとつが開いていたのだ。

閉めようとしたが、どうしても完全には閉まらない。ジークフリートが隣の部屋にいることを思い出して、またもや寝間着姿で彼の部屋の入り口に立ち、たったいまヴァンパイアに首を嚙まれそうになったのだと説明する自分を思い描いてみた。きっと信じてくれないだろう。

そのとき、ベッドの脇につづら織りのベルの呼び紐があることに気づいて、これを引っ張ったらだれが現われるのかを確かめたい誘惑にかられた。だがだれが来るにせよ、おそらく英語を話せないだろうし、ヴァンパイアに襲われたのだと彼らに訴えるのもばかげている気がしたので、結局燭台を持ったままベッドに戻った。とりあえず呼び紐があることがわかったから、もしあの男が戻ってきても、嚙みつかれる前にだれかを呼ぶことができると思うとほっとした。

ベッドに入ったとたん、蓋を開けられなかった衣装箱のことを思い出した。あの中を確かめるまでは、とても眠れない。再びベッドを降り、冷笑を浮かべた肖像画の若者に見おろされながら、ゆっくりと部屋の中を移動した。衣装ダンスの扉の鏡に映った自分に再び肝を冷やしたが、あの男がベッドに近づいてきたときは、鏡の中にその姿を見なかったことを思い出した。それもたしかヴァンパイアの特徴じゃなかったかしら？　影がなく、鏡にも映らないというのは。身震いした。蓋はものすごく重かったが、散々苦労したあげく、ようやく開けることができた。入っていたのは服だけだったので、わたしは心の底から安堵した。だが気になったのは、そこにあった黒いマントに解けかけた雪がついていたことだ。あのヴァンパイアの訪問者は壁をよじのぼって、わたしの部屋にやってきたんだろうか？

　そのあとはほとんど眠れなかったが、薄気味悪い訪問者が再びやってくることはなかった。明け方近くになって少しうとうとしたものの、雪が作り出す妙な明るさに目が覚めた。窓を開けて外を眺める。夜のあいだに相当降ったらしく、小塔や胸壁はそれぞれに印象的な白い帽子をかぶっていた。峠へと続く道はただひたすら白い。牧草地のなかにシャレーが点在するスイスの丘陵地帯であればさぞ美しい風景だっただろうが、むきだしの岩山と松林では一段とわびしく見えるだけだった。ここが人里離れた地であることがひしひしと感じられる。安全なところから遠く離れた場所、遠く離れた別の時代に囚《とら》われてしまったような気がした。

　腕時計に目をやると、八時を過ぎていた。とっくに紅茶が運ばれてきていなければならない時間だが、クイーニーが現われる気配はない。結局待つのをあきらめてひとりで着替えをし、朝食の席へと向かった。テーブルについていたのは、ジークフリート王子だけだった。わたしが近づいていくと彼は立ちあがり、音を立ててかかとを合わせた。

「レディ・ジョージアナ。よく眠れたようだね」

「そうでもありません」

「それは気の毒に。なにかわたしたちにできることがあれば、遠慮なく言ってほしい」

ヴァンパイアから身を守る護衛をつけてほしいなどと、頼めるはずもない。ゆうべパニックを起こして、彼の部屋に駆けつけなくてよかったと改めて思った。ジークフリートの部屋のドアをノックするのは、本当に切羽詰まってからだ。

「今日は男性陣を狩りに連れていくことになっている」ジークフリートが言った。「イノシシを仕留められるかもしれない。そのあとで、またふたりで会える時間があればいいと思っているのだ。きみと話したいことがある。大切な話だ」

ジークフリートはぎこちなくお辞儀をすると、その場を去っていった。ああ、どうしよう。まさかまた結婚話を持ち出すつもりじゃないでしょうね？　どうすれば、失礼にあたることなく〝世界に男性があなたひとりしかいなくなってもお断りよ〟と言えるかしら？

廊下を近づいてくる声が聞こえて、わたしは顔をあげた。レディ・ミドルセックスとミス・ディアハートだ。ミス・ディアハートはさかんに両手を振り回しながら何事かを話している。わたしに気づいたレディ・ミドルセックスが彼女を遮った。

「あら、こちらにいらしたのですね。あのとんでもない峠の道が封鎖されたとたったいま聞かされたところです。雪崩だかなんだかがあったそうです。車が通れないので駅まで行くことができません。望むと望まざるとにかかわらず、ここに滞在しなくてはならなくなってしまいました」

「とてもじゃありませんが、ここでもうひと晩過ごすなんて無理です」ミス・ディアハートが言った。「ゆうべの風のうなりをお聞きになりました？　風だったはずです。魂が拷問されているような音でしたけれど。それに真夜中に廊下をこそこそと歩いている人がいたんです。眠れずにいたら確かに足音らしきものが聞こえたので、わたしはそっとドアを開けてみました。そこでなにを見たと思います？　足音を忍ばせて歩いていく人影があったんです」

「ただの使用人ですよ、ディアハート。さっきも言ったでしょう」レディ・ミドルセックスがぶっきらぼうに告げた。

「使用人は足音を忍ばせたりしません。その男はこそこそと歩いていたんです。だれにも見られたくないみたいに。あれが幽霊かなにかの得体のしれない生き物でないかぎり、よからぬことを企んでいたんですわ。絶対です」

「ディアハート、あなたの想像にすぎませんよ。そのせいで、あなたはいつか困った羽目に陥るかもしれませんよ」

「自分がなにを見たのかはわかっています、レディ・ミドルセックス。もちろんこういった大きなお城では、夜間の逢い引きや密会が行われているでしょうし、外国の人たちが寝室での行為に熱心だということも聞いています」

「悪趣味なことを言うのはおやめなさい、ディアハート。あら、王女さまがいらっしゃったわ」マッティがやってくると、レディ・ミドルセックスは膝を曲げてお辞儀をした。「わたくしたちを滞在させていただいてありがとうございます。心から感謝いたします」もう一度ぎくしゃくとお辞儀をする。

「そうするほかはなかったんですもの」マッティはざっくばらんに答えた。「数キロ四方にはここ以外なにもないのよ。完全に閉じこめられてしまったわ。でも部屋はたくさんあるし、遠慮なくいてくださいな。お祝いに水を差されてしまったわね。両親と側近たちは今日到着するはずだったんだけれど、しばらくは来られそうにないもの。地元の人たちが道を作ってくれるまでは無理ね」

「まあ。結婚式が予定どおり行われることを祈っております」ミス・ディアハートが言った。

「実際の結婚式は来週なの。それまでになにもかもが元通りになることを祈りましょう」

「いろいろな王家の方々がいらっしゃるのでしょうね」

「今回は比較的こぢんまりしたものなの。ほとんどが親戚よ。実際のところ、ヨーロッパのほとんどの王室が親戚なのだけれど。身内で結婚を繰り返しているということね。まったく、わたしたちみんな頭がおかしいのも無理ないわ」マッティはまた声をあげて笑ったが、わたしはなぜか彼女が演技をしているような印象を受けた。無理に陽気なふりをしている気がする。「大がかりで正式な祝典は、新婚旅行から戻ったあとブルガリアで行われることになっているの。あちこちの国の偉い人たちがきて、聖堂で式をあげて、新しい王女として人々に披露されるというわけ――退屈な仕事よ」

「王位継承者と結婚なさるのですから、あなたの言われるところの退屈な仕事に慣れなくてはいけません」レディ・ミドルセックスが言った。「高等弁務官の妻としてのわたくしの義務はなかなかに骨の折れるものですが、人はだれもが自分の義務を知り、それを果たすべきなのではありませんか？」

「そのとおりでしょうね」マッティは答え、わたしを見てにんまりとした。「ジョージー、今朝はパリから来たデザイナーと会うことになっているのよ。とても楽しみだわ。小さいほうの応接室よ。鏡をたくさん並べてあるから、自分の姿にうっとりできるわよ」

マッティは足を止め、コールドミートやチーズ、果物、パンなどが並べられているサイドテーブルを眺めたが、やがて顔を背けて言った。「あのウェディングドレスを着るためには、コーヒーだけにしておかなくてはいけないでしょうね」

「なにをばかなことを！　一日の始まりにはしっかりした朝食が必要なのです」レディ・ミドルセックスは言った。「わたくしはいま流行のくだらないダイエットなど認めません。コーヒーだけだなんて論外です。それでは体が持ちません」彼女はそう言いながら、自分の皿にコールドミートを山のように載せた。「卵もベーコンもないようですね」ため息と共につぶやく。「キドニーも見当たらない。ニシンすら。しっかりした温かい朝食もなしに、大陸の人たちはいったいどうやって生き延びているのやら」

わたしは自分の分を皿に取り、テーブルについた。マッティはブラックコーヒーを注いだカップを持って、どこかに行ってしまった。

「殿方たちは狩りに行くそうですね」レディ・ミドルセックスが言った。「こんな雪の中をいったいどうやって移動するつもりなんでしょうね。まったく愚行としか言いようがありません。でも少なくとも新鮮な空気は吸えますね。若い人たちにとって狩りは健全な気晴らしですし、セックスのことを頭から追い払えるでしょう。わたしたちも雪靴を借りて、散歩に行ってみましょうか、ディアハート」

誘われなかったことを感謝した。わたしはできるかぎりの速さで食事を終えて立ちあがったが、部屋を出ようとしたところでベリンダと会った。

「会えてよかったわ」わたしは言った。

「ゆうべとはずいぶん態度が違うのね」ベリンダは冷たい視線をわたしに向けた。「ゆうべはわたしをにらみつけていたのに。あなたを怒らせるようなことをした覚えはないわよ。まるで、わたしがダーシーとひと晩いっしょに過ごしたとでも思っているみたいだったわ——もちろんそんなことはしていないわよ」

「ごめんなさい」わたしは謝った。「頭に来ていたの。最初は、あなたも結婚式に招待されているのに、話してくれなかったのかと思った。それからどうやってここに来たのかを聞いて、あなたが使った口実にいらだったのよ」

「わたしの才気と言ってほしいわ。なかなかの策略じゃない？　それに、わたしがいっしょに来ることができたらきっと楽しいって言ったのはあなたよ。メイドになるという親切な申し出を断られたときに、この結婚式はとても楽しそうだから逃すわけにはいかないと思ったの。すぐに荷造りをして、次の列車に飛び乗ったわ。そして、途中で故障することを予想して、駅にいた一番古くておんぼろの車と運転手を雇ったの。もくろみどおりに故障してくれたわ。それもまさに望みの場所で。そこでわたしはお城までやってきて、そこにマリア・テレサ王女がいらっしゃることを聞き、驚くと同時に大喜びして見せたというわけ。〝わたしたちは学校時代の友人なんです〟と訴えて、もちろん温かく迎えてもらったわ」

「あなたって、わたしの母と同じくらいひどい人ね」

「まだまだ足元にも及ばないわよ。がんばってはいるけれど」ベリンダは笑って応じた。

「完璧な計画の唯一の誤算が、マッティを見てもわからなかったっていうことなの。あの変わりよう、信じられる？　本当に彼女なの？　あの肉はいったいどこにいったの？　お月さまのような顔は？」

「わかるわ。わたしも彼女がわからなかった。とてもきれいよね。それに花婿も悪くないわ」

「彼の弟もね」ベリンダはミルクをもらった猫のような笑みを浮かべた。「あらゆる意味で申し分ないわね。彼が王子なのが残念だわ。そうでなければ本気で手に入れようとしていたかもしれない。でも彼はいずれ、あなたのような人と結婚するのよね。そうだわ、あなたが彼と結婚して、愛人のわたしと三人で同居するのはどうかしら」

「ベリンダ！」笑うほかはなかった。「いろいろなものをあなたと分け合うことに異存はないけれど、夫だけはごめんだわ。それにアントンはわたしが思い描いているような夫とは違うもの。花婿候補の王子たちのなかでは、いまのところ彼が一番だということは確かだけれど」

「あなたにはふさわしくないわ。素行が悪すぎるもの。ゆうべ、彼のこれまでの遍歴を聞かされたけれど、わたしでさえ顔が赤くなるほどだったのよ。彼にはひとかけらの倫理観さえないの。だからこそ、わたしたちは互いに惹かれるんだけれど」

「それじゃあゆうべあなたは、自分のベッドでは眠らなかったのね？」

「淑女によくそんなことが訊けるわね！　でもね、ジョージー、こういうお祝いの場でいったいだれが自分のベッドで眠るのかしら？　闇の中を寝室から寝室へと忍び足で移動するときにぶつかって、うめいたり悪態をついたりする声があちらこちらから聞こえてくるのよ。言葉では説明できないくらい面白いわ。でもあなたはぐっすり眠っていて、なにも聞いていないんでしょうね。それに、普段は家族が使っている特別な階の部屋を与えられているんでしょうし」

「ジークフリートの隣の部屋なの。あのね、ベリンダ、そのことを訊きたかったのよ。ゆうべだれかがわたしの部屋に入ってきたの」

「ジ！クフリートじゃないわよね？　彼の興味は別の方面にあるんだと思っていたのに」

「まさか。彼じゃないわ。でももっと恐ろしい話なの。ヴァンパイアだったと思うの」

ベリンダは笑いだした。「ジョージー、あなたって時々面白いことを言うわね」

「真面目な話なのよ、ベリンダ。わたしの部屋の壁に薄気味の悪い肖像画がかかっているんだけれど、ゆうべの男の人はそれにそっくりだったの。うとうとしていたところで目が覚めたら、その人が近づいてくるところだった。ベッドの脇に立って、わたしにはわからない国の言葉でなにかを言ったかと思ったら、この世のものとは思えない笑みを浮かべてわたしに覆いかぶさろうとしたの。歯をむき出しにして」

「ジョージー！　それで、あなたはどうしたの？」ベリンダはわたしのドレスの襟を引っ張った。「本当に噛まれたの？　どんなふうだった？」

「噛ませなかったわ。ぱっと起きあがって、いったいどういうつもりだって訊いたの。彼は恐ろしいうめき声をあげて、そして消えたの」

「消えた？　溶けていなくなったっていう意味？」

「いいえ、闇に紛《まぎ》れたんだと思う。でもわたしがようやくのことで明かりをつけたときには、もう部屋にはいなかった。それに、部屋に大きな衣装箱があるんだけれど、そのなかにまだ雪がついて濡れたままのマントが入っていたの。どういうことだと思う？」

「なんてわくわくする話かしら。ほかにすることがなかったなら、今夜はあなたの部屋で眠らせてもらうところよ。ヴァンパイアに会ってみたいってずっと思っていたの」

「それじゃあ、信じてくれるの？」

「ニッキーの付添人の若い伯爵かだれかが、どこかの令嬢の部屋を訪ねようとして間違ったっていうほうが、ありそうな話だと思うわ。こういうところでは、よくあることよ」

「あなたの言うとおりかもしれないわね。男の人たちが狩りに出かけるとき、ゆうべの人がいないかどうかを確かめてみるわ。あれがだれであれ、晩餐の席にいなかったことは間違いないけど。でも彼はなんていうか――この世のものとは思えなかったの」

ベリンダはわたしの肩に手を乗せた。「ジョージー、ロンドンで言ったヴァンパイアの話はただの冗談よ。あなただって本当は信じていないんでしょう？」

「ベリンダ、わたしのことはよく知っているはずよ」

「知っているわ。だから心配なの。たったいままで、あなたほど分別のある人間はいないって思っていたんですもの」

「わたしもそう思っているわ。でも自分がなにを見たのかはわかっているし、そのときはものすごく恐ろしかったのよ」

「悪い夢を見たんじゃない？　こんな場所では無理もないわ。ここはどこもかしこも中世風ですもの」

「でも衣装箱にあった濡れたマントはどうなの？　中世風が好きなら、わたしの部屋の衣装箱を見るといいわ。いらっしゃいよ、見せてあげるから」

「あなたがそう言うなら。さあ、お先にどうぞ」

15

ブラン城
トランシルヴァニアのどこか
一一月一七日　木曜日

わたしはベリンダを連れて階段をあがり、カーテンを開けた。ベリンダは部屋を見まわしたが、当然ながらその視線はまず壁の肖像画へと注がれた。

「なかなかいかしてるじゃないの。それにあのセクシーなシャツの開け具合を見てよ。彼が生きていたのは何年くらい前なのかしら？」

「まだ生きているのよ。それが問題なんですもの。ゆうべのヴァンパイアは間違いなく彼よ」

邪《よこしま》な笑みがベリンダの顔に浮かんだ。「そういうことなら、喜んで部屋を交換するわよ。彼のような人になら嚙まれてもかまわないわ」

彼女の顔を見ると、冗談だということがわかった。「やっぱりわたしの言うことを信じていないのね」

「あなたは肖像画に見つめられながら眠ってしまって、彼の夢を見たっていうのが、一番筋の通った説明だと思うわ」

「いいわ、いま証明してみせるから。ほらこれが衣装箱よ」わたしは足音も荒く部屋の反対側へと歩いた。「マントはまだ濡れているはずよ。ほらね？」

わたしは自信たっぷりで蓋を開けたが、その手がぴたりと止まった。箱の中は空だ。

「透明なマントね。初めて見るわ」ベリンダが言った。

「ここにあったのよ、本当に。それに最初にこの部屋に入ったとき、壁をよじのぼっている人を見たの」

「この部屋の？」

「違うわ。お城の外の壁。あそこよ」

「でもそれは無理よ」

「わたしもそう思ったの。でもその生き物――正体がなににしろ――はあそこの壁をよじのぼって、そして姿を消したのよ」

ベリンダはわたしの額に手を当てた。「熱はないわね。でもあなたは幻覚を見たんだと思う。あなたらしくないわ、ジョージー。このお城みたいな陰鬱な場所で育っているはずなのに」

「ラノク城に幽霊はいても、ヴァンパイアはいないの。ジークフリートとマッティにも訊いてみたのよ。ジークフリートはとりあってくれなかったけれど、マッティはなにか隠しているみたいだった。まさか彼女は嚙まれてヴァンパイアになったのかしら？　あんなにきれいになったのはそのせい？　魂を売ってしまったの？」

ベリンダはまた鈴のような笑い声をあげた。「鉱泉場での高価な瘦身合宿のおかげだと思うわよ。それから食べるものに気をつけることと。わたしがここに来てから、彼女はほとんどなにも食べていないわ」

「自分は分別のある理性的な人間だってずっと思ってきたけれど、ここに来てから不安で仕方がないの。ううん、正確に言えば、ここに来る前からだわ。列車の中でだれかがわたしのあとをつけていたのよ。それにここに来てからは、暗がりからわたしを見つめている人がいたし」

「ずいぶんドラマチックな話ね。ロンドンの退屈な暮らしとは大違いじゃないの。あなたは危険なことをしたがっていたじゃない？　いまそれが目の前にあるのよ。あなたのあとをつけていたのはだれだと思う？」

肩をすくめた。「見当もつかない。わたしに興味を持つ理由がわからないわ。ヴァンパイアが処女に惹かれるというなら話は別だけれど。たしかドラキュラはそうだったわよね？」

ベリンダはまた笑った。「そういうことなら、わたしの身は安全ね。ひょっとしたらだれかが、あなたのお目付け役のあのいけすかない人のあとをつけてきたんじゃないかしら。彼女のご主人がだれかを雇って、旅の途中で殺させようとしているのかもしれないわ。わたしならそうするわね」

「ベリンダ、あなたって本当に救いようがないわ」仕方なくわたしも笑った。

ベリンダはわたしの腕に自分の腕をからませた。「ほら、男の人たちが狩りに行くために集まっているわ」犬の鳴き声と人の話し声が混じり合って、階下から響いてくる。「下におりて、あなたのハンサムなヴァンパイアが本当にあの中にいるかどうかを確かめるのはどう？　明るいところで、そのヴァンパイアを探しましょうよ。もし狩りに行く人たちの中にいれば、彼はヴァンパイアじゃないっていうことね。ヴァンパイアは太陽の光には耐えられないもの」

ベリンダとわたしは階段をおりて、玄関ホールを見おろせる廊下に出た。かなりの数の若者たちが集まっている。だれもが毛皮の帽子と伝統的な緑色の上着を着ているので、だれが主人でだれが使用人なのか見分けがつかない。

「ほら、伯爵や男爵やその他もろもろが大勢いるわ。全員独身で、きっとみんな、あなたの親戚なんでしょうね。好きなのを選んでちょうだい」

「わたしの見たヴァンパイアはいないわ」わたしは若者たちを見まわしながら答えた。なかには、貴族にしてはかなり見栄えのする者もいた。「これではっきりしたでしょう？　彼はいまお城に滞在している若い伯爵なんかじゃないのよ。わたしの言うことを信じる気になった？」

「わたしが信じる気になったのは、地元の赤ワインがいつもあなたの飲んでいるものよりも強かったせいで、鮮明な夢を見たんだっていうことね。ねえ、あの人たちみんな、なかなかのハンサムだとは思わない？　毛皮の帽子をかぶったアントンは素晴らしく格好いいわ。男らしくて粗野な感じで。わたしもいっしょに連れていってと頼んだのだけれど、これは男の人しか参加できないんですって。つまらないわ。わたしは射撃が好きなのに。あなたは？」

「わたしは好きじゃないわ。ライチョウを撃つのはいいのよ。すごく間抜けだから。馬で狩りに出かけるのは好きだけれど、本当を言うと狐が穴に逃げこむたびにほっとするの」

「それで、わたしたちはこれからどうするの？」ベリンダは人気《ひとけ》のない廊下を見まわしながら尋ねた。

「わたしはドレスの仮縫いに行かなきゃいけないの。あなたもいっしょに来る？」

「行ってもいいわね。ドレスのデザインをやめたのが残念だわ。そうでなければ、いいヒントが得られたでしょうに」

「やめたの？　ドレスのデザインの仕事を？」

「やめざるを得なかったのよ」彼女は顔をしかめた。「これ以上損するわけにはいかなかったんですもの。だってだれも代金を払おうとしないのよ。〝つけておいてちょうだい〟ってさわやかに言うだけで、支払い時期がくるとありとあらゆる言い訳を並べるの。ある人からは、あなたの作ったものを着てただで宣伝してあげているんだから感謝すべきだ、あなたのほうが代金を払うべきだとまで言われたわ。そういうわけで、わたしもいまはあなたと同じ無職なの。いずれメイドにならなきゃいけないかもしれないわね」ベリンダはにこやかにわたしを見た。「それで、あなたはふさわしいメイドを見つけて連れてきたの?」

「メイドは見つけたけれど、ふさわしいとは言えないわね。それどころか、まったくどうしようもないのよ。ゆうべはドレスのアームホールにわたしの頭を押しこもうとしたし、部屋に戻ってみたらわたしのベッドで寝ているし、今朝は起こしにも来なかったわ」

「そんなメイドをいったいどこで見つけたの?」

「祖父の隣に住んでいるミセス・ハギンズの親戚なの」

「当然の報いね」

「悪い子じゃないのよ。けっこう気に入ってはいるの。これまでの暮らしとはまったく違う状況に放りこまれたのに、なんとか涙も流さず、逃げださずにいるもの。でも朝の紅茶のことはよく言っておかなきゃいけないわね。それくらいはしてもらわないと」

厨房に通じる階段の脇を通っていると、当の彼女が制服のパンくずをはらいながらあがってくるのが見えた。

「あ、ここにいらしたんですか、お嬢さん。ここの人は面白いものを食べるんですねえ。朝からニンニク入りのコールドミートですよ。そんな話聞いたことありますか? でもロールパンはおいしかったです」

「クイーニー、いったいなにをしていたの?」わたしは冷ややかに言った。「あなたが朝の紅茶を運んできて、着替えを手伝ってくれるのを待っていたのよ」

「ああ、そうでした、すみません、お嬢さん。厨房におりていったときは、なにかしなきゃいけないことがあるってわかってたんです。でもほかの使用人たちが朝食をとっているのを見て、その前にあたしもお腹をふくらまそうと思って。ゆうべ夕食を食べ損ねたんで、お腹がぺこぺこだったんです」

申し訳ない気持ちになった。彼女がちゃんと夕食をとれるようにわたしが面倒を見るべきだったのだ。けれどそのとき、使用人には毅然と対応しなければいけないというレディ・ミドルセックスの忠告を思い出した。「これからは毎朝八時に紅茶を持ってきてもらいます。いいわね？」

「わかってますって」

「それから、わたしのことは〝お嬢さま〟と呼ぶはずじゃなかったかしら？」

「あ、そうでした。あたしったら、いつも忘れてますよね。首につながっていなかったら、どこかに頭を忘れてくるだろうってよく父さんに言われてました」クイーニーはお腹をかかえて笑った。「それで、いまはなにをすればいいですか？」

「わたしの部屋に行って、しわの寄っている服にアイロンをかけておいてちょうだい。今夜の晩餐会には違うドレスが着たいから」

「いいですよ。アイロンはどこにあるんでしょう？」

「だれか使用人に訊くのね。アイロンの在《あ》り処《か》はわたしにはわからないわ」

クイーニーは重い足取りで階段をあがっていき、わたしは暗がりから彼女とのやりとりを見守っていたベリンダに歩み寄った。

「本当に頭が空っぽね」ベリンダが言った。「彼女が馬だったら、処分されているところだわ」

「あなたって本当に口が悪いのね」

「そうよ。面白いんですもの」ベリンダはわたしに投げキスをした。「試着会を楽しんできて。ほかの付添人たちが昔のマッティみたいだったら、あなたはスターよ。男の人たちは全員あなたに注目するわ。それじゃあね」

彼女はまた投げキスをした。

小さいほうの応接室では、お針子たちの一団が賑やかな音を響かせつつミシンで作業をする横で、黒い服に身を包んだ、いかにも手ごわそうなフランス人といった風情の小柄な女性が、両手を振り立てながら何事かを叫んでいた。暖炉の近くには若い娘たちが集まっている。なかには下着姿の人もいて、小柄な女性が採寸していた。ほかの娘たちは互いに知り合いらしく、わたしを見ると礼儀正しく会釈をした。マッティが近づいてきてわたしの手を取り、まずドイツ語で、それから英語で紹介した。

「学生時代の親友なの」彼女の言葉にはいささかの誇張があったが、わたしは訂正しようとはせず、微笑み返した。レゾワゾを出てからずっと連絡もなかったのに、どうして急に親しくなろうとするのかしら？

ドレスはとてもきれいで、いかにもパリ風に垢抜けていた――クリームがかった白で、シンプルで、優雅で、花嫁のトレーンを短くしたようなものがついている。ベリンダの予想に反して、ほかの付添人たちはみな美しい娘ばかりだった。ドイツの王家筋のいとこたちだという。そのなかのすらりとした長身で金髪の娘が、わたしを知っているかのような目つきでこちらを見ていたかと思うと、近づいてきた。

「あなたがジョージアナなのね？　今年の夏、わたしはイギリスに行く予定だったのに、体調を崩してしまったの」

「あなたはハンネローレね」わたしは、はたと気づいた。「わたしといっしょに過ごすことになっていたのよね」

「そうなの《ヤー》。そのときの話は聞いているわ。大変だったわね。今度ふたりきりの時間ができたら、話を聞かせてね」

彼女の英語が、アメリカのギャング映画とは似ても似つかないものであることを知って胸を撫でおろした。

両側に待ち針をつけたままのウェディングドレスを着たマッティが近づいてきた。

「ドレスは気に入って？」

「素敵だわ。あなたのウェディングドレスは本当に素晴らしいわね。ヨーロッパ中で一番美しい花嫁になるわ」

「結婚するんだもの。それくらいの埋め合わせがあってもいいわ」

「結婚したくないの？」

「わたしの思いどおりにできるのなら、パリの芸術家のような自由奔放な生き方がしたいわね。でも王女にそんな自由はないの」

「でもニコラス王子はとてもいい人のように思えるけれど。ハンサムだし」

マッティはうなずいた。「ニッキーは王子にしては悪くないわ。親切だし、あなたの言うとおりよ。もっとひどい相手だったかもしれない。なかには本当にとんでもない王子がいるもの」そう言って彼女はくすくす笑った。「お兄さまがあなたに結婚を申しこんだんですってね」

「申し訳ないけれど、お断りしたの」

「少なくともあなたにはノーと答える選択肢があったわ。わたしがあなたでもそうしていたでしょうね。どうしようもなく切羽詰まってでもいないかぎり、ジークフリートと結婚したがるような人がいるかしら」マッティはまた笑い声をあげたが、わたしはやはり、彼女が無理に明るく振る舞おうとしているような印象を受けた。「ところで、あなたのお部屋はどう？」

陰鬱で、ヴァンパイアに悩まされているなどと答えられるはずもない。そうでしょう？あたりさわりのない答えを考えているあいだに、マッティは言葉を継いだ。

「あなたの部屋はジークフリートの隣なんですってね。なにかがピピッと飛びかうことを期待して、そうしたのかもしれないわね！」彼女は再びくすくす笑った。「夏の休暇でここに来たときには、わたしがいつもあの部屋を使っていたの。あそこの窓からの眺めが大好きなのよ。きれいじゃない?」

「いまは一面雪よ」わたしは指摘した。

「夏は本当に素敵なのよ。緑の森、青い湖。町からも宮廷の気づまりな暮らしからも遠く離れていて。最高だったわ」夢見るような表情が彼女の顔に浮かんだ。

「あの部屋の壁には面白い肖像画がかかっているわね。若い男の人よ。だれなの?」

「このお城の所有者だった人たちの祖先だと思うわ。考えたこともなかった。お城はどこも肖像画だらけなんですもの」そしてマッティは別の話題へと移った。

わたしは若い女性の友人たちと過ごすひとときをどれほど懐かしく思っていたか、学校で過ごした時間がどれほど楽しかったかに改めて気づいた。その日は様々な国の言葉でお喋りをしたり、笑い合ったりして過ごした。たいていはドイツ語だったのでほとんどわからなかったが、マッティが通訳してくれた。ウェディングドレス姿のマッティはおとぎ話のなかの王女さまのようだった。わたしたちが持つことになるトレーンは何メートルもの長さがあり、頭にはティアラをかぶり、長いベールを垂らすのだ。

仮縫いを終える頃には、立派な牙を持つ大きなイノシシを仕留めて上機嫌の男性陣も狩りから戻ってきていた。わたしは紅茶を飲みたい気分だったが、供されたのはコーヒーとケーキだった。残念なことに、イギリス人として生まれた人間には、午後のお茶に紅茶以外の選択肢はない。遺伝子に組みこまれていると言ってもいい。ケーキはかなり濃厚で、わたしは胃がもたれるのを感じた。ここふた晩、ほとんど眠っていないせいかもしれない。部屋に戻ってみたが、クイーニーの姿はない。わたしはいらだち始めていた。なにか用事があるたびに探しまわっていたら、いずれお城中の人に知れ渡ってしまうだろう。呼び紐を引いて、だれかにクイーニーを探させに行こうかとも思ったが、おそらく彼女は使用人の区画でケーキでもむさぼっているのだろうから、自分で行ったほうが早いと判断した。そういうわけでわたしは長い螺旋階段をおり、手すりのついていない壁沿いの恐ろしい階段をさらにおりた。今朝クイーニーと会った正確な場所を思い起こしながらアーチをくぐり、使い古されたまっすぐな階段をおりていく。一番下の暗い廊下までおりると、鍋やフライパンのぶつかる音と話し声が聞こえてきた。薄暗い隅にうずくまっている人影に気づいてはっとしたのはそのときだ。その人影が顔をあげてこちらを見つめたので、わたしは息を呑んだ。

「ジョージーじゃないの。脅かさないで」彼女は口に手を当てて、あわてて拭おうとした。「このことは誰にも言わないで、お願い。どうしても我慢できなかったの。我慢しようとしたけれど、だめだったわ」それはマッティだった。彼女の口は真っ赤でべとべとしていて、顎《あご》からは血が滴《したた》っていた。

16

まだブラン城
一一月一七日　木曜日

言葉が見つからなかった。ただ逃げることしか考えられない。わたしはきびすを返し、おりてきた階段をできる限りの速さでのぼった。やっぱり本当だった。マッティは彼らの仲間になっていた。このお城にいる人の半分はヴァンパイアで、だから夜中にあれほど大勢の人が忍び足で歩いているのだ。自分の部屋に戻り、だれもいないことを知ってほっとした。ベッドに潜りこみ、布団を体に巻きつける。こんなところにいたくなかった。安全な家で、信頼できる人に囲まれていたかった。フィグでもいいからそばにいてほしいと思ったくらいだから、どれほど切羽詰まっていたかわかってもらえると思う。

疲労が忍び寄ってきて、わたしはいつしか深い眠りに落ちていたらしく、クイーニーに起こされた。

「お嬢さん、晩餐会の準備をする時間です。お風呂にお湯を入れて、タオルを置いておきました」

　素晴らしい進歩だ。今朝、少し強く叱ったことが、驚くべき効果をもたらしたようだ。わたしはお風呂に入ってから部屋に戻り、クイーニーの手を借りて緑色のサテンのディナードレスを着た。鏡に映る自分の姿を眺めたが、どこかおかしい。本来これは腰のあたりまでなだらかな曲線が続き、その先のスカート部分がフレアになっているクラシックなデザインのイブニングドレスだ。だがいまは片側が盛りあがって、まるでわたしの腰の形がおかしいように見える。

「ちょっと待って。このスカートはどこか変よ。こんなふうに盛りあがっていなかったはずよ。それにひどくきついわ」

「そうですか。えーと、その……」

　わたしは彼女の顔を見た。「クイーニー、なにか隠していることがあるんじゃない？」

「気づかないだろうと思ったんですけど」クイーニーはエプロンをもぞもぞといじっている。「スカートを縫わなきゃならなかったんです。アイロンをかけたとき、ちょっとばかり焦がしてしまったもんで。こんなきれいなドレスにアイロンをかけるのは慣れていなかったし、それにアイロンが熱すぎたんだと思います」

　そう言ってクイーニーは、アイロンの形をしたふたつの大きな焦げ跡を隠すために、どうやってスカートを縫いつめたかを説明した。ひとつならまだわからないでもないものを、どうしてまた同じ過ちを繰り返したんだろう？

「クイーニー、あなたって絶望的ね」

「わかってます、お嬢さま。でも一生懸命やっているんです」

「ワインレッドのドレスをまた着るほかはないわ」わたしはため息をついた。「ベリンダからなにか借りられればいいけれど。彼女の部屋に行って、あなたがしたことを説明して、頼んできてちょうだい」

お針子は、わたしの数少ない上等のディナードレスをまた着られるくらいに直せるだろうかと考えながら、いらいらして待った。クイーニーはすぐに戻ってきたが、その顔は真っ赤だ。

「ノックをしてベリンダさんの部屋に入ったんです。そうしたら、そうしたら……ベリンダさんはひとりじゃなかったんです。男の人といっしょにベッドのなかにいて、そしてその人は、ふたりは……」

「想像はつくわ」あきらめたように言う。「ルールその一。今後だれかの部屋に入るときは、〝どうぞ〟と言われるまで必ず待つことね」

「そうします、お嬢さん」

やはり、今夜もワインレッドのドレスを着なくてはならないようだ。わたしは自分で髪を整え、晩餐の席へと向かった。本当なら今頃はあちらこちらの王家の人間が到着していて、今夜の晩餐会は昨日より正式なものになるはずだった。雪のせいでだれも来られなくなってしまったが、ドラゴミール伯爵は当初の予定どおりに格式ばったものにすると決めたらしく、テーブルには名札が置かれ、わたしはアントンのエスコートで宴会場に入るのだと告げられた。

彼を待っているあいだに、ミス・ディアハートを連れたレディ・ミドルセックスがやってきた。

「とても興奮しています」ミス・ディアハートが言った。「王女さまはご親切にも、わたしたちも出席するようにと言ってくださったんです。こんな場は初めてですわ。とてもきらびやかなんですね。まるで物語の中のようだわ。今夜もとても素敵ですね、レディ・ジョージアナ」

「ゆうべと同じドレスですね」レディ・ミドルセックスがにべもなく言った。

「でも素敵だわ。エレガントです」ミス・ディアハートは優しげな笑みを浮かべた。

「今夜は眠れるといいんですけれど」彼女が小声で言った。「眠らないと体が持ちませんけれど、わたしの部屋のドアは鍵がかからないんです。夜中にこそこそと歩きまわる人が大勢いるのに……」

晩餐の準備ができたことを知らせる銅鑼が鳴った。アントンがやってきてわたしの腕を取った。

「やあ、ジョージー」

「あなたとお兄さまの話し方が似ているのは、同じイギリスのパブリック・スクールにいらしたから？」

「そうだよ。ぼくは放校になったけれどね。というか、やめてほしいと丁重に頼まれた。バスルームで煙草を吸っているところを何度も見つかってね」彼はにやりとした。「きみの友だちのベリンダだけれど、彼女は素晴らしいね。エネルギーにあふれている」

「そのようね」

「彼女が王家の人間じゃないことが残念だよ」

「お父さまが準男爵よ。彼女も貴族だわ」

アントンはため息をついた。「それでは不十分だろうな。父上は格式にひどくこだわるし、なにより家だとかそういうものを大切にする。ぼくがだれと結婚するかが重要なことだと考えている。ニックが国王になって跡継を作るから、ぼくが国王の座につくことは決してないのに」

「つきたいの？」

「自由で気楽な人生のほうがいいね。ハイデルベルグ大学で化学を勉強したんだよ。楽しかった」

「いいわね。わたしも大学に行きたかったわ」

「どうして行かなかったんだい？」

「わたしは女ですもの。結婚すると思われていたのよ。だれも学費を出してくれる人がいなかったの」

「気の毒に」

トランペットが鳴り響いた。黒と銀色の豪華なお仕着せを着たふたりの使用人が宴会場のドアを開け、わたしたちは奥へと進んだ。今夜のわたしの席はハンネローレとアントンのあいだだった。向かいにはニコラスが座り、その隣にはマッティ、そして反対側の隣にはやはりピリン陸軍元帥が腰をおろしている。ピリンの胸の勲章の数はさらに増えていた。彼はまずわたしを、それからハンネローレを見て顔を輝かせた。

「こいつはいい。今夜は目を楽しませてくれるふたりの美女がいるというわけだ。楽しいね。目とお腹の両方にごちそうだ」彼の笑みは人を不快にさせる。母がゆうべ言っていたとおり、心の中でわたしたちの服を脱がせているに違いなかった。

「あのいやらしい男には気をつけたほうがいいわ。ゆうべわたしのお尻をつねったのよ」ハンネローレがわたしに囁いた。

「大丈夫。よくわかっているから、関わらないようにするわ」わたしも小声で答えた。

ベリンダを探しているらしく、アントンがあたりを見まわしている。どこにも見当たらなかったから、あまり身分の高くない人たちといっしょに、テーブルのずっと先のほうに座っているのだろう。わたしはと言えば、マッティを見ずにはいられなかった。口と首に視線が吸い寄せられる。なんの異変もないように見えたが、彼女が着ているドレスはハイネックのデザインだ。わたしの視線に気づいたマッティは、気まずそうに目を伏せた。わたしはいつしかテーブルについているほかの人々の首に目を向け、噛み痕がないかどうかを確かめていた。向こうの端にいる女性は真珠の首飾りを何連にもして首にかけているが、それ以外の人の首に傷はない。ひょっとしたら、ヴァンパイアは互いの血を飲むのかもしれない。わたしになにがわかるだろう？

食事が始まり、こってりした料理が次々に運ばれてきた。クライマックスは、口にリンゴを加えさせたイノシシの丸焼きだった。

「今日ぼくたちが撃ったイノシシではないよ」アントンが言った。「ぼくたちのはもっと大きかった」

「だれが撃ったの？」

「ぼくだ」アントンは声を落とした。「だがジークフリートには、彼が撃ったと思わせてあるんだ。彼はそういうことにこだわるからね」

食事のあいだ中ずっと、ドラゴミールはわたしたちの背後に控え、オーケストラの指揮者のように使用人たちに指示を与えていた。メインコースが終わりに近づいたところで、ニコラスの傍らに立って木槌でテーブルを叩いた。

「紳士、淑女の皆さま、どうぞお立ちください」まずフランス語、それからドイツ語で呼びかける。「ニコラス王子殿下が、花嫁の健康と彼女の素晴らしい祖国の繁栄を願って、乾杯なさいます」

ニコラスが立ちあがった。「乾杯するのなら、もっとシャンパンを持ってきてくれないか。わたしの美しい花嫁に乾杯するのに、シャンパン以外のものなど考えられないだろう？」

「失礼しました。もちろんそのとおりです。シャンパンを」ドラゴミールが大声で指示するとボトルが次々と運ばれてきて、小気味のいいポンという音とともに栓が抜かれ、それぞれのグラスに注がれた。その後は乾杯が繰り返された。乾杯がひたすら続く。イギリスでは、正式な宴会での乾杯は定型化されていて、ごく礼儀正しく行われる。司会をする人間が〝乾杯をいたしますのでどうぞお立ちください〟と声をかけ、全員が〝国王陛下に神のご加護がありますように〟と応じるのだ。だがここではまるで、母が言うところのお祭りのようだった。だれであれその気になった人間が立ちあがり、だれであれ好きな人のために乾杯をしている。そんなわけだったたから、椅子を引く音があちらこちらで響き、乾杯の声がテーブルの上を飛びかった。

司会役のドラゴミールはだれかがスピーチを始める前にこれみよがしに木槌を打ち鳴らし、この場をコントロールしようとしていた。ルーマニア語やブルガリア語を話している人間はおらず、乾杯はフランス語とドイツ語と英語で行われた。乾杯する者とされる者が近くにいればグラスを合わせ、遠く離れていればグラスを掲げてから同時に中身を飲み干す。ほかの人たちもしばしばそれに加わり、連帯感を示すためにいっしょになってグラスを空けていた。男性たちはひとり、またひとりと立ちあがってはスピーチをし、だれかに乾杯をした。女性のなかで立ったのはマリアだけで、彼女は出席者たち全員に対して乾杯をしたので、わたしも立ちあがって手を伸ばし、テーブルの向こうにいる彼女とグラスを合わせなければならなかった。次にニコラスが立ち、付添人たちに対して乾杯をした。

「彼らはわたしが恥ずべき若者から真面目な大人へと成長する過程を見てきました」ニコラ

スの言葉に、テーブルについている男性たちがひやかしの声をあげる。「わたしの暗い秘密を知っている彼らに乾杯をしたいと思います。それから大切な弟アントン、ジークフリート王子、フォン・スタシャウアー伯爵……」名前を呼ばれた若者たちが次々と立ちあがり、全部で一二人の男性がニコラスとグラスを合わせた。ニコラスはここまでドイツ語で話していたので、名前をすべて聞き取ることはできなかったが、やがて彼は英語に切り替えた。「……そしてあらゆる困難を乗り越えて駆けつけてくれたアイルランド出身の旧友、ジ・オナラブル・ダーシー・オマーラ」

テーブルの先に目を向けると、向こうの端でダーシーが立ちあがり、グラスを掲げるのが見えた。ヴァンパイアらしき人影がわたしの上にかがみこんでいるのに気づいたときの鼓動を激しかったと表現するなら、いまは心臓が完全に躍っている。ワインを口に運んでいたダーシーはわたしの視線に気づき、今度はわたしに向かってグラスを掲げた。わたしは真っ赤になった。子供みたいに顔が赤くなるこの癖はどうにかならないものかしら？　わたしは色が白いから、ひと目でわかってしまう。ピリン元帥がふらつく足で立ちあがったときには、ほっとしたくらいだった。

元帥が赤ワインを飲み続けていることには気づいていた。グラスを持って、何度もお代わりを注がせている。それが自分に向けられたものにしろ、そうでないにしろ、乾杯のたびにぐいぐいと飲んでいた。いま彼は自分のグラスを持ち、ブルガリア語とおぼしき言葉でスピーチを始めた。理解している人がいるとは思えなかったが、いくらか呂律の怪しくなった口で延々と喋り続けている。顔は赤カブのように真っ赤だ。やがてテーブルをドンと叩いたかと思うと、ブルガリアとルーマニアに対する賛辞に違いない言葉でスピーチを締めくくり、グラスの中身を一気に飲み干した。次の瞬間、驚いたようにその目が見開かれ、喉の奥からなにかがつまったような音が漏れたかと思うと、元帥はイノシシの肉の残りが載った自分の皿の上に突っ伏した。

まわりにいた人々は、いかにも王家の一員として育てられた人間らしい振る舞いを見せた。数人が眉を吊りあげただけで、何事もなかったかのように食事に戻り、会話を続けている。そのあいだもドラゴミールは忙しげに動きまわって、意識のない元帥を控えの間のソファに運ぶようにと使用人に指示をしていた。ニコラスも立ちあがった。

「ちょっと失礼します。様子を見てきますので」静かに告げる。

テーブルの向こうの端では、レディ・ミドルセックスも立ちあがっていた。

「ここにお医者さまはいらっしゃらないでしょうから、わたくしが容体を拝見します。世界大戦では看護婦を務めておりましたの」そう言って、部屋を横切っていく。ミス・ディアハートがそのあとを追っていくのが見えた。

なにかを話す声が聞こえた。

「飲みすぎだ」ジークフリートが言った。彼はピリン元帥の向かいに座っていた。「使用人が通りかかるたびに、ワインを注がせていた」

「彼は大酒飲みなんだ」アントンも口をそろえた。「だが、つぶれたのを見たのは初めてだ」

「あの人、最低ね」ハンネローレがわたしに囁いた。「あの食べ方ったら。マナーのかけらもないわ。フォークを間違うし」

わたしは、ダーシーが立ちあがり、控えの間へと歩いていったことに気づいていた。アイスクリームが供され、その後チーズが運ばれてきたが、ニコラスもダーシーも戻ってこない。

食事が終わろうとする頃になってようやく戻ってきたニコラスは、アントンの耳元で何事かをドイツ語で囁いた。わたしはアントンが訳してくれるのを待った。その顔には妙な表情が浮かんでいる。彼が答えるのを待たず、ニコラスがよく通る声で人々に告げた。

「申し訳ありませんが、ピリン陸軍元帥は大変具合が悪いようです」言葉を選びながら言う。「そういう事情ですので、応接室のほうに移動していただけませんか。今夜のホストであるジークフリート王子とマリア・テレサ王女が、そちらにコーヒーとほかの飲み物を用意してくださることと思います」

客たちが立ちあがるあいだ、聞こえてきたのは椅子を引く音だけだった。

「どうぞこちらへ」マッティが、うらやましくなるほど堂々と落ち着き払った態度で言った。アントンが椅子を引いてくれたので、わたしも立ちあがった。こんな事態がすぐ目の前で起きたせいで少し気分が悪かったし、足元がふらついている。アントンは妙な表情で控えの間を見つめていた——恐怖と歓喜の入り混じったような。

「心臓のせいだってお兄さんは言ったの？」わたしは尋ねた。

アントンはわたしの腕を取って引き寄せると、耳元で言った。

「ほかの人には黙っていてほしい。ピリンは旅立った」

「死んだっていうこと？」

アントンはうなずき、唇に指を当てた。「残念だとは言えないよ。あのろくでなしには、ほとほとうんざりしていたんだ。だが父上は喜ばれないだろう。ぼくもあそこに行って、兄さんに手を貸さなければならないだろうな。できれば死体は見たくないんだが。ピリンの死体は相当に不快だろうしね」

彼はわたしに腕を差し出した。「きみが気を失ったりしてはいけないから、まずは紳士らしく、きみを安全な応接室までエスコートするべきだろうな」

「わたしって、いまにも気を失いそうに見えるの？」

「いささか顔色が悪い。だがぼくもきっとそうなんだろう。なにはともあれ、食事が終わるまで待ってから死ぬだけの礼儀をピリンが持ち合わせていてよかった。あのイノシシを食べ損ねたくはなかったからね」アントンはそう言って、いたずらな少年のような笑みを浮かべた。

「わたしは大丈夫だから、行ってちょうだい。お兄さまはあなたにそばにいてほしがっているはずよ」

だれもが静かにテーブルを離れ、作法どおりに振る舞っていたが、アーチの向こうの控えの間に視線を向ける者もいた。ソファの端から突き出したピリンの足が見えている。ひそやかな囁き声の中に、母の声をはっきり聞き取ることができた。「あんなふうにがつがつと食べたり飲んだりしていれば、心臓発作が起きるのを待っているようなものだわ」

わたしはダーシーのそばにいたくてたまらなかったが、客のひとりにすぎないのに、わざわざあの場に入っていくだけのもっともな理由を見つけることができずにいた。それでもほとんどの人が大きな両開きのドアから外に出ていくまでぐずぐずとその場に残り、控えの間へと歩いていくアントンのあとをそっと追った。控えの間の入り口近くまでやってきたところで、レディ・ミドルセックスの甲高い声が聞こえた。

「心臓発作ですって、ばかばかしい。この人が毒を盛られたことは明らかです」

17

死体の加わったブラン城
まだ一一月一七日

その部屋に入る言い訳はもう必要なかった。わたしと同じような立場にいる若い女性で、わたし以上に殺人事件に遭遇している人間はそういないはずだ。アントンについて入ろうとしたところで、ちょうど部屋から出てきたダーシーとぶつかりそうになった。

「やあ」彼が言った。「きみを探しに行こうとしていたところだ」

「どうしてあなたもここに来ることを話してくれなかったの？」

「最後に会ったときは、きみがこの結婚式に出席するつもりだとは全然知らなかったからね。それに、恐るべき義理のお姉さんから、きみには二度と近づくなとはっきり言い渡されたた」

「あなたが、人に言われたとおりにしたことなんてあったかしら？」

ダーシーはにやりとし、わたしはここ数日の緊張感がすっとほどけるのを感じた。彼がここにいるのなら、ヴァンパイアだろうと狼人間だろうと盗賊だろうと、敢然と立ち向かえる気がする。ダーシーがわたしを押しのけるようにして、テーブルを片付け始めた従僕のひとりの手をつかんだので、恐ろしい現実に引き戻された。

「だめだ」彼が言った。「そのままにしておくんだ。全部そのままに」使用人たちは困惑と疑念の入り混じった表情でダーシーを見ている。彼は控えの間に戻り、ドラゴミールを呼んだ。「きみの助けがいるんだ。ルーマニア語だかなんだか知らないが、ぼくはこのあたりで使われている言葉が話せない。使用人たちに、なにも触らず、テーブルはこのままにしておくように言ってほしい」

ドラゴミールはいぶかしげに彼を見つめた。ダーシーは驚くほど流暢《りゅうちょう》なフランス語で同じことを繰り返した。

「あなたにどんな権限がおありなんです？　警察の方なんですか、ムッシュー？」ドラゴミールが訊き返す。

「こういったことには少しばかり経験があるとだけ言っておく。この一件は、ルーマニアとブルガリアの両王室に恥をかかせないような形で対処したいと思っている」ダーシーが言った。「使用人たちにはまだ本当のことを知らせるべきではない。これは非常に微妙な問題で、他言されるようなことがあってはならないんだ。わかったかい？」

ドラゴミールは険しい目つきでじっとダーシーを見つめていたが、やがてうなずいたかと思うと、使用人たちに指示を出した。彼らはあわてて片付けかけていた皿を戻し、テーブルから離れた。

「ほかのだれもこの部屋には入らせないように彼らに言ってくれ。それからそれぞれに話を聞きたいから、どこにも行かないようにと」

無愛想でしぶしぶといった態度ではあったが、ドラゴミールはその命令を伝えた。使用人たちが不審そうなまなざしを向けてきたが、ダーシーは気づいていないようだった。

「あっちに戻らないと」ダーシーはわたしに向き直って言った。「ぼくたちが早急に手を打たないと、ニコラスが窮地に立たされる」

「本当なの？」わたしは小声で尋ねた。「ピリン元帥が毒を盛られたっていうのは？」

「そうだ」ダーシーが低い声で答える。「すべてがシアン化物であることを示している。赤い顔、見開いた目」

「彼の顔はいつも赤かったわ」

「間違いのようのないアーモンド臭。だからこそ、テーブルの上のものには一切手を触れないことが重要なんだ」

そう言いながらダーシーは控えの間へと入っていき、わたしは彼のあとを追った。ソファの上のピリン元帥の死体は、ダーシーの言葉どおり顔は鮮やかな赤に染まり、目はかっと見開かれている。彼は大柄だったから、金箔と錦織りで作られた華奢な作りのソファから足がはみ出ていて、片方の腕はだらりと床に垂れていた。わたしは身震いし、顔を背けたくなるのをこらえた。ほかの人たちは、死体を囲む活人画のようにその場に凍りついている。ニコラスはピリンを見おろし、アントンはその背後に立ち、レディ・ミドルセックスとミス・デイアハートはピリンの磨きあげられたブーツの近くにいた。ミス・ディアハートはこの場を逃げ出したくて仕方がないという顔をしている。

「すぐに警察に電話しなくてはなりません」レディ・ミドルセックスが言った。「これは殺人です」

「それは不可能です」再び姿を現わしたドラゴミールが応じた。「この雪で電話が不通になってしまいました。わたしたちは外界から孤立しています」

「だれかを行かせられるくらいのところに、警察署はないのですか?」

「スキーをはけばあの峠は越えられるかもしれません。ですが、たとえそれが可能だとしても、国王陛下のご指示があるまでは、警察を呼ばないほうがいいでしょう」

「でもこれは殺人なのですよ」レディ・ミドルセックスが言った。「逃げられる前に犯人を捕まえなくてはなりません」

「その点についてですが、この城を出ようとしても、この雪ではさほど遠くまで行くことはできません。そもそも城の入り口はひとつしかなく、そこには常に護衛兵がいます」

「それなら、だれも外に出さないようにと護衛兵に命じることが先決でしょう。まったくあなたたち外国人ときたら、やることがいいかげんなんだから」

「レディ・ミドルセックス、いまはこのことをだれにも話さないでいただけるとニコラス王子は大変助かるのですが」ダーシーが言った。「できるかぎり早急に真相にたどり着けるように、ぼくたちも最大限の努力をしますので。いいかげんなことはしないとお約束します」

「あなたは……？」レディ・ミドルセックスは振り返って、彼を見つめた。柄付き眼鏡《ローネット》が手元にあったなら、そのレンズごしにしげしげと眺めていただろう。

「彼はわたしの付添人で、親しい友人のダーシー・オマーラです。キレニー卿の息子です。困ったときに頼りになる男ですよ。学校が同じでした――ラグビーチームの中心選手でしたよ」ニコラスが答えた。

「まあ、それなら安心ですこと」レディ・ミドルセックスはおおいに満足したようだった。イギリスのパブリック・スクールのラグビーチームの中心選手であれば、だれであれ間違いはないということなのだろう。「それでわたくしたちにどうしろと？」

「使用人には、テーブルに触らないように命じておきました」ダーシーが言った。「まずは、優秀な医者に死因を確認してもらうことが必要です。このあたりにはそれができる人間はいますか？」ダーシーは同じ質問をフランス語で繰り返した。

ドラゴミールは首を振った。

「そういうことなら、どうやって毒が入れられたのかを調べ出さなければなりませんが、ここで科学的な検査をする方法はないでしょうね」

「硫酸鉄は、シアン化物を紺青色に変化させる」アントンはあのいたずらっ子のような笑みを見せた。「ほらね、兄さん、ぼくも大学で学んだことはあったというわけだ。硫酸鉄がなにに使われるのかははっきり知らないが、たしか木だか金属だかの加工に使ったと思う。だから納屋か鍛冶場といったところに置いてあるかもしれない。ジークフリートかマリアに訊けば、わかるだろう」

「だめだ」ニコラスが簡潔に告げた。「まだふたりには知らせたくない。もう少し事態がはっきりしてからだ」

「きみのところに国王の毒見をする人間がいないのが残念だ」ダーシーが言い、ミス・ディアハートのショックを受けた顔を見て笑った。「冗談ですよ」

「毒見をさせる動物ならいるかもしれません」ドラゴミールが言った。「厩舎《きゅうしゃ》にいる猫が最近子供を産んでいないかどうか、だれかに調べに行かせましょう」

「そんなのだめよ」わたしはたまらず口をはさんだ。「子猫に毒を盛るなんて、ひどすぎるわ」

「あなたたちイギリス人は、動物に対して感傷的すぎる」ドラゴミールはそう言ってから、初めてわたしに気づいたようだった。「レディ・ジョージアナ。あなたはここにいるべきではありません。どうぞ応接室にいるほかの方々のところにお戻りください」

「来てくれとぼくが頼んだんだ」ダーシーが言った。「信じられないかもしれないが、彼女もこういう事態には経験がある。それに頭も切れる」

全員の視線を集めてしまい、わたしはもちろんばかみたいに赤くなった。

「まずは重要なことからだ」ニコラスが言った。「これは非常に微妙な事態だ。このことが外に漏れたら、深刻な結果をもたらしかねない。ピリンはブルガリアの権力者だ。彼が宮廷に影響力を持っているおかげで、国が分裂せずにすんでいるんだ。もし彼が殺されたことがわかれば——一週間もしないうちに内戦が起きるかもしれない。それどころか、我々の属州であるマケドニアの一部を併合する絶好の機会だと、ユーゴスラヴィアが考えかねない。そういうわけだから、事実はこの部屋の中だけに留めておきたい」

「それなら、彼は心臓発作で死んだということにしておくべきだろう」ダーシーが応じる。

「生き返らせることはできないが、彼が大食いで大酒のみだったことはよく知られているから、死んだと聞かされてもだれもさほど驚きはしないはずだ」

「わたしが食堂を出てきたときには、みんなそんなふうに考えているようだったわ」わたしは口をはさんだ。「レディ・ミドルセックスの言ったことを耳にはさんだ人がほかにいなければ、心臓発作で死んだことにしてもなんの問題もないと思う」

「それは確かに助かる」ニコラスが答えた。

アントンは黙ったままだ。嫌悪と好奇のまなざしで死体を見つめていたが、ふいに顔をあげると、澄んだ青い目を兄に向けた。「父上に知られるまで、彼が死んだことは隠しておくべきだと思う。父上たちがここに到着するまで、彼は重病だというふりをするんだ」

ニコラスは顔をしかめた。「それは無理だろう。こちらの女性の言ったことを何人かの使用人が聞いていたはずだ」

「彼らは英語がわからないと思っていいいんじゃないか」ダーシーが言った。

「もうひとつ考えなくてはならないことがある」アントンは兄をまっすぐ見つめている。

「父上はきっと結婚式を取りやめるだろう」

「結婚式を取りやめる？　なぜだ？」

「考えてみてくれ、兄さん。父上はきっと、大げさなほどにピリンの死を悼んでいるふりをするだろう。ぼくたちが彼をどれほど高く評価していたかを、マケドニアの人たちに知らしめるために。そんな時期に、どんなものであれ祝い事をするとは思えない」

「なんということだ、おまえの言うとおりだ。父上はきっとそのとおりにされるだろう。だがルーマニアは、それは結婚式を延期する理由にはならないと考えるかもしれない。それに費用のこともある——ヨーロッパ中の王家の人間を、すでにソフィアで行われる祝典に招待しているんだ。かわいそうなマリアはどうなる？　大切な日をそれはそれは楽しみにしているのに。まったくとんでもないことになった。ピリンは最悪のときに毒を盛られたんだ」

「だからぼくたちは偽装を続けなくちゃいけない」アントンの言葉に熱がこもる。「父上にはピリンが病気だとは知らせるが、結婚の祝典が終わるまで死んだことには気づかれないようにするんだ」

ニコラスは不安げに笑った。「具体的にはどうするんだ？　父上は間違いなく病室を訪れたがるだろう」

「ピリンは眠っていることにすればいい。昏睡状態というのはどうだ？」

「死んでいるようにしか見えないぞ。それにおまえは忘れているようだが、彼は息をしていないんだ」

「だれかをカーテンのうしろに隠れさせて、ピリンのかわりにいびきをかかせよう。大丈夫だ、ニック。結婚式を中止するには手遅れであることに父上が気づくくらいまでは、だましおおせる」

「父上が徹底した人間であることはおまえも知っているだろう。きっと主治医を呼び寄せようとする」

「ソフィアから来るには数日かかる」

「少なくとも、医者に診せたかどうかは訊いてくるはずだ」ニコラスは譲らない。

「それなら、ぼくたちのだれかが医者のふりをすればいい。ダーシーはどうだろう」

「ぼくは陛下に会ったことがある」ダーシーが言った。「医者は陛下の到着直前に、呼び出されて出ていったことにすればいい」

ニコラスはまた笑い声をあげた。「きみたちはこの件を茶番にするつもりなのか。うまくいくとは思えない。宮廷の暮らしがどういうものか、よくわかっているはずだろう? きっと明日の朝になる頃には、城中に彼の死の噂が広まっているだろう。使用人が彼の部屋にやってくるだろうし、父上がいつ到着するのかもわからない。それに、何日も死体を置いておくわけにはいかない。じきににおい始める」

「ぞっとしますわ」レディ・ミドルセックスが言った。

ニコラスは彼女に視線を向けた。ごく内輪の議論に赤の他人が加わっていることにようやく気づいたのだと思う。「いまこの部屋にいる人間が妙なことを口走らないという保証はない」

「あいにくぼくたちはみんな真実を知ってしまった」ダーシーが言った。「ジョージーとぼくのことは信頼してくれていい。となると、残るのはドラゴミールとこちらのご婦人がただが、ドラゴミールが王女とルーマニアにとって最善の方法を望むことは間違いない。だがご婦人がたは、結婚式までどこかに閉じこめておかなければならないかもしれない。ここには地下牢がたくさんあったはずだね?」

「わたくしたちを閉じこめる? あなたは、頭がどうかしたのではありませんか?」レディ・ミドルセックスはダーシーを問いつめ、ミス・ディアハートは震える声で「地下牢?」とつぶやいた。

「それでは、耳にしたことを決して漏らさないと誓ってもらわなければなりません。イギリス高等弁務官の妻の言葉は、信用に値するでしょうからね」

「当然ですわ」レディ・ミドルセックスが答えた。

「いまここにいるすべての人に、これまで聞いたことはだれにも決して話さないと約束してもらいたい」ニコラスは重々しい口調で言った。「我が国の未来がかかっているんだ。きみたちを信用していいだろうか? 約束してもらえるか?」

「約束すると言ったはずだ。きみがどうやってこの件を解決するのかはわからないが、ぼくにできることは何でもしよう」ダーシーが答えた。

「約束するわ」わたしも同意した。

「わかった」ニコラスが応じた。「ご婦人がた、あなたたちはどうです?」

レディ・ミドルセックスは眉間にしわを寄せた。

「いつもであれば、わたくしは策略や不正行為には手を貸しませんが、今回のことがあなたの国を大変な窮地に陥れるだろうことはわかります。ですから、ええ、約束しますわ。そもそもミス・ディアハートとわたくしは、峠を越える交通手段が手配でき次第、ここを発つ予定です。主人がバグダッドで待っていますので」

「わたしの口の堅さは信用していただいて大丈夫です」ミス・ディアハートが言った。「これまでもいろいろな家で暮らしてきて、聞いてはならないことを散々耳にしていますから」

ニコラスはドラゴミール伯爵に視線を移した。「きみはどうだ？　我々ふたつの国ときみの王女のために約束してくれるか？」ニコラスはそう言いながら手を差し出した。ドラゴミールはうなずいてその手を握った。「あなたを失望させたりはしません、殿下。ただ、なにかが起きたときのために、もっとも信頼のおける使用人をふたりほど選んで、事情を話しておきたいと思います」

「もっともだ。よく吟味して選ぶように」ニコラスはため息をついた。「まずはピリンを彼の部屋に運ぼう。簡単なことじゃない。彼は大柄な男だ。死んだいまとなっては、さらに重さが増しているだろう」

「いま言ったふたりの使用人にやらせましょう」ドラゴミールが言った。「ふたりとも屈強で、わたしと王家に忠実です。ひとりをドアの外に立たせて見張らせ、鍵はわたしが預かることにします」

「ありがとう、ドラゴミール。感謝する」

「ですが、殿下がなにをなさろうとしているのか、わたしにはよくわかりません。無駄な試みのように思えます」

「無駄ではないさ」アントンが答えた。「ぼくはハイデルベルグ大学で少しばかり化学を学んだ。時間がたつほどに、シアン化物は体内から消えていくんだ。心臓発作は悲劇だが、だれが悪いわけでもなく、当の本人のせいだ。父上には今後の戦略を考える時間が必要で、ぼくたちはその時間を稼いでいるだけだ」

このときまでわたしは黙って事の成り行きを見守っていたが、大きく深呼吸をして切り出した。

「あなたたちみんなが見落としていることがひとつあるわ。これは殺人なのよ。人目のあるところで殺すほどの危険を冒してまで、ピリンの死を願っていた人はだれなのかしら？」

18

まだ一一月一七日　木曜日
まだ雪に閉じこめられている

初めて気づいたと言わんばかりに、全員がまじまじとわたしを見つめた。

やがてアントンが落ち着かない様子でくすりと笑った。

「それを言うのなら、彼がいなくなったことを喜んでいる人間はニコラスとぼくということになる。だが、ぼくたちは彼を殺して祖国を危険にさらすほどばかじゃない」

「この城の中に、ピリンのことをそれほど知っている人間がいるとは思えない。ましてや、彼の死を願うだけの動機があるはずもない」ニコラスが言い添えた。

「バルカン諸国には常に確執があり、憎悪が埋もれている」ダーシーが言った。「使用人の中に、マケドニアと長年反目している地域の出身だったり、家族がピリンに苦しめられたりしている者がいないとは限らないだろう？」

ドラゴミールが首を振った。「それは考えられません。ここの使用人たちは、王家の人間に仕えているわけではなく、この城で働いているだけなのです。地元の人間です。一年中ここで暮らし、ここで働く生粋のトランシルヴァニア人です」

「忠誠心は金で買える」ダーシーが言った。「このあたりの人々は過酷な暮らしを送っている。扇動者や無政府主義者から充分な額を受け取ったなら、食べ物や飲み物に毒を入れる気になる者がいるかもしれない」

「それが大きな謎だと思わない？」わたしは口をはさんだ。「いったいどうやって彼に毒を飲ませたのかしら？　わたしたちは同じテーブルについていたのよ。同じものを食べ、同じものを飲んでいた」

全員が考え深げな様子でうなずいた。

アーチの向こうからなにか物音がしたかと思うと使用人がやってきて、ドラゴミール伯爵に話しかけた。

「なにがあったのか様子を見てくるようにと、ジークフリート王子に言われたそうです。王子は自らここに来ようとしているらしい。締め出されたことが気に入らないようです」

死体が視界に入らないように、ニコラスが使用人の前に立った。

「ピリン元帥は自分の部屋にお連れしたと王子に伝えてくれ」フランス語でドラゴミールに言う。「心臓発作を起こしたようだが、残念なことにそれをどうにかできる人間はいまここにはいないので、様子を見るほかはない。大切なのは安静にしてゆっくり休むことだ」

ドラゴミールがその指示を繰り返すと、使用人は部屋を出ていった。

「さっき話したふたりの使用人を呼ぶように伝えておきました。彼らに元帥の死体を部屋まで運ばせます」わたしたちに向き直って言う。

「よろしい」

「ですが、テーブルはどうしますか?」ドラゴミールは順にわたしたちを眺めた。「あのままにしておくと、使用人たちがいぶかしく思うでしょう。なにかあったのだと気づかれてしまいます」

「確かに」ダーシーが言った。「いまのうちに、ピリンの皿とグラスを確保しておこう。あとは片付けさせればいい。毒は食事のどこかの段階で無差別に混入されたわけではなく、彼を狙ったものだったはずだ」

「食事は終わりかけていた」アントンが応じる。「そもそも彼の料理だけに毒を入れるのは無理だと思う。同じ大皿から全員に取り分けているんだ。毒入りの肉やポテトのひと切れを別にしておいて、特定の皿に盛りつけるのはリスクが大きすぎる」

「それは不可能です」ドラゴミールが言った。「大皿は給仕用のワゴンで厨房から運ばれてきます。給仕係がそれを受け取って、料理がまだ温かいうちに大急ぎでテーブルまで運びます。大勢の人間がそこに関わっているんです」

「給仕係が、運んでいるあいだのどこかで特定の皿にシアン化物のカプセルを入れることは可能だと思う」ダーシーが考えこみながら言った。「だがさっきも言ったとおり、間違いを犯すリスクは大きい」がっしりしたふたりの男性が戸口に現われたので、ダーシーは言葉を切った。ドラゴミールがふたりの前に立ち、低い声で指示を与える。ふたりは死体に目をやってうなずくと、近づいて両側から抱えた。いかにも重そうだ。

「わたしたちも手伝おう。ふたりだけではとても階段をあがれない」ニコラスが弟に向かって言った。「椅子に座らせて、それを運ぶほうが簡単かもしれない」

「殿下、それはあまりに不作法かと」ドラゴミールが口をはさんだ。

ニコラスは笑って応じた。「いまは、作法にこだわっている場合ではない。きみは先に行って、あたりにだれもいないことを確かめておいてくれ」彼はわたしたちに視線を移した。

「きみたちはパーティーに戻って、いつもどおりに振る舞ってほしい。ピリンの状態について訊かれたら、言葉を濁すんだ。他言無用の約束を忘れないように」

「事件の捜査はどうなるんです？」レディ・ミドルセックスが尋ねた。「彼のお皿は？」

「ぼくが取ってきて、厳重に保管しておこう」ダーシーは食堂に入っていき、ピリンの皿とグラスを数枚のナプキンで包んだ。「テーブルの上の皿を何枚か移動させておいた。ひとり分の食器だけがなくなっていたら、使用人がいぶかしく思うかもしれない。それから、給仕係が仲間同士で噂話を始める前に、話をしておきたい。ドラゴミール、通訳をしてくれないか」

「あなたたちの仕事は口をつぐんでいることです、ご婦人がた」ニコラスが言った。「パーティーに戻って、明るく振る舞っていてください」

「わたくしたちは部屋に引き取ったほうがよさそうね、ディアハート」レディ・ミドルセックスが応じた。「こんなに疲れたことはありません。明日はここを出発して、普段どおりの旅の続きができることを心から願います」

ミス・ディアハートはうなずいた。「ええ、ぜひそうしましょう。このお城に着いたとき、ここは死のにおいがするとわたしは言いましたよね？　わたしの直観はめったにはずれないんです」

そしてふたりは部屋を出ていった。ダーシーがわたしに言った。

「きみはパーティーに戻ってくれ。ぼくたちのところに来たりしないように、とにかくマリアとジークフリートを引き留めておいてほしいんだ。できるだけ早くぼくも行くから」

わたしたちはそれぞれの場所へと散った。

だれにも気づかれないように応接室に入ろうとしたが、だれもが神経をとがらせていたようで、ジークフリートはわたしを見て即座に立ちあがった。

「なにかわかったかね、レディ・ジョージアナ？」

「わたしは医学の専門家じゃありませんから。でも気の毒なあの人は心臓発作を起こしたというのが、みなさんのお考えのようです。自分のお部屋に連れていきました。いまは、ゆっくり休ませるくらいしかできることはないそうです」

「この城に医者はおらず、呼ぶ手段もないと思うと、心細くなる。できるのはブラソフまで車を行かせることくらいだが、それも峠の状況を考えれば、明日の朝までは無理だ」

人々は黙りこくったまま座っている。

「あの人が心臓発作を起こしたと聞いても、少しも驚きはしないわ」母が陽気な声を張りあげた。「あの赤くむくんだ顔はその予兆よ。それにあんなふうに食べたり、飲んだりしていれば無理もないわね」

「彼は田舎者だ。仕方がないだろう」ジークフリートが言った。「ああいう人間が権力のある地位についても、ろくな結果が出た試しがない。調子に乗るだけだ。支配するべく育てられた人間――わたしのような人間に、統治は任せておけばいいのだ」

「ジークフリート、あなたったら本当に堅物なんだから」マッティが言い、立ちあがった。「あの人の具合が悪くなったのは気の毒だと思うわ。でも、暗い雰囲気はもうたくさん。これはわたしの結婚の祝典なんだから。音楽をかけて踊りましょうよ」

「マリア、それはどうだろう」

「いいじゃないの、ジークフリート。だれかが死んだわけじゃないのよ。明日になったらすっかり元気になっているかもしれないし、ここで騒いでも邪魔にはならないわ。ここにいる方たちはヨーロッパ中からわたしのお祝いに駆けつけてくれたんだし、なによりわたしは踊りたいの」

マッティが指示を与え、絨毯が片付けられた。ピアニストとバイオリニストが現われ、軽やかなポルカの演奏が始まった。マッティが若い伯爵をダンスフロアに連れ出すのを、わたしはジークフリートと並んで見守った。ジークフリートはいつも妙なにおいを嗅がされているような顔をしているが、いまはさらにそのにおいがひどくなったみたいに見える。やがて彼はわたしに視線を向けると、踵を合わせた。

「わたしになにかできることがないかどうかを確かめてこようと思う。父がいないあいだは、わたしがここの主人だ。ニコラス王子に任せっきりにしておくわけにはいかない」

「あら、ドラゴミールがなにもかもちゃんと取り仕切っているのではないかしら」わたしは急いで言った。「有能な方なのね。ここではすべてが時計仕掛けのように動いていますもの」

「確かに彼はたいしたものだ」

「このお城の管理だけが彼の仕事なのかしら？　それとも彼は普段、王家の方々といっしょにブカレストにいるの？」

「いや、彼の仕事はこの城に限られている。彼はルーマニアの生まれではないから、国内では評判がよくないのだ」

「でもあなただってルーマニアの生まれではないわ」わたしは笑った。「この地域の王家の人たちはだれひとりとして、その国の生まれではないでしょう？」

「それはそうだが、わたしたちは王族の血を引いている。それが重要なのだ。人々は、権力を悪用する成り上がり者よりは、どこの出身であれ、本物の王家の人間に支配されるほうを好む」

「ドラゴミール伯爵はどこの出身なのかしら？」

ジークフリートは肩をすくめた。「よく覚えていない。たしか何度も支配者が変わった国境のあたりだったと思う。トランシルヴァニアが、かつてはハプスブルグ帝国の一部だったように」

「面白いお話ね。この地域の歴史ってとても興味深いわ。そう思いません？」

「延々と続く惨事のようなものだ。東から来た野蛮人たちによる、侵略の長い歴史だ。西ヨーロッパの礼節が、戦争で荒廃したこの地に平和と繁栄をもたらすことを祈るばかりだ」ジークフリートはもう一度あたりを見まわしながら言った。「せめて彼の寝室をのぞいて、足りないものがないかどうかくらいは確かめてくるべきだと思う」

ジークフリートが歩きだそうとするのを見て、わたしは考えられない行動に出た。

「いいえ、だめよ、わたしと踊ってもらえないかしら。お願い」そう言って彼の手を取り、ダンスフロアへといざなったのだ。

「レディ・ジョージアナ！」わたしの大胆な行動に驚いたらしく、ジークフリートの白い顔が紅潮した。「よろしい、どうしてもと言うのなら」

「ええ、ぜひ」わたしは熱意をこめて言った。

ジークフリートは一方の手をわたしの腰に当て、もう一方の手でわたしの手を取った。魚をつかんでいるように、冷たくてじっとりとした手だった。魚顔というあだ名をつけたのは、なかなかにうまい選択だったらしい。魚に似ているのは顔だけではないことがよくわかった。

ダンスフロアへと進んでいきながら、わたしは無理やり明るい笑顔を作った。

「それでは、きみはようやく冷静に考えることができるようになったと思ってもいいのだね？　やっと理解したのだね？　いまの状況の意味を？」

なんの状況の話をしているのだろう？　ピリンが殺された件についてなにか知っていることがあるんだろうか？　ジークフリートが手を回した？　それともひょっとしてヴァンパイアの話をしているの？　彼の家族にまつわる恐ろしい真実にわたしが気づいたかどうか、探りを入れている？　慎重に言葉を選ぶ必要があった。このお城はいま雪に降りこめられていて、電話は不通、ダーシーとベリンダ以外、数キロ四方には助けてくれる人もいない。

「どういう状況を言っているのかしら？」わたしは尋ねた。

「家族の意向に従って、ふさわしい結婚相手を見つけることが大切だときみは気づいた。義務の重要さを理解したのだ」

いったいなんの話をしているの？　ジークフリートはさらに言葉を続け、わたしはようやく理解した。

「もちろん、ほかの多くの王族の結婚がそうであるように、わたしたちの結婚が便宜的なものであることは理解しているが、きみはわたしをいい夫だと思うはずだ。きみにはできるかぎりの自由を与えるし、わたしの妃として楽しい人生を送れるだろう」

〝この世に男性があなたしかいなくてもお断りよ〟という声が頭のなかで響いていたが、彼が足音も荒くピリンのところに向かうような事態は避けなければならない。

「殿下、わたしより身分の高い女性が大勢いる中で、わたしを妻として迎えることを考えてくださるのは光栄ですわ。でもハンネローレ王女のほうがわたしよりずっとあなたにふさわしいのではないかしら。彼女はドイツの王女ですし、わたしは王家の親戚にすぎませんから」

「ふむ」彼の顔が曇った。「確かに彼女は素晴らしい相手だが、まだ結婚するつもりはないということだった」

断ったのね。思わず頬が緩みそうになるのをこらえた。よくやったわ、ハンネローレ！

「まだお若いですものね」わたしはそつなく応じた。「王族の一員としての責任を負う前に、もう少し世の中を知っておきたいのかもしれませんね」

ジークフリートは鼻を鳴らした。「ばかばかしい。彼女のような立場の娘は、一八歳で結婚するのが常だ。自由を与えすぎたり、世慣れさせたりしてもいいことはない。わたしの妹を見るがいい。彼女はパリで一年過ごすことを許されたが、その結果――」ジークフリートははっとしたように口をつぐんだ。「少なくとも彼女は分別を取り戻した。自分の義務がなんであるかを知り、ふさわしい相手と結婚する選択をしたのだ」

ダンスフロアの端のほうでベリンダの顔が輝くのが見えたので、アントンがやってきたのだとわかった。ニコラスもいる。だがダーシーの姿はなかった。音楽が終わり、控え目な拍手が起きた。ジークフリートが踵を合わせて言った。

「楽しいひとときだった、レディ・ジョージアナ。いや、これからはきみを下の名前で呼ぶことにしよう。きみもふたりきりのときは、わたしをジークフリートと呼んでくれてかまわない。もちろん人前ではこれまでどおり、サーもしくは殿下と呼んでもらわなくてはならないが」

「もちろんですわ、サー。あら、ニコラス王子が戻っていらしたのね。元帥の容体はどうなのかしら」

幸いなことにジークフリートはわたしの言いたいことを悟って、ニコラスに歩み寄った。ニコラスは身振りを交えながら、何事かを説明している。ジークフリートが元帥の様子を見に行ったりしないように釘を刺しているのだろう。ベリンダとアントンがこちらに近づいてきた。

「あなたとジークフリート、とても親しそうに見えたわよ」ベリンダが言った。「ダーシーに嫉妬させるつもりなら、無駄よ。彼はひと晩中、ピリンについていることにしたらしいわ」

「あれ以上ジークフリートと親しくなるつもりはないから」わたしは答えた。「あれには正当な理由があるとだけ言っておくわ」

わたしは部屋の中を見まわしたが、話し声とまばゆい光と今夜の緊張が一気に押し寄せてきて、めまいがした。ダーシーが朝までピリンの見張りをするというのなら、わたしがここにいる理由もない。不意に静けさと安全な場所が恋しくなった。だれにも気づかれることなくそこを抜け出し、寝室へと戻った。クイーニーの姿はなかったが、驚きはしなかった。今頃、いびきをかいているに違いない。窓を調べ、鎧戸が内側から鍵がかけられていることを確認した。衣装ダンスを開け、何度か深呼吸をしてから衣装箱の蓋も開け、わたし以外に部屋にはだれもいないことを確かめたうえで重い椅子でドアを開かないようにして、それから服を脱いだ。だが明かりを消したくはなかった。ヴァンパイアは壁を通り抜けられるだろうか？　鍵のかかった鎧戸はどうだろう？　お城の壁をよじのぼれるのなら、不可能に思えることもできるかもしれない。ベッドに入り、布団を体に巻きつけた。暖炉ではまだ火が燃えていたが、部屋の空気はひんやりしたままだ。わたしは目を閉じることができずにいた。部屋の一方の隅に目をやり、また別の隅へと視線を移す。そのたびに、くり形や衣装ダンスの角に人の顔が浮かびあがって見えた。やがて例の衣装箱に目が留まった。

「想像をたくましくしすぎなのよ」自分に向かって言う。「きっとなにもかも、ちゃんとした理由があるの。ここはただのありふれた部屋で、危険なことなんてまったくなくて――」

わたしは言葉を切り、ぱっと体を起こした。壁にかかっている肖像画が、別のものに変わっていた。

19

ブラン城　恐怖の部屋で過ごす夜
一一月一七日　木曜日

わたしを見おろしているのは、小粋で魅力的な若者ではなかった。もっと前の時代に描かれた絵のようだ。襟の高い上着を着て化粧用パフのようなベルベットの帽子を頭に乗せ、いかにも王族らしい冷ややかな笑みを浮かべたその顔は、ジークフリートに似ていなくもない。わたしはベッドをおり、近くに寄ってしげしげと眺めた。多くの古い絵画がそうであるように、絵具はひび割れてしわが寄っている。このあいだまでの絵は、絵具の使い方がもっと新しかったことにそのときになって初めて気づいた。筆のタッチにも、フランスの印象派やそれよりあとの絵に見られる自由さがあった。あれは比較的新しい絵だったに違いない。

わたしは肖像画の男の傲慢な目つきを見ないようにしながらベッドに横たわり、頭の中を駆け巡るいくつもの思考をまとめようとした。ロンドンを発って以来、あまりに多くのことが起きている。列車の中でわたしを見ていた男がいて、客室に入ってこようとした男がいた。

駅のホームではだれかに見られているような感覚があった。お城の壁をよじのぼる生き物がいて、肖像画にそっくりな男が歯をむき出してベッドの上のわたしに覆いかぶさっていて、マッティが顎から血を滴らせていたと思ったら、最後は元帥の死だ。ミス・ディアハートはここを恐怖の館と呼んだが、どうもそのとおりだったようだ。だがそのひとつひとつは、どんなふうにつながっているのだろう？　わたしのあとをつけていたことには、いったいどんな理由が考えられる？　もしこのお城に住んでいるのが本当にヴァンパイアだったなら、どうしてだれかを殺すのに毒を使ったりするの？　なにひとつ筋が通らない。

わたしは小さく体を丸め、こんなところに来なければよかったと激しく後悔した。ピリン元帥の部屋の場所を知っていたならと思った。ダーシーがそこにいる。彼の力強い手に抱きしめられたら、どれほど安心できるだろう。そもそも彼はここでなにをしているのだろうとふと考えた。ニコラスは、本当に彼を結婚式に招待したんだろうか？　それとも、ただでごちそうにありつくために、呼ばれてもいないのに押しかけてきた？　初めて会ったとき、彼はだれかの結婚披露宴にわたしを連れて押しかけ、こういうことを定期的にやっていると言っていた。おかげで週に一度はまともな食事ができるというのが彼の言い分だったが、スリルも楽しんでいたんだと思う。

やがて疲労が忍び寄ってきて、わたしはいつしか眠りに落ちていたらしく、すさまじい音で目を覚ました。宙を飛んでいるかのような速さでベッドを飛び出す。眠気は一気に吹き飛び、今夜は燭台を抱えて眠らなかったことを後悔した。暖炉の火の明かりの中に、ドアのすぐ内側に立つ白っぽい大きな人影が見えた。

「だれ？」

毅然とした鋭い声を出したつもりだ。そこにいるのが何者であれ、わたしと照明のスイッチのあいだに立っていることに気づいた。

その何者かが言った。「すみません、お嬢さん」

「クイーニー？」怒りが恐怖に取って代わった。「いったいここでなにをしているの？　わたしの着替えを手伝いに来たのなら、二時間ほど遅いわ」

「起こしたくはなかったんです、お嬢さん。それになにかを倒すつもりもなかったんです。でもここよりほかに行くところがなかったもんで。あたしの部屋に男の人がいたんです」

「こんなときじゃなかったら、希望的観測だと言っていたところだわ」

「本当なんです、お嬢さん。目を覚ましたら、男の人がドアのすぐ内側に立っていたんです。もうとにかく怖くて怖くて、動くこともできませんでした」

「なにをされたの？」答えを聞きたくないと思いながら尋ねた。

「なにも。その人は、なにかに耳を澄ましているみたいに、ただそこに立っていました。あたしが思わず息を呑んだかなにかしたみたいで、その人はしばらくこっちを見ていたんですが、やがてドアを開けてそのまま出ていったんです。それからすぐに、あたしはここへ来たんです。なにがあろうと、あそこには戻りません」

そう言い終えたときには、クイーニーはベッドのすぐ脇に立っていた。ぶかぶかのフランネルの寝間着に身を包み、紙を使って髪を巻いている彼女の姿も、それなりに恐ろしい。

「あたしの言っていることを信じてくれますよね？」

「ええ、信じるわ。ゆうべわたしの部屋にも男の人がいたから」

今夜、人がひとり殺されたとは言わなかった。お城に侵入者がいて、使用人の区画に隠れているんだろうか。それともこの城の住人のヴァンパイアが、気の向くままにうろついているる？

わたしは突如として怒りを覚えた。これ以上、臆病なネズミでいるのはごめんだ。ラノク家の祖先なら、たかが数人のヴァンパイアがいるからといって逃げ出したりはしないだろう。手近にある木の杭か、せめてニンニクを探しに行くはずだ。

「いらっしゃい、クイーニー」わたしは言った。「あなたの部屋に行くわよ。いますぐ真相を突き止めるのよ」

わたしは毛皮のストールを肩に巻きつけると、廊下に出た。

「さあ、行くわよ。急げば、その人を捕まえられるかもしれない。よく見たの？」

「少しだけ。鎧戸が完全に閉まっていなかったし、窓から月の光が射しこんでいたんです。若くて、細くて、淡い色の髪でした」クイーニーは言葉を切った。「でも、それだけです。顔は見えませんでした。いま戻っても無駄じゃないですか？　あたしが部屋を出たときには、その人はとっくにいませんでした。ここに来るあいだも、だれの姿も見かけなかったし」

「念のため、調べておきましょう」

わたしは足早に廊下を進んだ。クイーニーが小走りについてくる。長い螺旋階段をぐるぐるとひたすらのぼっていき、塔のひとつにたどり着いた。冷え冷えとした銀色の月明かりが鎧戸の隙間から射しこんで、奇妙な黒い影を作っている。そのときにはすでに、自分の部屋にいたときほど勇敢ではなくなっていた。柱の陰に立つ人影に気づいたときには、心臓が口から飛び出しそうになった。

「それは甲冑ですよ、お嬢さん。初めて見たときは、あたしも縮みあがりました」

「用心しただけよ」

わたしは答え、なんでもないような顔でその脇を通り過ぎようとしたが、面頬にぽっかり空いた目に見つめられていては、それも簡単ではなかった。視線が追いかけてきている気がした。クイーニーの部屋にたどり着くと、わたしは勢いよくドアを開け、明かりをつけた。クイーニーの言葉どおり、そこはこれ以上ないほど質素な部屋だった。狭い寝台、二段の棚、壁のフック、そして昔ながらの洗面台。雰囲気を和らげるための明るい絵の一枚すらなかった。

「隠れる場所がないことは確かね」わたしは言った。「それに、だれかがここに来たがる理由もわからないわ」

「あたしもです、お嬢さん。人に姿を見られたくなくて、ここに隠れようとしたなら話は別ですけど」

「クイーニー、あなたって時々、驚くほど鋭いことを言うのね」

「そうなんですか？」驚いたような口調だった。「人の倍は間抜けだから、本当は双子として生まれてくるはずだったんだって、父さんによく言われていました」

わたしは窓に近づき、鎧戸を開けて外を眺めた。月明かりが雪景色に魔法をかけている。あたりは静まりかえり、小塔のあいだを吹き抜ける風のため息だけが響いていた。やがて、遠吠えらしきものが聞こえてきた。今度はもっと近いところで、別の遠吠えがそれに応える。森の中に音もなく足を踏み入れる狼の姿を見たような気がした。

当然のように、わたしは狼人間を連想した。ヴァンパイアが本当に存在するのなら、闇の世界のほかの生き物がいてもおかしくはないはずだ。そもそもここはトランシルヴァニアなのだから。クイーニーの部屋にいたというその男が城の壁を伝いおりて、狼に姿を変えたということはありえるかしら？　それともそういうことが起きるのは満月のときだけ？　頭の中では、分別のあるもうひとりのわたし――スコットランド人らしく堅実に育てられたわたし――が〝ばかばかしい〟と大声で叫んでいたが、こんな夜、こんな場所では、どんなことでも信じられる気がした。

さらに身を乗り出して視線をこらすと、蛇に似たなにかがあたかも命を持っているかのように月明かりのなかで踊っているのが見えた。思わず体を引いたが、壁に垂らされたロープだということがすぐにわかった。何者かがあれを使って壁をよじのぼったのだとしたら、お城の中にいるだれかが手を貸したということだ。そうやって入ってきたのであれば、同じ方法ですでに出ていったあとだろう。

「あなたの言うとおりだわ、クイーニー。こんな寒いところに立っていても無駄ね。謎の男はもうとっくに出ていったに違いないわ。わたしはベッドに戻るわね」

「あたしもいっしょに行っちゃいけませんか？」クイーニーはわたしの寝間着の袖をつかんだ。「あんなことがあったあとで、ひとりじゃとてもここでなんか寝られません。絶対に一睡もできません」

「わたしの部屋に来たいということ？」

「お願いです、お嬢さん。暖炉のそばの敷物におとなしく座っています。どこだっていいんです。どうしてもひとりでいたくないんです」

それはだめだとあっさり片付けようとしたが、クイーニーの顔は紙のように真っ白だったし、わたし自身も落ち着いているとは言い難い。

「仕方がないわね」だれかがそばにいてくれてよかったと思っていることを認めたくはなかった。「今夜は特別よ。さあ、いらっしゃい」

わたしたちはだれにも会うことなく、部屋へと戻った。わたしはすぐにベッドに潜りこみ、クイーニーはさっきの言葉どおり、暖炉の前の敷物に膝を抱えて座った。シンデレラのようだ。これまで受けたあらゆる教育としつけが、わたしの中の優しさに屈した。

「クイーニー、このベッドは充分な大きさがあるわ。こっちにいらっしゃい。そこにいたら、凍えてしまうわ」

クイーニーはいそいそとベッドに入ってきた。隣にいるだれかのぬくもりが心地よく、わたしはいつしか眠りに落ちていた。

20

ブラン城
一二月一八日　金曜日

響き渡るラッパの音で目を覚ました。軍隊が進軍するときや、城の住人に敵の来襲を知らせるときの音とよく似ていたから、思わず飛び起きた。いまどきの中央ヨーロッパで、侵略軍が前触れもなく襲撃してくるとは思えなかったが、なにが起きるのかわからないのが世の常だし、寝間着姿のままで捕まりたくはない。鎧戸を開けようとしたが寒さで凍りついていて、ようやく開いたときには、大きな黒い車の列が王旗を翻しながら、雪に覆われた傾斜路を城へと進んでくるところだった。胸壁の上にお触れ役が立ち、長くまっすぐなラッパを吹き鳴らしている。峠の道が通れるようになって、国王陛下と王妃陛下が到着したのだ。

わたしはあわてて鎧戸を閉めて冷たい空気のそれ以上の侵入を防ぐと、陛下たちにお目通りするのは朝の紅茶を飲んでからにしようと決めた。これだけ明るくなっているのだから、もう紅茶が運ばれてきているはず……クイーニーのことを思い出したのはそのときだ。ベッドを振り返るとクイーニーはまだそこにいて、大きな口を開けて幸せそうに眠っている。ひどい格好だ。

「クイーニー！」わたしはベッドの脇に立って怒鳴った。

クイーニーは目を開け、ぼうっとした顔で笑った。「あ、おはようございます、お嬢さん」

「陛下たちがいらしたの。お目にかかる支度をしなくてはならないのよ。それに紅茶も飲みたいわ。だからさっさと起きてちょうだい」

クイーニーはあくびをしながら、のろのろと体を起こした。

「わかりました、お嬢さん」言葉だけで動こうとはしない。

「いますぐよ、クイーニー」

ようやく彼女はベッドから出たが、自分の姿を見おろして言った。

「だめです、お嬢さん。こんな寝間着のままでそのへんをうろうろできません。いったいなにを言われるか。大目玉を食らいます！」

「そうね、許されることじゃないわね。でもあなたに貸してあげられるガウンはないの。あなたが荷物に入れるのを忘れたんですもの」わたしは衣装ダンスを開けた。「ほら、わたしのコートを羽織るといいわ。紅茶を持ってくるときに、返してちょうだい」

クイーニーは戸口で足を止めた。「その紅茶なんですけど、あたしはどうすればいいんですか？」

「厨房に行って、レディ・ジョージアナの紅茶を用意してくださいって頼んで、ここに運んでくるの。そんなに難しいこと？」

クイーニーは顔をしかめた。「わかりました、大丈夫です」そう言い残し、のんびりした足取りで部屋を出ていった。本当に役立たずだとわたしは思い、長期間雇う約束をしなかったことを感謝した。

身づくろいをするのに彼女をあてにしないほうがいいとわかっていたので、紅茶のトレイを持って息を切らしながら彼女が赤い顔で戻ってきたときには、わたしはすでに着替えを終えていた。「ここはなんだってこんなに階段が多いんだか。あ、そう言えば、お嬢さんのことを訊いてきた男の人がいました」

「どんな人？」

「すごくハンサムな人でした。黒い髪で、ちゃんとした英語を話してました。ここにいる外国人たちとは違って」

「その人はなんて？」

「お嬢さんもそろそろ起きる頃だろうから、朝食の部屋で待っているって言ってました」

「まあ」わたしは頰が赤くなるのを感じた。「それなら、いますぐに行かなくちゃ」

「えーと、いま持ってきた紅茶はどうするんですか？」

「あなたが飲めばいいわ。あ、それから靴を磨いておいてちょうだい」

わたしは廊下に走り出た。いずれはわたしも、使用人の扱い方を学ばなければならないだろう。レディ・ミドルセックスの言うとおりだ。なにをしても、クイーニーには無駄だろうけれど。

朝食の部屋では、ダーシーがコーヒーを前にしてひとりで座っていた。わたしに気づいて立ちあがる。

「やあ、眠り姫。いま何時だかわかっているかい？」

「わからないわ。何時なの？」

「もうすぐ一〇時だ」

「いやだわ。ゆうべはよく眠れなかったの。そのせいで長く寝てしまったのね」

「どうして眠れなかったんだい？」あの半分笑いを含んだような目で見つめられ、わたしは内側から溶けてしまいそうになった。

「部屋に男の人がいると言って、メイドに起こされたのよ」

「運のいいメイドじゃないか。きみになにをしてほしがったんだい？　承認してもらいたかったとか？　それとも見守っていてほしかった？」

「ダーシー、笑いごとじゃないのよ。かわいそうに、彼女は怯えきっていたの。彼女の部屋まで見に行ったのだけれど、もちろんだれもいなかったわ」

「取り澄ましたイギリス娘に興味を抱いた、情熱的なルーマニア男だったんだろうか？」

「言ったでしょう、ダーシー。笑いごとじゃないの」わたしはぴしゃりと言った。「あの子がどんな思いをしたのか、わたしはよくわかるわ。その前の夜、わたしにも同じことがあったから」

「そいつはだれだ？　ぼくが話をしておく」

「知らない人よ」彼の反応をひそかに喜びながらわたしは答えた。「実を言えば、ヴァンパイアかもしれないって思っているの」

　ダーシーの顔に笑みが広がった。

「笑わないで」わたしはダーシーを叩いた。彼はその手をつかんでわたしを抱き寄せた。

「ジョージー、ここは確かにトランシルヴァニアだが、ぼくと同じように、きみだってヴァンパイアなんて信じていないだろう？」

「ここに来るまでは信じていなかったわ。でも見たことのない若い男性がわたしのベッドの脇に立っていたのは間違いないのよ。笑いながら、どこか知らない国の言葉でなにかを言ったの。わたしが体を起こすと、暗闇に溶けるようにして消えてしまったの」

「そういうことなら、その男はきっと部屋を間違えたんだろう。きみが体を起こしたときには、きみと同じくらい驚いたと思うね。きみも知っているとおり、こういった場所では、その手の火遊びは珍しいことじゃない。いや、きみは知らないかな。温室育ちだからね」

「でもその人はわたしの部屋に飾られている肖像画にそっくりだったのよ。ただゆうべ、どういうわけかその肖像画は別の絵に変わっていたんだけれど。それにお城の壁をよじのぼっている人がいたわ」

「壁を？　それは自殺行為だ」

「でものぼった人がいるのよ。わたしの部屋の衣装箱には、まだ雪がついたままのマントが入っていたわ。少ししたらそれも消えていたけれど」

「おやおや、ずいぶんとドラマチックな話だな」

「信じてくれないの?」

「こってりした料理を食べたせいで、鮮明な夢を見たんじゃないかと思うね」

「夢じゃないわ。ここに来てからというもの、ずっと危険を感じているの。レディ・ミドルセックスの同行者《コンパニオン》は、ここに着いたときに死のにおいを嗅いだって言っているわ。あれが夢だっていうのなら、そのほかにもいろいろと妙なことがあったのはどう説明するの?」

「妙なこと?」ダーシーの口調が突然鋭いものになり、わたしの手首をつかむ手に力がこもった。

「列車の中で、わたしを見ている人がいたの。その人はわたしの客室に入ろうとしたし、駅では――」彼がまた笑っていたので、わたしは言葉を切った。「なんなの? 信じていないの?」

「もちろん信じているさ。きみに打ち明けなくてはならないことがある。列車できみを見ていた男というのはぼくだ」

「あなた?」

「そうだ。きみが乗る列車がわかったから、見守ることにしようと思ったんだ。あの意地悪女に追い払われるのはごめんだったからね」

「ちょっと待って。もしあなたがわたしたちと同じ列車に乗っていたなら、どうやってここまで来たの？　わたしたちが通った直後に、峠は雪崩で通れなくなったのよ」

「そのとおり。ここまで来てもいいという車を見つけたときは、道路はすでに封鎖されていた」

「それじゃあ、どうしてここに来られたの？」

「頭を使ったのさ。行けるところまで車で行き、そこから先はスキーを使った。城まで滑りおりるのは、素晴らしく気持ちがよかったよ」

「からかっているのね」

「まさか。ぼくがきみに嘘をついたことがあるかい？」

「残念ながら時々あるわ」

ダーシーに手首をつかまれたまま、わたしたちは見つめ合った。「きみに嘘をついた記憶はない。すべてを話すことができないとき、真実を隠していたことは何度かあったが」

「それじゃあ、いま真実を話して。あなたがここにいるのは、花婿の付添人になるためにニコラスに招待されたからなの？　それともわたしを見守るため？　それともまた結婚式に押しかけてきたの？」

ダーシーは笑顔で答えた。「答えられないと言ったら、きみはどうする？」

「名前を出せないだれかがあなたを送りこんだんだと思うわ。なにか秘密の任務のために」

「そんなところだ。なにかが起きたとき、事態を観察できる人間が現場にいると役に立つと考えた人間がいるとだけ言っておくよ」

「なにかが起きることを予期していたということ?」

「散歩に行こうか」ダーシーがわたしの手を取った。

「どこに?」

「城の地所の中だ」

「忘れているのかもしれないけれど、雪がすごいのよ」

「それならブーツとコートを取ってくるといい。五分後にここで待っている」

「でも、わたしは朝食もまだなのに」わたしはサイドボードに並ぶ料理を未練がましく眺めた。

「朝食は逃げないさ。ふたりきりになれるチャンスは、もうないかもしれない。いまなら、王子たちはそれぞれの両親や親戚に挨拶をしているから、気づかれることなく抜け出せる」

「わかったわ。コーヒーだけ飲ませて」

わたしは大急ぎでコーヒーを飲むと、足早に部屋に戻ったが、クイーニーは当然のようにコートを戻すのを忘れていたので、彼女が自分の部屋に取りに行って帰ってくるのを待たなければならなかった。ダーシーは階段の下でいらいらしながら待っていた。玄関の衛兵は敬礼をして、ドアを開けてくれた。中庭の雪はきれいに片付けられ、何台もの車が止まっている。わたしたちは中庭を横切り、大きな門に向かって歩いた。外に出たいのだと言うと、門番は驚いた顔になった。雪が深いです、と彼はドイツ語で言った。外出はお勧めしません。

「ちょっと散歩するだけさ。イギリス人には新鮮な空気が必要なんだ」ダーシーが応じた。

頭のいかれたイギリス人には好きにさせようと思ったのか、門番は大きな門の脇の小さなドアを開けてくれた。門の外は手つかずの雪景色だった。モミの木の枝は雪の重みでたわみ、時折雪が地面に落ちる音が聞こえてくる。まぶしいほどに明るかった。わたしたちは手を取り合い、自動車の轍《わだち》をたどるようにして雪の中を進み、やがて城のある大きな岩山の麓の森にたどり着いた。峠から吹きおりてくる冷たい風に、鼻と耳が凍えた。風が枯れ枝を揺するだけで、あたりには音もない。

「きれいだわ」息が煙のようにまとわりつく。「でも寒いわね」

「人目のないところできみと話がしたかったんだ。ピリンの死について、きみの考えが聞きたかった。ニコラスのご両親が今朝到着した。陛下はいずれ本当のことを知りたがるだろう。ニコラスがそう長いあいだ、陛下の目をごまかしておけるとは思えない。それまでにだれがピリンを殺したのかを突き止めたいんだ。そうすれば、国際紛争を避けられるかもしれない」

うなずいた。

「きみにはなにか考えていることがあるんだろう？」

「実はないのよ。晩餐会で、わたしはピリンの向かい側に座っていたわ。だれであれ、彼に毒を盛ることができたとは思えないの。彼に近づいたのは給仕係とドラゴミールだけだった。給仕係は一枚の大皿から全員に料理を取り分けていたわ。ワインは繰り返し注がれていた。ピリンはひっきりなしにワインを飲んでいたんですもの」

「ワインを注ぐところをきみは見ていたんだね？」

「ええ、見たわ。ほかの人と同じカラフェから」

ダーシーは眉間にしわをよせた。「シアン化物は即効性がある。ピリンはどの料理もきれいにたいらげていたから、食べ物に毒が入っていたとは考えにくい。あいにく、彼が意識を失ったときにグラスを倒してしまったから、残っていたワインはこぼれたんだ」

「カプセルかなにかにシアン化物を入れておけば、消化されるまでに時間がかかるんじゃないかしら？」

ダーシーはうなずいた。「可能性はあるだろう。だがあの調子で食べたり飲んだりしていたわけだから、たとえカプセルに入っていたとしても、もっと早くに嚙み砕いていただろうと思うね」

わたしはうなずいた。「そうでしょうね」

「不可解だ。ともあれ、道路が通れるようになったから、食器類を近くの検査室に送って調べてもらおう。シアン化物がなにに入れられていたのかがわかるかもしれない。だがそれでも動機は謎のままだ」

「あら、ピリンの死を望む人間なら大勢いると思うわ」

「たとえば？」ダーシーは鋭い目つきでわたしを見た。

「そうね、彼は鼻もちならない人だった。そうでしょう？」わたしは落ち着きなく笑った。

「いやらしい目で女性を見るし、男の人のことは侮辱する。ニコラスを下の名前で呼んでいたのよ。それも人前で。イギリス人の将官が皇太子をデイヴィッドと呼んでいるところを想像できる？　そんなことをするのは、ミセス・シンプソンくらいのものだわ」

「ニコラスとアントンが彼を嫌っているのは知っている。だがふたりともばかじゃない。国の安定のためには、ピリンが重要な存在であることはよくわかっているはずだ。それにもしどちらかが彼を亡き者にしようとしたなら、もっといい方法はいくらでもあったはずだ。彼らは狩りに出かけただろう？　イノシシと間違えて撃つことだってできたはずじゃないか。それとも、ここに来る列車から突き落としたっていい」

「あなたって実は残忍な人なんじゃない？」

ダーシーはにやりとした。「いいや、そんなことはないさ。ぼくはロマンチストだよ。だがこれまでに残酷な現実をたくさん見てきたんだ。それで、ピリンの死を望む人間はほかにだれがいる？」

「給仕係はどうなの？　彼らと話をしたの？」

「ほんの少しだけね。だが名前は控えたから、外界と連絡がつくようになったら、だれかに素性を調べさせよう。話を聞いたかぎりでは、全員が、ドラゴミールが言っていたとおりの人間のように思えたよ。長くこの城で働いている地元の人間で、ブルガリアで起きていることになんの興味もなさそうだった」

「そうなると、残るのはドラゴミールだわ。彼はテーブルのうしろに立っていた。少し身を乗り出して、ピリンのお皿やグラスになにかを入れても、わたしは気づかなかったと思う。

彼のことをなにか知っている？」

「ドラゴミール？　ほとんど知らない」

「たとえば、ルーマニアの生まれじゃないこととか」

「そうなのかい？」

「ジークフリートが教えてくれたの。だから彼はルーマニア政府で出世できなかったんですって。何度も支配者が変わった国境周辺の出身らしいわ。どこかの国に雇われている可能性があるわね」

ダーシーの目が輝いた。「おおいにある。きみは切れ者だね」

思わず笑いが漏れた。

「何だい？」

「そんなふうに言われるよりも、もう少しロマンチックな言葉のほうがいいわ」

ダーシーはわたしに身を寄せると、両手を腰にまわした。

「そういう台詞は、寝室での楽しいひとときのために取っておくよ」そう言ってキスをする。「ふむ、ずいぶんと冷たい唇だ。これは温める必要がある」二度目のキスはもっと情熱的なもので、顔を離したときにはふたりとも息が荒くなっていた。「城に戻ってニックとアントンに手を貸さなければならないだろうな」ダーシーはしぶしぶわたしを抱きしめていた手を離した。「ふたりの父親は、すぐにでもピリンの寝室を訪れようとするかもしれない。どうやってはぐらかせばいいのか、見当もつかないよ。ピリンの死について、なにかはっきりしたことが言えればいいんだが。ドラゴミールについてジークフリートに訊いてもいいが、電話が復旧しなければそれ以上のことはわからない」

「それにジークフリートは、どうしてあなたがドラゴミールの過去に興味を持つのかを知りたがるわ。彼は不愉快な人だけれどばかじゃない。ゆうべも、ピリンの部屋に行って自分の目で容体を確かめると言ってきかなかったのよ。女の武器を使って、気を逸らすほかはなかったの」

ダーシーは大声で笑った。「ジークフリートに女の武器が有効だとは思わなかったな」

わたしたちはお城へと続く坂をのぼり始めた。

「ジークフリートはゆうべ、また結婚話を持ち出したの」

ダーシーはこの話題を面白がるだろうと思ったのだが、そうではなかった。

「きみは承諾するべきかもしれないな。それ以上にいい話はないかもしれない。ジョージー皇太子妃。いつかはジョージー王妃になるかもしれないんだ」

「冗談でもそんなことは言わないで。わたしにジークフリートと結婚してほしくはないでしょう？」

「彼は、きみが愛人を持つことを許すはずだ。彼の興味は別のところにあるんだから」

「確かにそう言っていたわ。王族たちのあいだではそれが当たり前なんでしょうけれど、わたしはいやなの」

わたしの手を握るダーシーの手に力がこもるのがわかった。「ジョージー、ぼくは結婚相手としては最悪だ。女性に与えられるものはなにひとつない。アイルランドのささやかな城すら失ってしまった。いまは自分の才覚を頼りに生きているが、とても妻を養っていけるとは思えない。だからきみももっと賢くなって、ぼくのことは忘れたほうがいいかもしれない」

「あなたを忘れたくなんてないわ」わたしは震える声で言った。「お城なんていらないもの」

「パットニーの狭いアパートできみが幸せになれるとは思えない。きみの家族だって満足しないだろう。それにぼくはまだ落ち着く気にはなれない。この世に自分の生きた証を残したいんだ。きみももっと人生経験を積むべきだ」

そのあとは黙って歩いた。わたしは狭いアパートでの暮らしを幸せだと思えるかしら？　考えてみた。これまで知らなかった世界でやっていける？　贅沢《ぜいたく》品もなく、その日を生き抜くだけでせいいっぱいな暮らしと、仕事の内容を話してもくれず、長いあいだ留守にする夫で満足できる？　そこまで考えたところで、将来のことはとりあえず棚上げにしようと決めた。

21

威圧感たっぷりの門に近づいたところでわたしはお城を見あげ、ふとあることに気づいた。

「ダーシー、壁をよじのぼっていた男の人だけれど――わたしの寝室に入ってきた人よ。その人とピリンの死になにか関係はあるかしら？　そのために送りこまれた可能性はあると思う？」

ダーシーは顔をしかめた。「外部の人間が毒を盛ることができたとは思えない。さっきも言ったとおり、ほぼ即死のはずなんだ。きみのヴァンパイアの仮説もありえない話だしね」

反論しようとしてわたしが口を開いたのを見て、ダーシーはさらに言葉を継いだ。「きみのベッドの脇に立っていたという男だが――ニコラスの付添人のだれかが、きみに好意を抱いたのかもしれない。もっとありそうなのは、部屋を間違えたということだろうな。こんなところではありがちだ」

「そうね」ひどく恥ずかしい思いをしたことが蘇った。「実はわたしも、間違えてジークフリートの部屋に行ってしまったの。隣の部屋なのよ」

ダーシーは笑った。「それで説明がつくと思わないかい？　きっと、若い男が夜ごとジークフリートの部屋を訪れているんだろうな。彼はそこにいたのがきみだったもので、さぞかし驚いただろうね」

階段をのぼりながら、わたしはダーシーの言ったことを考えてみた。いかにもありそうな話だし、超自然の生き物よりはずっとましだ。だれがピリン元帥を殺したのかはわからないままだが、少なくとも筋は通っている。

玄関の衛兵はきびきびした動きで出てくると、ドアを開けてくれた。敬礼をしているものの、こんな朝にわざわざ外に出るなんて頭がどうかしているとその顔に書いてある。玄関ホールには、コートを着たレディ・ミドルセックスとミス・ディアハートがいた。

「あら、こちらでしたか。ずっと探していたのですよ。どちらにいらしたのです？」レディ・ミドルセックスが訊いた。

「ちょっと峠の向こうまでハイキングに」ダーシーが答えた。

「なにをばかげたことを。こんな雪の中を遠くまで行けるはずがないじゃありませんか」

「そのへんを散歩していたんです」わたしは言い直した。

「ええ、もちろん散歩ならできますとも。ここの愚かな人たちは雪が深いからどこにも行けないなどと言うのですよ。そのうえ、かんじきが欲しいと言ってもまったくわかってもらえなくて。本当に外国人というのは、体力のかけらもないのですから」

「雪は確かに深いです」わたしは言った。「わたしたちも車の通ったあとを歩いただけなんです」

「本当にうんざりです。峠の向こうまでわたくしたちを連れ帰ってくれる運転手はいないようです。まだ雪も降りそうですし、ここに来るときに大変な思いをしたから、もう一度危険を冒すつもりはないと言うのです。つまり、わたしたちはまだここから出られないということです。でもおかげで、あの男性の死の謎を解く手助けができます。最初の作戦会議はいつです？」

「いまからニコラス王子を探しに行くところですよ」ダーシーが言った。「あとでご連絡します」わたしたちはふたりをその場に残し、メインフロアへと階段をのぼった。「彼女たちはトラブルの種になりそうだな。いらぬところに首を突っ込んでは、余計なときに余計なことを言うに違いない。彼女たちの気を逸らせるかい？　それともふたりを閉じこめておける地下牢を探したほうがいいだろうか？」

「ダーシーったら」

「こういうお城には土牢があるはずなんだ」ダーシーはくすくす笑って言った。

「ひどい人ね。どうすればあの人たちの気を逸らせるのか、わたしにはわからないわ。自分のことさえ持て余しているのに」

「好きにさせておいたら、彼女たちはなにもかも台無しにしてしまう。せめて目を離さないようにしてくれないか」

「わかったわ」

「それから、ジョージー」背を向けようとしたわたしの手をダーシーがつかんだ。「気をつけるんだよ。この城にいる何者かはすでに人を殺しているんだ」

自分の部屋に向かってゆっくりと廊下を歩きながら、ダーシーの言葉を考えてみた。このお城には冷酷な殺人者がいる。わたしの命が狙われたわけではないが、目的は政治に関わることのようだ。バルカン諸国のあいだに緊張をもたらそうとしている何者かか、あるいは共産主義者か無政府主義者。イギリス政府はなにかが起こりそうだということを察していて、それでダーシーをよこしたのかもしれない――彼の場合、どんなことでもありうる気がした。だがそんな殺人者が、たかだか王位継承順位三四番目のわたしを狙うはずがない。にもかかわらず、わたしのまわりでは妙なことが起きている。眠っているわたしに近づいてきたヴァンパイア。クイーニーの部屋にいた見知らぬ男。そのふたつの出来事がどうつながっているのかはわからない。だがもしヴァンパイアがピリン元帥を殺すつもりだったなら、もっと華々しい方法を選んでいたような気がする。胸壁から突き落とすとか、大きな像を頭の上に落とすとか、あるいは首を嚙んでヴァンパイアの仲間にしてもいい。シアン化物で毒殺するというのは、あまりにも人間臭い……。

物思いにふけっていたわたしは、腕をあげた人影が目に入ってぎょっとしたが、それがクイーニーを驚かせた甲冑であることに気づいて胸を撫でおろした。まるでこのお城は、訪れた人間に最大限の恐怖を与えるように造られているみたいだ。

＊

部屋に戻ると、クイーニーは片手で紅茶のカップを、もう一方の手でビスケットを持ってわたしのベッドに座っていた。わたしを見ても、あわてて飛びあがるだけの礼儀すら持ち合わせていない。

「ああ、お嬢さん」制服の前にこぼれたビスケットのかけらをはたきながら言う。

「クイーニー、あなたはいい加減、自分の女主人に対する口のきき方を覚えなくてはいけないわ。いまふさわしい言葉は〝ごきげんよう、お嬢さま〟か〝お帰りなさいませ、お嬢さま〟よ。覚えられないくらい、難しいことかしら？」

「やってみます」クイーニーの返事を聞きながら、ひょっとして彼女はひそかな反体制派で、わたしと対等であることを示すためにわざとこういう応対をしているのだろうかといぶかった。すると、ある考えが浮かんできた。雇い主は使用人のことをどれくらい知っているものかしら？　クイーニーはある日ふらりとわたしの家にやってきただけで、わたしには彼女が本当は何者なのかを知るすべはない。だれであれ、彼女ほど役立たずのふりをするのは不可能だろうが、お城のほかの使用人でも事情は同じだ。この中に、ピリンを殺す目的でやってきた者がいるのかもしれない。

「コートとブーツを脱ぐのを手伝ってちょうだい、クイーニー」

「了解――承知しました、お嬢さま」クイーニーは言った。ひょっとしたら望みはあるかもしれない。

「ああ、そう言えば」クイーニーはわたしのコートを脱がせながら言い足した。「王女さまから伝言がありました。今朝はお嬢さんの姿が見えなかったので、具合が悪いのではないかと心配している、一〇時半にほかの付添人の人たちといっしょにドレスの仮縫いをするから忘れないようにということでした」

わたしは腕時計を見た。一〇時四五分。「大変だわ。すぐに行かなくちゃ。そうそう、あなたが焦がしたドレスを出してちょうだい。時間のあるときに直せないかどうか、お針子のだれかに訊いてみるわ」

いくつもある階段をできるかぎりの速さで駆けおりた。階段はどこもすり減ってつるつる滑るので、注意しないと危険だ。一番下の階の玄関ホールで、まだコートを着たままのレディ・ミドルセックスとミス・ディアハートに会った。

「わたくしたちも散歩に行こうかと思いまして」レディ・ミドルセックスが言った。「あなたたちは雪の中を歩けたようですから」

「外はとても気持ちがいいですよ」わたしはせいいっぱい熱意をこめて言った。「散歩に行くのはいい考えだと思います。山の空気はとてもおいしいですから」〝とても寒い〟という言葉は入れなかった。これでとりあえずダーシーの望みどおり、ふたりをしばらく遠ざけておくことができるだろう。レディ・ミドルセックスほど全身に栄養が行き渡っている人でも、あれだけの寒さにはそう長くは耐えられないだろうけれど。

応接室の入り口に立つと、娘たちの朗らかな笑い声が聞こえてきて、ゆうべマッティとばったり会ったときの気まずい瞬間を思い出し、わたしは思わず足を止めた。彼女は顎から血を滴らせながら、だれにも言わないでほしいと頼んだのだ。我慢できなかったと言っていた。ヴァンパイアに噛まれた彼女が彼らの仲間になったというのは、ありえない話だろうか？ヴァンパイアの話を笑い飛ばされたので、ダーシーにはマッティのことは打ち明けなかった。実際に経験した者でなければ、ばかばかしいとしか思えないだろう。わたしもこの目で見たのでなければ、そう思ったに違いない。夜中にわたしの部屋を訪れた男については、部屋を間違えたということで説明できるかもしれないが、女性の部屋を訪れるだけなら壁をよじのぼる必要はない――いや、正確に言おう。壁をよじのぼるのは不可能だ。それに峠の道は封鎖され、近くにはあの宿屋以外に人が住む家もなく、歩けないほど雪が深いというのに、外部の人間がどうやってここまで来られるだろう？　普段のわたしは分別のある人間だが、ここで目撃した様々な事柄は合理的な説明ができないことばかりだ。

わたしは大きく深呼吸をすると、ドアを開けて中に入った。マッティが暖炉のそばのソファから立ちあがり、近づいてきた。「まあ、ジョージー。ごきげんいかが？　今朝はだれもあなたを見かけていないというから、心配していたのよ」

マッティは見た目も口ぶりもまったくいつもどおりだったが、首にスカーフを巻いていた。噛み痕があっても、あれできれいに隠れるだろう。

「ええ、元気よ、ありがとう。ダーシー・オマーラといっしょに散歩に行っていたの」

「ニッキーの付添人の？　そういうことだったのね。かわいそうなジークフリート。さぞがっかりするでしょうね」

マッティのその言葉を聞いて、ゆうべは彼をがっかりさせるどころか、勇気づけてしまったことを思い出した。まさかジークフリートは、わたしの気持ちが変わったなんて思っていないでしょうね？

「あなたは運がいいわ。だれと結婚しようと、だれも文句を言わない。世界の平和がそれで左右されることはないもの」

「わたしの義理の姉は、なんとしてもわたしをふさわしい相手と結婚させようとしているし、王妃陛下もそれを期待しているんだと思うわ」

「王家の一員でいるって本当につまらないわよね」マッティはわたしの腕に自分の腕をからませると、暖炉のそばにいるほかの娘たちのところへといざなった。「共産主義はいい考えなんじゃないかって思うときがあるわ。それともアメリカのやり方がいいかもしれないわね。普通の人の中から四年ごとに新しいリーダーを選ぶのよ」

「アメリカはそれでいいかもしれないけれど、ロシアの混乱ぶりを見てごらんなさいよ。共産主義は、普通の人たちの生活をよくはしていないみたいよ」

「どうでもいいわ」マッティはどこか不自然な笑い声をあげた。「政治やなにかの退屈な話はもうおしまい。わたしの結婚式をみんなにうんと楽しんでもらおうと思っているんですもの。昨日の夜を台無しにしたあの不愉快な男の人を殺してやりたいくらいよ」

「彼も、自分から望んで心臓発作を起こしたわけじゃないと思うわ」わたしは言葉を選びながら言った。

「それはそうだけれど、彼を招待したニッキーにはいまでも頭に来ているの。ジークフリートは今朝、ブカレストに車をやって王家のお抱え医師を連れてこようかって言っていたわ。お父さまとお母さまは、招待客のひとりが病気になったと聞いて心を痛めているし」

「ニコラス王子がピリンを招待したとは思わないわ。彼はあの国では重要人物よ。なんでもやりたいようにできるんじゃないかしら」

「そうね、もちろんわたしは招待なんてしていないわよ。勝手に押しかけてきたのよ。さっさと死んでくれればいいと思っているくらい。そうすればもう思い悩まなくてすむのに。あの人が部屋で寝ているのかと思うと、厚い雲が垂れこめているような気分だわ」

すでに彼女の望みどおりになっているとは言いたくなかった。彼女はほかの娘たちに向き直って同じことをドイツ語で繰り返したらしく、忍び笑いが漏れた。わたしはじっくりと彼女を観察した。教養学校時代にわたしが知っていた、愛情に飢えた自信のない少女はどこにもいない。別人だと言われても信じたかもしれない。今年はすでに一度偽者に騙されていたから、さすがに二度目はないだろうし、両親が彼女を娘だと認めているのだからマッティ本人に違いないが、それにしても相当な変わりようだ。デザイナーが近づいてきて、鶏の群れを集めるように手を叩いた。

「みなさん、時間がありません。するべきことは山ほどあります。さあ、今日はどなたから始めます？」

わたしは早くここから出たかったし、ニコラスとダーシーがその後どうしたのかを知りたかった。また、マッティのそばにいると落ち着かない気持ちになった。

「できればわたしからお願いします」わたしは言った。

ドレスはぴったりで、デザイナーは満足げにうなずいた。「こちらのお嬢さまは丸みがなくて、まるで少年のような体つきね」助手に向かってフランス語で語りかける。「彼女が着てくれると、ドレスが映えるわ」

丸みがなくて少年のような体つきをしているというのがほめ言葉なのかどうか定かではなかったが、待ち針を留めたり、サイズを変えたりする箇所がほとんどなかったから、ほめているのだと受け止めることにした。壁の鏡に目を向けると、背の高い優雅な女性がわたしを見つめ返した。部屋が突如として静まりかえり、ほかの娘たちがお喋りをやめてわたしを眺めていることに気づいた。

「ジョージー、あなたがこんなに垢抜けた人になるなんて思ってもいなかったわ」マッティが言った。わたしに近づいてきて腰に腕を回し、並んで鏡をのぞきこむ。「マドモアゼル・アメリーやほかの先生がたは、いまのわたしたちを見たら驚くでしょうね。わたしたち、プレイボーイが大勢いるコートダジュールかハリウッドにいるべきだとは思わない？」

わたしは彼女といっしょになって笑ったが、頬が上気しているのがわかった。垢抜けているなんて人から言われたのは初めてだ。母の血が少しはわたしにも流れていたのかもしれない。

ドレスを脱ぎ、より実用的なセーターとスカートという姿に戻ったところでドアをノックする音がした。お針子のひとりが指示を受けてドアへと近づき、一通の手紙を持って戻ってきた。マッティはその手紙を見て、わたしに差し出した。「あなたの崇拝者のひとりからよ」意味ありげな顔で言う。

ダーシーの力強い筆跡で〝すぐにきみと話がしたい〟と書かれているのを見て取ると、わたしは顔をあげてドアを見た。

「すぐに戻ると伝えて」

「朝の逢い引きね。ロマンチックだこと。ジークフリートがやきもちを焼くわね」

マッティが手を振りながら言い、ほかの娘たちがくすくす笑うのを聞きながらわたしはドアへと向かった。それがただの冗談であることを願った。新たな恐怖が湧き起こる。ひょっとしてわたしがここに連れてこられたのは、あのフランケンシュタインの花嫁になるためだったのかしら？　ジークフリートと結婚するか、ヴァンパイアに嚙まれるかのどちらかを選べと言われたなら、ヴァンパイアの仲間になるほうを選ぶだろう。だがドアのすぐ外でダーシーが待っていたので、あれこれと考えている時間はなかった。

「やあ、来たね」ダーシーはわたしを片側へと引き寄せた。「状況が変わって、ぼくは行かなければいけなくなった」

「行く？　どこに？」

「厄介なことになったんだ」ダーシーが小声で説明した。「ニコラスの父親が、すぐにピリンの様子が見たいと言いだした」

「まあ、大変。それじゃあ、わかってしまったのね」

「いいや、まだだ。カーテンを閉めたままにしたから、部屋の中はかなり暗かった。暖炉の火の明かりで、肌も赤らんで見えた。ぼくはこっそり彼の部屋に忍びこんでベッドの下に隠れ、彼がまだ息をしているみたいに大きな音でいびきをかいてみせたんだ」

思わず笑った。さぞ面白い眺めだっただろう。

ダーシーもにやりとした。「とりあえずうまくいったんだが、陛下はひどく心配してね。迎えの車を送って、ブルガリアからお抱えの医者をいますぐ呼び寄せるようにと言うんだ」

「どうやって思いとどまらせたの？」

「一番近い町に最新設備のあるいい病院があるから、ピリンをそこに運ぶほうがいいとニックが陛下を説き伏せた」

「そう。それであなたはどうするの？」

「ぼくがピリンといっしょに病院に行くと手をあげたよ。ニコラスが花嫁を置いていくわけにはいかないからね」

「でもそんなことをしてなにになるの？　病院に着いたとたんに、ピリンは死亡を宣告されるわ」

「着けばね。車を運転するのはぼくだから、運の悪いことに峠を越える途中で車は道路をはずれて、雪の吹きだまりに突っ込んでしまうんだ。ぼくが助けを求めに行っているあいだに、気の毒なピリン元帥は死んでしまい、お抱えの医者を呼び寄せる必要もなくなる。悲劇の死の知らせが届くのは、結婚式が終わってからという寸法だ」

「それじゃあ、あなたも結婚式には出席しないということね？」落胆が顔に出ていたに違いない。

「こうするほかはないんだ」ダーシーの手がわたしの頬に触れた。「これができるのはぼくだけだからね。きみは、できる限りニックとアントンの手助けをしてほしい」

「もちろんよ。気をつけてね」

「きみも」ダーシーは体をかがめてわたしの額にキスをすると、振り返ることもなく階段をおりていった。

22

まだブラン城

わたしは応接室に戻った。

「ずいぶん短い逢い引きね」マッティが言った。

「彼は伝えたいことがあっただけなの。あなたの未来の義理のお父さまは、ピリン元帥をすぐに病院に連れていってほしがっていて、ダーシーがいっしょに行くことになったのよ」

「あの人がいなくなるのね、よかった。これで心おきなく楽しめるわ」

わたしは焦げたドレスの修復をお針子に頼むのはやめて、それから間もなく応接室を出た。ミシンが休む間もなく働いているのを見れば、彼女たちが忙しいことがよくわかる。すべてのドレスが仕上がったら、改めて頼んでみようと思った。玄関ホールに戻ったところで、レディ・ミドルセックスとミス・ディアハートに会った。

「あなたたちがあの雪の中をどうして散歩できたのか、不思議でたまりません」レディ・ミドルセックスは非難がましく言った。「わたくしたちは数メートル進むのがせいいっぱいで、ディアハートはすぐに腰まで埋まってしまいました。助け出すのがどれほど大変だったことか」

「ごめんなさい。わたしたちは車が通った跡を歩いたんです」

「体が凍えきってしまう前に、部屋に戻ったほうがいいわ、ディアハート」レディ・ミドルセックスが言った。「ところで、元帥の死体を車に乗せるところを見ましたよ。ミスター・オマーラがいっしょに乗っていったようですね。きちんとした検視ができるところに連れていくのだといいのですけれど」

わたしは唇に指を当てた。「この話をしてはいけないことになっていたはずです。ピリン元帥は病院に行ったんです」

「ああ、そうでしたね」レディ・ミドルセックスはいたずらっ子のような笑みを浮かべた。

「でも大丈夫です。使用人はだれひとりとして、わたくしたちの話していることがわかりませんから」

「こういうお城では、人の話を盗み聞きするのは簡単なんです。ラノク城には〝城主の耳〟がありました。大広間で話していることを聞ける秘密の部屋です。それにバスルームのパイプを伝って、音が聞こえてきていました。ここも同じようなものだと思いますわ」

「わたくしは、スペードはスペードと呼ぶことを信条にしています」レディ・ミドルセックスはわたしにやりこめられたことが気に入らなかったらしい。「策略や偽りは支持いたしません。イギリス人にふさわしくない行ないだからです。このお城に殺人者が野放しになっているのであれば、いい加減、捕まってもいい頃合いです」

だれかに聞かれてはいないかとわたしはあたりを見まわした。幸い、ホールに人気《ひとけ》はなかったが、まさにそのとき階段をこちらに近づいてくる足音が聞こえた。ニコラス王子が、一段おきに階段を駆けあがってくるところだった。

「ありがたいことに、やりおおせたよ。父上はピリンが出発するのを見届けた」

「いったいどうやったの？」

ニコラスはにやりと笑った。「冷たい風が当たるとよくないからと言って、全身をすっぽり毛布に包んで車に乗せたんだ。父上が見たのは、毛布の隙間から突き出ていた口ひげくらいだったはずだ。たいした男だよ、ダーシーは。まったく素晴らしい。あとは電話の復旧に時間がかかることを祈るばかりだ」

「作戦会議はいつ行うのです？」レディ・ミドルセックスが尋ねた。

ニコラス王子は用心深く訊き返した。「作戦？」

「戦略を立て、この一件の解決法について相談するための会合はいつだと訊いているのです」

「なるほど」レディ・ミドルセックスとここで会ったのは予想外だったと、ニコラスの顔に書いてあった。

「この件に関して、わたくしたちは知恵と観察力を結集させなければなりません。ディアハートが言うには、使用人のひとりが妙な動きをしていたそうです」

「よろしい。いまが一番いい時間かもしれない」ニコラスが言った。「マリアはまだほかの付添人たちといっしょにデザイナーのところにいるはずだ」わたしはうなずいた。「わたしがドラゴミールと弟を探してくるから、一五分後に書斎で会うことにしよう。それでいいかな?」

「あなたはその冷え切った服を着替えていらっしゃい、ディアハート」レディ・ミドルセックスが言った。

書斎のある階に続く階段をのぼりかけたところで、わたしは朝食をとっていないことを思い出し、ロールパンくらいは残っていることを祈りながら遠回りをして朝食の部屋へと向かった。部屋はがらんとしていて、コーヒーカップを前にしたベリンダがひとりで座っているだけだった。

「いったいどこにいたの?」ベリンダが尋ねた。「あちこち探しまわったのよ」

「起きたのが遅かったし、そのあとはダーシーと散歩に行ったの」

「ロマンチックだこと。でもほかの人たちは? ここはまるで死体置き場みたいだわ」

「マッティはほかの付添人たちといっしょに仮縫いの最中よ。それに陛下たちがいらしたの。知っているでしょう?」

ベリンダは顔をしかめた。「ええ、知っているわ。アントンったらわたしを残して、お父さまのところにあわてて駆けつけていったもの。そのあとはみんなして、あの不愉快なピリンの病室に行ったみたい」

「ありがたいことに、ピリンはいま病院に向かっているわ」一番の友人に嘘をつくのはいやな気分だった。

「あなたはどうして仮縫いをしないの？」

「最初にしてもらったからもう終わったのよ。わたしは丸みのない完璧な体つきをしているから、それほど手を加える必要がないんですって」

「よかった。それじゃあ、ふたりでなにか面白いことができるわね。なにをしましょうか？」ベリンダは立ちあがり、わたしの腕に自分の腕をからめた。「ここは、想像していたような場所じゃなかったわ。カジノもなければ、お店もない。これでセックスがなければ、涙が出るほど退屈だったでしょうね」

「ベリンダ！　だれが聞いているかわからないようなところで、そんなことを口にしちゃいけないわ」

ベリンダは笑った。「この部屋にはわたしたちふたりだけよ。それに、本当のことだもの」

「ここに来たがったのはあなたよ」

「あのときは、とても楽しそうに思えたんですもの。それに実際アントンはすごく素敵だわ。でもご両親がいらっしゃったから、これからはかわいい息子として振る舞わなくてはならないんでしょうね。それで、これからどうするの？　ヴァンパイアを探しに行く？　棺桶の置いてある場所なら見つかるかもしれないわよ」

「からかうのはやめてちょうだい。わたしはこの目で見たんだから。どうしてだれも信じてくれないのかしら?」

「あら、もちろんわたしは信じていてよ。それにぜひともヴァンパイアに会ってみたいわ」

ベリンダはわたしを部屋から連れ出そうとした。

「ごめんなさい、悪いけれどいまはどこにも行けないの。これから――」わたしはあわてて口をつぐんだ。王子たちと会うなどと言うわけにはいかない。彼女もついてきたがるに決まっている。「レディ・ミドルセックスと会うのよ。レディ・ミドルセックスとミス・ディアハートに」彼女たちと会う理由を必死になって考えた。ベリンダが興味を持ちそうにないものでなければいけない。「レディ・ミドルセックスはサンドリンガム・ハウスの歴史を書いていて、わたしの意見が聞きたいらしいの」

ベリンダは鼻にしわを寄せた。「それじゃあわたしは、ゆっくりお風呂に入ってくるわ。ペルシャの新しいバス・ビーズをためしてみたいの。この時間ならバスルームは空いているはずだもの。それじゃあね」

わたしはほっとして息を吐くと、ロールパンにチーズを載せて急いで頰張り、食堂をあとにした。書斎に着いてみると、ほかの面々はすでにそろっていて、中央に置かれた大きな楕円形のマホガニーのテーブルを囲んで座っていた。印象的ではあるけれど陰鬱な感じがする部屋で、壁を埋める本棚には革表紙の本がずらりと並び、頭上三メートル半ほどの高さには書斎を一周するようにぐるりと通路が作られている。高い位置にある細長い窓から射しこむ光の筋が床を照らし、ほこりをきらめかせていた。ほこりと古い本のにおいがした。わたしはレディ・ミドルセックスの隣の椅子に座った。ニコラスとドラゴミールの向かいだ。

「遅れてごめんなさい。ちょっと引きとめられて――」予期していなかった人物がテーブルについていることに気づいて、わたしは言葉を切った。ジークフリート王子がドラゴミールの隣に座っている。

「レディ・ジョージアナ」ジークフリートがお辞儀をした。

ニコラスを見ると、彼は眉を吊りあげて説明した。「ジークフリートはなにかがおかしいことに気づいたらしく、ピリン元帥に会うと言ってきかなかった。そこで結局すべてを打ち明け、隠しごとをしていたことを謝罪したんだ」

ジークフリートは、あの魚のような唇をすぼめた。「この非常に深刻な事態は、わたしの知るところとなった。この件を公にするのか、あるいは両親には黙っておくのかを決めなくてはならない」

わたしはドラゴミールをちらりと見た。ジークフリートに漏らしたのは彼だろうか？　もし彼が犯人だったなら、そんなことをするかしら？

「この状況が、我が国とバルカン諸国全体の安定を脅かしかねない非常に微妙なものであることを彼に説明した」ニコラスが歯切れのいい声で言った。この件についてはすでに議論が交わされたようだ。

「また、これはわたしの国に関わることであり、わたしにはしかるべき行動を取る義務があることも話した――そこには、殺人事件を当局に報告することも含まれている」

「もちろん、いずれは報告しなければならないだろう」アントンはなだめるような口調だった。「だがここにいる人間で事件を解決できるなら、なにもほかの人間に知らせる必要はないし、結婚式も予定どおりに行うことができる。きみだってそうしたいだろう、ジークフリート？」

「もちろんだ」

ドラゴミールが咳払いをした。「ですが一番単純な方法は、共産主義者だか無政府主義者だかが塀をよじのぼって城に侵入し、毒を入れ、気づかれないうちに逃げ出したと主張することではないでしょうか」

「一番単純な方法は、ピリンの死因を心臓発作として扱うことだ」ニコラスが応じた。「どちらにしろ、だれもがそう信じているのだから。解剖をすることになったとしても、時間がたてばシアン化物を検出するのは難しくなる」

「シアン化物が混入されたというきみの判断を信じるのであれば」ジークフリートが慎重に言葉を選びながら言った。「我々は、その恐るべき行為を行なった人物を探し出さねばならない。この城にいるのが王家の人間だからといって、司法制度を無視していいということにはならない」

「よくおっしゃいました、殿下」

喉の奥にひっかかるようなフランス語の低い声が聞こえたかと思うと、書斎の一番奥の暗がりから人影が歩み出た。その姿はまさに、わたしが思い描くドラキュラ像そのものだった。

長身で、細身で、頬がこけ、目はくぼみ、全身を包む黒い服が色の白さを際立たせている。ほんの一瞬、串刺し公ヴラドがまだ生きていて、この城とここに住む人たちを支配しているのではないかというばかげた考えが脳裏をよぎった。その男は人を威圧するような滑らかな足取りで近づいてくると、わたしたちを順に眺めてにやりと笑った。

「ここにいらっしゃるのがこれほど高貴な方々でなければ、陰謀を企んでいるのだと判断して、全員をこの場で逮捕していたところです。しかしながら、ジークフリート王子がいみじくもおっしゃったとおり、たとえ王室の人間であっても法を超越することはできません。わたしの英語力は問題のないレベルだとは言えませんが、わたしの理解が正しければ、みなさんは予定どおり結婚式を行うために、波風を立てず、殺人事件を糊塗しようとしている、そう考えてよろしいですかな？」

「きみはいったい何者だ？」ニコラスが冷ややかに尋ねた。

「これは失礼しました。わたしの名はパトラスク、ルーマニア秘密警察の長官です」彼は椅子を引き寄せ、ニコラスとドラゴミールのあいだに腰をおろした。「このたびの結婚式には外国の王室の方々がいらっしゃるということで、両陛下に同行するようにと仰せつかりましてね。まったくなにが幸いするかわかりませんな。到着したとたんに、人が殺され、死体を隠したという会話を耳にしたと、部下のひとりから報告がありましてね」

思わずレディ・ミドルセックスを見やると、彼女はわずかに顔を赤く染めていた。

「さてと、いったいだれが死んだのか、どなたか説明していただけませんかね？」

る。

「ピリン陸軍元帥だ」ジークフリートが答えた。「ブルガリア軍の司令官だ」

「わたしの父の顧問であると同時に、政治面における権力者でもある」ニコラスが言い添える。

「なるほど。政治的殺人というわけですか」パトラスクは唇をなめた。「ふむ、今後の捜査はわたしが指揮するので、そのおつもりで。あなたがたにはわたしの質問に答えていただく——王家の人間であろうと、なかろうと。ご自分の身分には、ルーマニアの法律が及ばないなどとは考えないことですな。我が国は立憲君主制を敷いており、あなたがたにはほとんどなにも権限がないことをお忘れなく」

「言っておくが、ぼくたちは殺人事件をごまかそうとしたわけじゃない。ただ結婚式が滞りなく行われるまで、公にするのを待とうとしただけだ。この男の死は、ぼくの国やこの地域全体の将来に大きな影響を与えかねないんだ」

「あなたは……？」パトラスクは無礼きわまりない態度で尋ねた。

「ブルガリアのアントン王子だ」アントンは冷たく答えた。「気づいていないのなら教えておくが、きみの隣に座っているのはぼくの兄のニコラス王子、ブルガリアの次期国王にして、このたびの結婚式の新郎だ」

「それはおめでとうございます」パトラスクはニコラスにお辞儀をした。「それからこちらの方々は——あなたの共謀者たちのことですよ——彼らはどなたです」

「わたしはレディ・ジョージアナ、イギリスのジョージ国王の親戚です」わたしは脅されたと感じたときにいつもそうするように、せいいっぱい曾祖母を真似て言った。「両陛下の代理としてこのたびの結婚式に出席するために来ました。こちらのふたりの女性はメアリ王妃から遣わされたわたしの同行者です」

「あなたがいまここに座っている理由は？　イギリス王室の権力は中央ヨーロッパまでは届いていないはずですが」パトラスクは傲慢なまなざしをわたしに向けた。

「親戚のひとりとして来たのですわ。わたしはヴィクトリア女王の血を引いていますから、ブルガリア王室とは親戚の間柄です。それよりは遠縁になりますが、ルーマニア王室ともつながりがあります。それに問題の晩餐の席でピリン元帥の向かいに座っていましたから、すべてを目撃しました。彼の死因に最初に疑念を抱いたのは、わたしの同行者のレディ・ミドルセックスでした」

「すべてを目撃したというのですね。それでなにを見たのです、マ・シェリ？」

〝かわいい人〟という意味のフランス語で呼びかけられ、わたしはぞっとした。どこの国の警察にも不愉快な人間が最低ひとりはいることがよくわかった。

「ピリン元帥が長々と乾杯の言葉を述べ、ワインをあおり、それから喉を詰まらせているような様子でテーブルに突っ伏したのを見ました」

「喉を詰まらせているような？　実際に喉を詰まらせていて、背中を叩いてやれば助かったということはありませんか？」

「そのとき彼はすでに食事を終えていました」わたしは答えた。「スピーチや乾杯がしばらく続いたあとだったんです。それにほぼ即死でしたし。初めは心臓発作だとだれもが思いました」

「だが、それが殺人だとだれかが考えたわけですね？」

「わたくしです」レディ・ミドルセックスが声をあげた。「わたくしはレディ・ミドルセックス、バグダッド駐在のイギリス高等弁務官の妻です。夫はこれまで世界中に遣わされてきました。毒が使われていれば、わたくしが見ればわかります」

「それで、なんの毒だったと？」

「もちろんシアン化物に決まっています。赤い顔、見開いた目、アーモンド臭。典型的な所見ですわ。アルゼンチンで一度見たことがあります」

パトラスクはわたしに向き直った。「だれかが毒を入れるのを見ましたか？」

「いいえ。給仕係とドラゴミール伯爵以外はだれもテーブルに近づきませんでした」

ドラゴミールは咳きこんだ。「わたしがこの件に関わっているような言い方をされるのは心外です。どうしてわたしが、初めて会った男を殺さなければならないんです？　給仕係が滞りなく作業するように計らうのがわたしの仕事です。全員を見渡せるテーブルのうしろに立っているのは当然のことです」

「それで、なにかおかしなことに気づきましたか？」パトラスクが訊いた。

「いつものとおり、給仕係の手順にはなんの問題もありませんでした」

「毒がどのように入れられたのかはわからない」ニコラスが言った。「わたしは彼の隣に座っていた。料理と飲み物はどれも同じ大皿とカラフェから手早く取り分けられた。毒の入った皿やグラスを、特定の人間に渡すのは不可能だ」

「それなら、毒は食事の前に飲まされたのでしょう」

「でもシアン化物は即効性があると聞いています」わたしは口をはさんだ。「元帥はお料理を食べ終わってお代わりをもらっていたし、ワイングラスにはわたしたちと同じカラフェから何度も注いでもらっていました」

「毒物が本当にシアン化物であればの話です。正確な見立てのできる医者はいなかったのでしょう？　わたしの経験からすると、素人というのはしばしば間違いを犯しますからね」

「あいにくこの城に医者はいないが、ぼくはハイデルベルグ大学で少々科学を学んだ」アントンが言った。「ピリンには明らかにアーモンド臭がしていたし、顔も紅潮していた」

「自称専門家というやつですな。死体がすでに城から運び出されてしまったのが残念ですよ。そうでなければ、なんの毒物が使われたのかをこのわたしが判断することができたのですがね。被害者が食事のときに使った食器を保管するだけの機転がきく人間がいたことを祈りますよ。それを調べさせれば、わかることですからね」

「食器は保管してあった。検査させるために、すでに死体といっしょに送り出した」ニコラスが応じた。してやったりといった響きが混じっていたのは気のせいではなさそうだ。「峠があの状態だし、きみのような経験豊かな警察官がこれほど早くやってくるとは思ってもいなかったのでね」

「ええ、まあ」パトラスクは、ほめ言葉とも取れるニコラスの台詞にどう反応すべきかを考えているようだった。「そういうことであれば、次は料理を給仕した人間への尋問ですな。ドラゴミール伯爵、この城の管理責任者はあなたでしたね?」

「よくご存じのはずだ」ドラゴミールがそっけなく応じた。ふたりにはなにか遺恨があるらしい。

「それでは尋問をするので、給仕をした人間をいますぐここに連れてきてもらいましょうか」

「そんなことをすれば、元帥が死んだことがあっという間に城中に知れ渡る。おそらくは殺されたということも。それこそが、いまもっとも避けたい事態だ」ニコラスが言った。「給仕係からはゆうべ、密かに話を聞いてある」

「殿下には報告しましたが、彼らは全員が地元の人間です。長らくこの城で働いてきた素朴な者ばかりです。そんな人間がどうして外国の元帥に毒を盛ったりするんです? たとえそれができたとしても」ドラゴミールが言った。

「金ですよ」パトラスクが答えた。「多額の金は、良心を黙らせ、冷酷な行為を可能にする。ゆうべの晩餐には何人の従僕が給仕していたんです?」

「一二人。だが問題になるのは元帥に給仕した人間だけでしょう。テーブルの向こう側で給仕していた者が元帥に近づくのは不可能でした」

「なるほど」パトラスクはぎこちなくうなずいた。「テーブルの反対側に身を乗り出すことはできないと？」

「テーブルに身を乗り出したりするような使用人はその場でくびです。この城で要求されるマナーの基準は非常に高い」ドラゴミールが答えた。

「その給仕係たちとひとりずつ話をさせてもらいましょうか」パトラスクが要求した。「彼らには他言しないと約束させます。わたしのことは知っているでしょうから、嘘をついたり、約束に反したりすれば、どういうことになるかはよくわかっているはずです。もしもだれかが金を受け取って凶悪な行為に加担していたら、必ずわたしが自白させますよ」彼は人を落ち着かない気持ちにさせる笑みを浮かべた。のぞいた歯は不自然なほど尖っている。

「ぼくたちがまるっきり間違っていた可能性はもちろんある」アントンがこれまでとは違う快活な口調で行った。「きみがさっきも言ったとおり、ぼくたちは素人だ。ただの心臓発作にすぎないものを、間違って解釈したのかもしれない。アーモンド臭がすると最初に言ったのはこちらの女性だが、だれもが知っているとおり、女性というものは死体を前にすると情緒が不安定になる傾向がある」

「わたくしは断じて――」レディ・ミドルセックスが言いかけたので、わたしはテーブルの下で彼女を思い切り蹴とばした。彼女は驚いたようにわたしを見つめ、口をつぐんだ。

「ピリン元帥を乗せた車が町に着けば、すぐに真実がわかる」アントンが淀みなく言葉を継いだ。「優秀な医者が判断をくだすまで待つというのはどうだろう？　間違った噂が広まって、理由もなく地域戦争が始まったりすれば、それは悲劇でしかない。それに魔女狩りを始めておいて、結局単なる心臓発作にすぎないことが判明したら、きみの評判にも傷がつく」

パトラスクはアントンを見つめ、彼の言葉の意味するところを考えている。テーブルの上の水差しに手を伸ばし、グラスに水を注いで飲んだ。

「あなたの言うことにも一理ありそうですね。この地域の情勢を不安定にするのはわたしの望むところではないし、喜ばしい祝いのときに近隣諸国に不愉快な思いをさせることもない。医者の意見を待つことにしましょう。だが、それまでわたしはしっかりと目を光らせていますよ。何人《なんびと》もわたしの目から逃れることはできない。だれひとりとして！」

パトラスクは毅然として空のグラスをテーブルに置いた。テーブルについていた人々は立ちあがった。わたしを除いて。わたしはそこに幻影を見ているかのように、なにもないところをじっと見つめていた。この事件に新たな角度から光を当てることになるひとつの事実に、たったいま気づいたのだ。

23

ほかの人たちが部屋を出ていったあとも、わたしはじっとテーブルを見つめていた。まわらぬ口で乾杯の言葉を述べているピリン元帥の姿を頭の中で再現する。彼は左手でグラスを持った。彼のテーブルマナーは最悪で、正しいフォークすら使えたためしがないとハンネローレが言っていた。そう、あのときのグラスも間違っていた。彼が手にしていたのは彼が飲むべきグラスではない。あれはニコラス王子のグラスだった。

その事実が意味することを理解するのに、しばしの時間が必要だった。狙われたのはピリンではない。ニコラスだ。ニコラスがワインを飲まず死なずにすんだのは、乾杯が始まったときにシャンパンに切り替えていて、その後は赤ワインに手をつけなかったからだ。

ということは、メイン料理のイノシシを食べながら赤ワインを飲んでいたときには、グラスにまだ毒は入れられていなかったことになる。そのあとで何者かが、なんらかの方法でグラスにシアン化物を入れたわけだ。ニコラスが乾杯のときにシャンパンを持ってこさせることなど知るよしもなく。となれば、それができたのは給仕係のだれかか、ドラゴミールしかいない。

ちょっと待って。テーブルについていた人間のことを忘れている。自分が飲むグラスにピリンが毒を入れるはずはない。ニコラスのもう一方の隣に座っていたのはマッティで、彼女が夫となる人を殺すとは考えにくい。ニコラスの向かいにはアントンが座っていたが、ドラゴミールが言ったとおり、テーブルの向こう側に体を乗り出すのはひどく行儀が悪いとされているから、そんなことをすればすぐにだれかが気づいただろう。それにニコラスとアントンの兄弟は仲がよさそうだ。アントンが兄の死を願うとは思えない。そこでわたしの思考が止まった。アントンは、王位継承者でないことを冗談の種にし、人生にこれといった目的がないと言っていた。けれど実は、いつか王の座につきたいと密かに願っていたのだろうか？それにここにいる人の中で、毒の知識を持っているのは彼だけだ。ハイデルベルグ大学で化学を学んだと言っていた。さらに彼は、いまはなにもしないようにとパトラスクを説きつけた。時間を稼いで、そのあいだに証拠を隠滅するつもりだろうか？

「レディ・ジョージアナ！」レディ・ミドルセックスの甲高い声に思考が中断した。「来ないのですか？」

「え？　ああ、行きます」問題はこのことをだれに話すかということだった。ダーシーがいてくれれば、どんなによかっただろう。

レディ・ミドルセックスは骨ばった手でわたしの腕をつかんだ。

「どこかで作戦を立てなければなりません」

「作戦？」

彼女はあたりを見まわした。

「あの鼻もちならない警察官になにひとつ知られないようにしなくてはなりません。彼がすべてを台無しにしてしまう前に、急いで行動を起こす必要があります。まったく典型的な能無しの外国人ですよ。どうやって事を進めればいいのか、なにひとつわかっていないんですから。犯人はわたくしたちが探し出さなくてはいけません」

「そんなことができるかしら。わたしはずっとピリン元帥の向かいに座っていたんです。グラスに毒を入れたのがドラゴミールか給仕係のだれかだとしたら、とても巧妙に立ち回ったということよ。それがだれだったのかを突きとめられるとは思えません」

「それがドラゴミールか、使用人だったらの話です」レディ・ミドルセックスは訳知り顔で言うと、わたしを引き寄せた。「ディアハートがなにかを見たようです。もちろん、あなたもご存じのとおり、彼女は想像力がたくましい傾向がありますけれど」

「わたしは観察力が鋭いんです、レディ・ミドルセックス」ミス・ディアハートが言った。

「それに自分がなにを見たのかはよくわかっています」

「なにを見たんですか、ミス・ディアハート？」わたしは尋ねた。

彼女の顔が紅潮した。

「ここに着いた最初の夜のことを思い出していただきたいんですが、わたしは晩餐の席には招待されませんでした。ただの同行者が出るべきではないとレディ・ミドルセックスが考えたからです。食事は部屋に運ばせると言われましたが、使用人にわざわざあそこまで階段をあがってもらうのは気の毒だと思ったので、自分で取りに行くことにしたんです。そして――」彼女は一度言葉を切り、またわたしたちを見まわした。「――宴会場の前を通りかかると楽しげな声が聞こえたので、わたしは思わず足を止めて、なかをのぞきこみました」

「それは最初の夜のことでしょう？」わたしは口をはさんだ。「ピリンが殺される前の夜だわ」

「ええ、そうです。でもその日わたしが見たものは、重要な意味を持つかもしれないんです。宴会場の奥の暗がりで、様子をうかがっている男の人がいたんです。黒い服を着て、アーチの陰に半分隠れるようにして立っていました。ただじっとその場に立って、観察していたんです。そのときにも妙だと思ったんです。〝あの若者はなにかよからぬことを企んでいる〟って思ったことを覚えています」

「あなたはいつだってそう思っているじゃないの、ディアハート。あなたに言わせれば、だれもがよからぬことを企んでいることになるわ」

「でも今回は正しかったじゃありませんか？ それにその男は、真夜中に廊下をこそこそと歩いていたのと同じ男だと断言できます。二度とも顔ははっきり見えませんでしたが、体つきや物腰が同じでした。あの人目を忍ぶような態度は、絶対に悪事を企んでいる人間のものです」

「ディアハートはただ想像をたくましくしているだけだとは思うのですが、いまのわたくしたちはどんなわずかな可能性でも無視するわけにはいきません」

「ただの想像ではないと思います」わたしは言った。「その人の髪の色は？」

ミス・ディアハートは眉間にしわを寄せた。「明るい色だったと思います。ええ、間違いないわ。明るい色だった。どうしてです？」

「最初の夜、知らない男の人がわたしの部屋に入ってきたんです。次の日の夜には、部屋に男の人がいると言ってメイドが血相を変えてわたしのところにやってきました」

「明るい色の髪をした若い男ですか？」

「ええ。ドイツ系の顔立ちのハンサムな若者だったわ」

「顔は見ませんでしたけれど、髪はしっかりと見ました」

「あなたの部屋に入ってきたですって？」レディ・ミドルセックスが訊いた。「目的はなんだったんです？　盗みですか？　それともあなたが目的だったとか？」

「直接尋ねたわけじゃありませんけれど、後者だったんじゃないかと思います。笑みを浮かべてわたしの上にかがみこんでいましたから。でもわたしが体を起こすと、あわてて逃げていったんです」

「メイドはどうなんです？　その男は彼女にも興味があったというのですか？　ずいぶんと堕落した男ですね」

クイーニー本人が目的だったとしたら、その男は相当切羽詰まっていたに違いない。真剣な話であることはわかっていたが、こみあげる笑いをこらえなければならなかった。緊張のあまり、神経が高ぶっているのだろう。

「彼女に触れることはなかったんです。ドアの内側に立っていて、彼女が息を呑むと、黙って出て行ったようです」

「そのことをだれかに報告しましたか?」

「いいえ」

「わたしならしましたね。わたしの部屋に入ろうとする男がいたなら、その場で通報してやります」

夜中にレディ・ミドルセックスの部屋を訪れようとする人はいないだろうなどと言うつもりはなかったし、ヴァンパイアの話題を持ち出そうとも思わなかった。列車であれほどヴァンパイアのことを心配していたミス・ディアハートだが、こそこそうろつきまわっていたという男と結びつけて考えている様子はない。また、その男が毒を盛った犯人だとしたら、彼が超自然の生き物である可能性は低いと言っていいだろう。ヴァンパイアは人間に毒を盛る必要などないのだから。それどころか、自分が飲もうとする血を汚したくはないはずだ。

「考えられることはひとつです」レディ・ミドルセックスが言葉を継いだ。「いわゆる下見をしていたに違いありません。彼はおそらく訓練を受けた殺し屋で、じっと身を潜めて殺人を実行するチャンスを待っていたのでしょう」

わたしも考えてみた。彼が訓練を受けた殺し屋で、城のどこかに隠れていたと考えれば筋が通る。だがニコラス王子が指摘したとおり、このお城のような広くて古い建物なら、もっと簡単に人を殺せる方法はいくらでもある。なにも大勢の目がある宴会場で犯行におよんで、見つかる危険を冒す必要はないのだ。

「それで、ゆうべ宴会場でその人を見たんですか？」わたしはミス・ディアハートに訊いた。

「いいえ、見ていません。でもゆうべはわたしもテーブルについていましたから。食事のときは、こぼしたりしないように自分の手元を見ているものじゃありませんか？　あるいは話をしている人を見ているか。それにわたしはたいして重要ではない人たちに混じって、テーブルの端のほうにいたんです。でも今朝確かめたんですが、あの日その謎の男が立っていたのは、ピリン元帥の席の真後ろだったんです。きっと男はリハーサルをしていたんだとわたしは思います。いつ隠れていた場所から飛び出して、グラスに毒を入れればいいのかを考えていたんです」

「でもだれかが入ってくれば、間違いなくわたしが気づいたはずだわ。わたしの両側に座っていたアントン王子やハンネローレ王女だって同じです」

「本当にそうでしょうか？　たとえば、お料理があなたのお皿に取り分けられているところを想像してみてください。給仕係が大皿を見せながら、〝カリフラワーはいかがですか、お嬢さま？〟と尋ね、あなたはうなずいて〝ありがとう〟と答えて、それが自分のお皿に取り分けられるのを眺めている。そのあいだあなたはテーブルの向こう側でなにが起きているのかを見ていないのではありませんか？」

「そうね、そうかもしれない」

「その人間が従僕の制服に似せた黒い服か、あるいはどうにかして手に入れた従僕の制服を着ていたなら、カラフェを持ってテーブルの脇を通りすぎてもきっとだれも気づかないでしょう。使用人たちは自分の仕事を完璧にこなすことに気をとられていて、ほかの使用人に目を向ける余裕はないでしょうし、そもそも使用人にはだれも注意を向けたりしないものです」

「ドラゴミールが気づいたはずだわ。彼はニコラス王子のうしろに立って、作業を指示していました。彼が言ったとおり、なにかわずかでもおかしなことがあれば、見逃すはずがない」

「それでは、そのドラゴミールが手を貸していたと考えるべきでしょうね」レディ・ミドルセックスが言った。

ドラゴミールがピリンを殺したがる理由がわからないのと同様、ニコラス王子を殺したがる理由も見つからなかった。だが彼が本当に、いまはユーゴスラヴィアの一部となったマケドニア地方の出身だったなら、マケドニアの地を取り戻す手段として、ブルガリア国内で内戦を起こしたいと思ったかもしれない。そのためには皇太子を殺すのが手っ取り早い。ヨーロッパのこのあたりでは、四六時中互いを殺し合っているとビンキーは言っていなかった？思い切ってドラゴミールと直接話をしてみようと決めた。

「お城中のすべての部屋を調べるわけにはいきません」レディ・ミドルセックスが言った。「王室の方々がいらっしゃったいまとなってはなおさらですが、わたくしたちがまずすべきは、犯人がどうやって毒を手に入れたのか、その毒を入れていた容器をどこに隠したのかを突き止めることだと思います」

「お城に来るときにポケットに毒を忍ばせておいて、出ていくときに空になった容器を持って帰ればいいことじゃありませんか」わたしは言った。

「気づかれたかどうか知りませんが」レディ・ミドルセックスがそっけなく言った。「今朝見たとき、お城から出ていく足跡は、あなたとミスター・オマーラのものしかありませんでした。散歩をしたとき、念入りに確かめたのです。犯人はまだこの中にいます。注意してください」彼女はミス・ディアハートを見て、うなずいた。

「充分に気をつけますわ、レディ・ミドルセックス」ミス・ディアハートが答えた。「犯人がどこかに隠れているのなら、いずれは現われるはずです。トイレにも行かなくてはならないし、食べ物や飲み物だって必要です。わたしがしっかり目を光らせておきます」

「その意気です、ディアハート。見事な覚悟です。イギリス人女性がそうと決めたときには、どれほど迅速に、かつ手際よくやってのけるのかを見せてやろうじゃありませんか」レディ・ミドルセックスは、殴り倒すほどの勢いでミス・ディアハートの背中を叩いた。「さあ、前進あるのみです」

レディ・ミドルセックスはそう言い残し、部隊を率いる将軍のように、足音も荒く廊下を遠ざかっていった。

24

すきま風の吹き抜ける寒い廊下にわたしはひとりで残された。気づいてしまった重大な事実をどうするべきか、ようやく考える時間ができたわけだ。狙われたのが実はニコラス王子であったことをだれに話せばいいだろう？　イギリス人女性ふたりは論外だ。それでなくても彼女たちのせいで厄介な事態になっている。レディ・ミドルセックスがあんなことを口にしたりしなければ、ピリンの死は心臓発作だということで片付いて、あの不愉快なパトラスクに嗅ぎまわられることもなかっただろう。アントンに話すわけにもいかない。彼が殺人者だという可能性があるからだ――とても信じられないと思ったが、彼には化学の知識があり、身のこなしは軽く、ベリンダが言っていたとおり、向こうみずで危険を顧みない。残るはジークフリートとマッティだが、ジークフリートに打ち明ければ、どんなことであれパトラスクにすぐに報告するような気がした。マッティはと言えば、あらゆることを冗談にしてしまい、真剣に受け止めないだろう。となると、話せる相手はニコラス本人しかいない。彼には知る権利があるし、彼自身にもなにか考えていることがあるかもしれない。

ニコラスを探しに行こうとしたところで、廊下の向こうから澄んだ美しい声が聞こえてきた。

「ジョージー、ここにいたのね！」わたしの母がミンクのロングコートをたなびかせながら、足早に近づいてきた。「ようやく会えたわ。もう何日も同じ建物の中にいたのに、話をする機会がほとんどなかったわね」

わたしたちはいつものように、頬と頬のあいだに数センチの距離をあけて、エア・キスをした。ズボンをはいている人間に対してはたっぷりの愛情を振りまく母だが、相手が女性となるとあまり体に触れたがらない。

「だってお母さまがわたしといっしょにいるところを見られるのをいやがるんですもの。ほかの人たちに、わたしくらいの年の娘がいることを思い出してほしくないんでしょう？」

「ずいぶん意地悪なことを言うのね。わたしはあなたといっしょの時間を心から楽しんでいてよ。あなたがもっと刺激的な人生を送っていたら、もっと楽しめたでしょうけれどね。ゆうべの晩餐会でのドレス、あれはなんなの？　時代遅れにもほどがあるし、見せるべきところが全部隠れてしまっていたわ。あなたの胸が豊かでないことは知っているけれど、あるものを最大限に活用しなければだめよ。あなたがどれほど素晴らしいかを、男の人に見せてあげなくてはいけないの」

「お母さま！」

母はあらゆる場所で観客を魅了してきた鈴のような笑い声をあげ、わたしの腕に自分の腕をからませた。「あなたって本当にお堅いのね、ジョージー。スコットランド風のしつけのせいね。なにもかも抑えこんでしまうんだから。さあ、どこかで女同士の話をしましょうか？」母はそのままわたしを連れて廊下を歩きだそうとした。「こんな退屈な場所に何日も閉じこめられることがわかっていたら、最初から来なかったのに。もちろんニックの名づけ親であるマックスは来ないわけにはいかなかったけれど、わたしはひとりでふらりとパリに行っていてもよかったのよ。クリスマス直前のパリは本当に素敵ですもの。そう思わない？すべてがきらめいていて」

反論する暇さえなかった。母に連れられて廊下を歩き、小さな居間に入った。暖炉では火が燃えていてとても暖かく、ほかの部屋に比べて格段に居心地がいい。そういう嗅覚に関しては、わたしの母はたいしたものだ。母は肘掛け椅子に優雅に腰をおろすと、足元の熊の毛皮の敷物を叩いて言った。「ほら、ここに座って。その後どうしていたのか、全部話してちょうだい」

「たいして話すことはないわ」わたしは言った。「ラノクハウスで暮らしているのだけれど、この冬はビンキーとフィグがしばらく滞在するというので、どこか別の場所に行こうと思ったのよ。フィグはまたおめでたなの」

「嘘でしょう？　あの人たちにはもう跡継ぎがいるのに？　ビンキーは聖人なのか、目がものすごく悪いのか、それともやけになったかのどれかね。フィグが、実はあっちのほうが素晴らしく上手だなんていうことはないわよね？　その気になったときは、ものすごく情熱的だとか？」

わたしはまじまじと母を見た。「フィグが？　情熱的？」ぷっと噴き出した。母も声をあげて笑っている。

「わたしたちといっしょにドイツにいらっしゃいな、ジョージー」母が言った。「マックスが、素敵なドイツ人の伯爵を紹介してよ。あら、そういうことなら、ニッキーの付添人のだれかとお付き合いすればいいわ。シュレースヴィヒ・ホルスタイン家のハインリッヒはとてもお金持ちよ」

「気持ちはうれしいけれど、わたしはドイツに住みたいとは思わないわ」わたしは答えた。「お母さまがドイツで暮らしていることにも、世界大戦のことを考えずにいられることにも、驚いているくらいだもの」

「ジョージー、わたしたちがお付き合いしている人たちは、戦争とはなんの関係もないのよ。あれは、たちの悪い軍国主義の人たちのせいなの。あなたの父親のいとこのヴィルヘルム二世とか。大丈夫、ドイツで楽しく暮らせるわ。いくらか胃にはもたれるけれど食事はおいしいし、いいワインもあるし、ベルリンは本当に活気に満ちた町よ。ああ、それともオーストリア人の相手を見つけて、ウィーンに住むのもいいわね。あなたはきっとあそこが気に入るわ。それにオーストリア人はみんな楽しいことが大好きで、戦争だとか征服だとかにはまったく興味がないの」

「最近現われたあのヒトラーとかいう人は、オーストリア人じゃなかった？」

「しばらく前に彼と会ったけれど、面白い小男だったわよ。彼の言うことを真剣に受け止める人なんてだれもいないでしょうね。あとはほら、ニッキーの弟のアントンがいるじゃないの。彼はとてもいい相手だと思うわ。わたしが自分で付き合ってみたいくらいだわ。でもマックスが彼のお兄さんの名づけ親だし——どこかで一線は引かなくてはならないものね」

「お母さまがまだマックスといっしょにいることが驚きよ」わたしは言った。「まったくお母さまの好みのタイプだとは思えないのに。あまり社交的な人ではないでしょう？　ノエル・カワードのような、演劇関係の人のほうがずっとお母さまには向いているんじゃないのかしら」

「もちろんそのとおりよ。でもああいう人たちには、ノエルのような人が多いの——男の人のほうが好きなのよ。気をつけないとだめよ。いまこのお城にいる、ある王子もそういう趣味なんですってね。あなたがその王子の花嫁候補だという噂を聞いたわ」

「ジークフリートのこと？」わたしは笑いながら答えた。「彼にはすでにプロポーズされたわ。跡継ぎを産んだあとは、好きなように愛人を作っていいと言われたの」

「男の人って本当に変よね？」母はまた笑った。「でもあなたの興味は別のところにあるんでしょう？　ミスター・オマーラ。そうよね？」わたしが顔を赤らめたのを見て、母は笑った。「ジョージー、彼はあなたの手には負えないわ。噂は知っているでしょう？　奔放なアイルランドの若者だって言われている。彼が身を固めて、おむつを替えているところなんてわたしには想像できない。あなたはできるの？　それにもちろん彼にはお金がない。幸せになるには、お金がとても大切なのよ」

「お母さまはマックスといっしょにいて幸せなの？」

陶器の人形のような母の大きな目が一段と大きくなった。

「面白いことを訊くのね。彼といるのが退屈になって、もう別れようと思うこともあるのだけれど、彼があんまりわたしに夢中なもので、別れられないのよ。彼はわたしと結婚したがっているの」

「お母さまはそのつもりなの？」

「考えたこともあるけれど、わたしはだれそれ夫人にはなりたくないの。彼の高貴な身分や地位は魅力だけれど、それでも結婚すればフォン・ストローハイム夫人になるわ。それはわたしじゃない。それにわたしは正式には、いまでもあの恐ろしく退屈なテキサス男のホーマー・クレッグと結婚しているんですもの。彼は離婚制度には反対なの。どうしても離婚したければ、リノかどこかに行って、お金を払ってさっさとかたをつけることもできるけれど、そこまでするつもりもないのよ。いい、ジョージー、わたしができるアドバイスは、お金のある人と結婚して、ミスター・オマーラのような人を愛人にしておくのが一番いいということよ。結婚相手に黒髪の人を選べば、父親がどちらでもわからないわ」

「お母さまったら、恐ろしいことを言うのね。時々、自分がお母さまの娘だということが信じられなくなる」

母はわたしの頬を撫でた。「わたしはあなたを早く手放しすぎたのね。でもあの退屈なお城には、あれ以上とてもいられなかった。あなたのお父さまが一年の半分をあそこで過ごし、キルト姿でヒースの合間を散歩したがるなんて、想像もしていなかったの。とてもわたしには無理だったわ。正直な話、公爵夫人という身分は魅力的だったけれど。ハロッズに行くと、下にも置かないもてなしをしてくれるのよ」

しなければならないことは山ほどあったから、わたしは母のお喋りを落ち着かない気持ちで聞いていた。ぱちぱちとはぜる炎から暖炉の上の肖像画へと何気なく視線を移し、改めてその絵を見直した。そこに描かれている男性は、ドラゴミール伯爵によく似ている。

わたしは立ちあがり、暖炉の前に立ってしげしげと絵を眺めた。その男性はドラゴミールより若いが、同じような高慢そうな顔だちだ。高い頬骨と奇妙なほど猫に似た目がそっくりだった。だが使用人の肖像画をお城の壁に飾るとはとても考えられないから、絵の下に記された署名を見た。一七八九年に描かれたもののようだ。

「なにを見ているの？」母が訊いた。

「壁の肖像画よ。ドラゴミール伯爵に似ていると思わない？」

「このあたりの人はみんな同じように見えるわ」母の声は退屈そうだ。「昔のドイツ人は女を襲ったり、略奪したりすることに長けていたから、いまではだれもが同じような顔になってしまったのよ」

わたしの視線は肖像画に貼りついたままだった。だれなのか思い出せないけれど、だれかに似ている。あの目のあたり……。

「ジョージー、このあいだの夕食のときにも言ったけれど、あなたの髪は悲惨よ。ロンドンではいったいどの美容師に整えてもらっているの？　マルセル・ウェーブ（一八七二年にフランス人のマルセル・グラトーが開発したセット用のヘアーアイロンの熱で一時的に毛髪部分に変化を与えてつくったウェーブ）をしてもらったほうがいいわ。アデルにやらせるから、わたしの部屋にいらっしゃい。髪をいじらせると、あの子はたいしたものなのよ」

「あとにするわ、お母さま。本当はいまもこんなことをしている暇はないの」

「ひとりぼっちでかわいそうな母親の相手をするより大切なことなの？」

「お母さまの話し相手をしたがる人は大勢いるわ」

「彼女たちが使うのはドイツ語なんですもの。わたしはあの国の言葉がだめなのよ。フランス語もそれほど得意ではないし、なによりその場の中心でいたいんですもの。取り巻きのひとりでいるのはごめんよ」

「ベリンダがいるわ。ベリンダとお母さまの好みはとてもよく似ていてよ」

「あなたのお友だちのベリンダ？」母は非の打ちどころのない顔をしかめた。「彼女はただのあばずれだという噂よ。このあいだの夜、しきりにアントンの気を引いていたのを見たでしょう？　あれ以降、彼女のベッドは使われないままでしょうね」母は訳知り顔でウィンクをした。

　自分を棚にあげるというのは、まさにこういうことを言うのだろう。けれど、アントンを魅力的だと思ったことを母も自分で認めたわけだから、負け惜しみだとも言える。

「とにかく、話し相手はほかに見つけてくれるかしら。花嫁の付添人のドレスの仮縫いがあるの」わたしは言った。「わたしがマッティの付添人になることは聞いているでしょう？」

ドレスの仮縫いという言葉に、母が抵抗できないことはわかっていた。

「あら、そういうことなら急がなくてはいけないわ」母が言う。「あのマダム・イヴォンヌを連れてきたそうじゃないの。彼女は少しばかり時代遅れだけれど、それでもまだ素晴らしいドレスを作るわ。あなたのドレスはどうなの？」

「素晴らしいわ。きっとお母さまも気に入ると思う。とても優雅に見えるのよ」

「それなら、どこかの王子か伯爵を捕まえられるかもしれないわね。さあ、行きなさい。マダム・イヴォンヌを待たせてはいけないわ」

暖炉の前に足を伸ばして座る母を残し、わたしはこのときとばかりに、その場を逃げ出した。だれもいない玄関ホールまでやってきたところで足を止める。これからどうすればいいかしら？　ニコラスを探す？　ドラゴミール伯爵と話をする？　どちらも意味のないことのように思えた。何者かが自分を殺そうとしたことをニコラスは知りたいだろうか？　ドラゴミールは？　もちろん母の言うとおり、あの肖像画が彼に似ていたのはただの偶然にすぎない。一七八九年から生きているはずがないのだから――ヴァンパイアなら話は別だけれど。ふと頭に浮かんだそのばかげた考えを、わたしは打ち消そうとした。彼はいわゆるヴァンパイアの特徴をすべて備えている――青白い肌、優雅な物腰、射貫くような淡い色の瞳、こけた頬。ばかげている、わたしはレディ・ミドルセックスの言葉を思い出し、声に出して言った。それに自分でも結論づけたとおり、ヴァンパイアは人を殺すのに毒など必要としない。晩餐の席で使われた毒は、人間の仕業だということの証明だ。

廊下をあてもなく歩いていると話し声が聞こえ、宴会場の隣の控えの間に人が集まっていることに気づいた。その中にニコラスがいるのが見えたので、人のあいだを縫うようにして彼のほうへ近づいていくと、フランス語でだれかが言った。

「あら、あのかわいらしい若い方はどなた？」

朝方到着した王家の人々に囲まれていることをようやく悟ったのはそのときだ。見た目ではなく暖かさを重視した格好をしていたから、わたしはおおいにうろたえた。ジークフリートが歩み出てわたしの手を取り、やはりフランス語で「母上、ジョージ国王陛下の親戚であられるジョージアナを紹介させてください」と言ったので、気恥ずかしさは倍増した。

完璧に髪を整え、素晴らしく優美なドレスをまとった上品な女性がわたしに微笑みかけ、美しい手を差し出した。「それではあなたがジョージアナなのですね。初めまして。どれほどお会いしたかったことか」

わたしは慎重に膝を曲げてお辞儀をした。「光栄です」

「フランス語もお上手なのね」

〝光栄〟のひとことがどうすれば上手なフランス語ということになるのかわからなかったし、これほど歓迎されていることがひどく不安になった。国王であるジークフリートの父親に紹介されたところで鐘が鳴り、わたしはニコラスと話をする機会もないまま、昼食の席へと連れていかれた。気取ったフランス語を話す伯爵夫人と年配の男爵にはさまれて座ったが、自分たちの知人をわたしがひとりも知らないことに気づくと、ふたりはわたしの頭越しに話し始めた。

「ジャン・クロードはこの冬どうしているのか、ご存じ？　またモンテカルロかしら？　近頃あそこは下層階級の人が多すぎると思いません？　ジョセフィーヌはどうしているの？　リウマチの具合はどうなのかしら。ブダペストに湯治に行ったと聞いたけれど、温泉はひどく非衛生的な気がするわ。そう思わない？」

　わたしはテーブルの向こう側で行なわれていることに意識を向けながら食事をし、話しかけられたときにはそれに応じた。使用人たちはあわただしく行ったり来たりしていたから、暗殺者がタイミングを見計らってアーチの陰から出てきてグラスに毒を入れ、だれにも気づかれることなく姿を消すのが不可能ではないことがわかった。そのときだれかが話をしていれば、チャンスはさらに大きくなっただろう。部屋の奥に目をやった。テーブルの端にいる人間が乾杯をしていれば、全員の目がそちらに向いていたはずだ。なにもかもが、ありえないことのように思えた。ピリンの死因が心臓発作だと判断されていても、わたしはなんの疑問も持たなかっただろう。だが現実は、まだこの中にいる何者かがニコラス王子を殺そうと企てたのだ。

　わたしはどうにか、濃厚でクリーミーなスープと赤キャベツを添えた牛肉の蒸し焼き鍋《ザウアーブラーテン》とプルーンのダンプリングの砂糖がけを食べ終えた。食事の終わりの合図を待ちかねて、部屋を出て行こうとするニコラスを呼び止める。

「どこかで話ができないかしら？」低い声で言った。「ふたりだけで話したいことがあるの。

ピリン元帥のことで」

「わかった」ニコラスは驚いた表情を見せたが、すぐにあたりを見まわした。「アントンを呼んでくる」

「だめ！」思った以上に大きな声を出してしまい、近くにいた数人がこちらを見た。「だめ。これはあなただけに聞いてほしいの。わたしが話したことをだれに伝えるかは、あなた次第よ」

「わかった」ニコラスはどこか面白がっているような表情を浮かべた。「その秘密の話はどこでしようか？」

「あの不愉快なパトラスクに聞かれないところならどこでもいいわ」

「彼の部下がどこをうろついているのか、わかったものじゃない」ニコラスが言った。「こういうところでは、他人をスパイするのは簡単だ。おやおや、噂をすれば――」パトラスクが現われたか思うと、まっすぐわたしたちに歩み寄ってきた。

「きみ、イギリスから来たそちらの女性だ」彼が声をあげた。「わたしといっしょに来てもらいましょうかね。いますぐに説明してもらいたいことがある」

「わたしもいっしょに行こうか？」ニコラスが訊いた。

「彼女だけでけっこう」

言われるがままパトラスクについていくほかはなかった。彼の背後には男性がふたりいたし、騒ぎを起こしたくはない。

「それじゃあ、あとで」わたしはニコラスに声をかけてから、すぐ脇に立つパトラスクに向き直った。「どういうご用件かしら?」

「すぐにわかりますよ」パトラスクは確たる足取りで先に立って歩きだし、階段をのぼり、わたしの寝室にたどり着くと、勢いよくドアを開けた。おののいたような顔のクイーニーがベッドのそばに立っている。

「これを説明してもらいましょうかね」パトラスクは衣装箱を開け、そこにある小さなガラスの瓶を指差した。

「それがなんなのか、どうしてそこにあるのか、わたしにはわかりません」わたしは答えた。

「おや、そうですか。わたしにはよくわかっているんですがね。毒が入っていた容器だと推測していますよ」近づいてきたパトラスクは、わたしを見おろす位置に立った。「最初からあなたは怪しいと思っていたんですよ。あなたは元帥の向かいに座っていた。それにイギリス国王はどうしてあなたを結婚式によこしたんです? 王女である娘のほうがふさわしいのに?」

「マリア・テレサ王女がわたしに付添人になってほしいと言ったからですわ。わたしたちは学生時代の友人なんです。そういうわけで、王妃陛下はわたしをよこすことになさったんです」

「いいでしょう、電話が復旧したらすぐにスコットランドの庭《ガーデン・オブ・スコットランド》に電話をして確かめましょう」

スコットランドの庭？　思わず頬が緩んだ。スコットランド・ヤード（ヤードには庭の意がある）のことに違いない。

「どうぞお好きなように。ここに来るまで名前を聞いたこともなかった陸軍元帥を殺すために、わたしがわざわざイギリスからやってきたとでもおっしゃりたいのかしら？」屈託のない笑い声をあげようとしたものの、あまりうまくはいかなかった。外国で行われる裁判の噂を耳にしたことがあったし、彼なら簡単にわたしをスケープゴートに仕立てあげることができるだろう。「わたしにいったいどんな動機があるというのかしら？　このあたりに来たのは初めてのうえ、ここにいる人たちとはまったくの初対面ですのに」

「動機に関しては、いくつか考えられますよ。ブルガリアの若い王子たちですが、被害者のことを嫌っていたと聞いています。あなた方は親戚同士だ。違いますか？　彼らのためにあなたが手を貸したのかもしれない」

「もしそうなら、彼の死は心臓発作だと結論づけていたはずですわ。そうすれば、だれも疑問を抱くことはなかったでしょう。それにいくらふたりが親戚だとはいえ、どうしてわたしがブルガリアの政治に関わらなければならないんです？」

「金ですよ」パトラスクはぞっとするような笑みを浮かべた。「前にも言いましたが、金のためなら人は悪魔のような所業をするものです。あなたは金に困っているそうじゃありませんか。あなたの母親の友人が教えてくれましたよ」

「わたしの家にお金はなかったかもしれませんが、品性は充分にありました」わたしは見下すような口調で言った。「どうしてもお金が欲しければ、今頃はそれなりの相手と結婚していたでしょう。あなたの国の次期国王からもプロポーズされましたわ」

「知っていますよ」彼は軽やかに手を振った。「すべてを知ることがわたしの仕事には不可欠ですからね」

「彼と結婚するのであれば、結婚生活をバルカン諸国の戦争と共に始めたいと思うはずがないじゃありませんか。違いますか？」

「だがあなたは断ったと聞いていますよ」パトラスクは部下のひとりに向き直り、わたしには理解できない言葉でなにかを囁いた。部下はハンカチを取り出し、衣装箱にかがみこんで小さな瓶を包むと、そのままパトラスクに手渡した。

「言っておきますが、そこにわたしの指紋などついていませんわ。それにおそらくそれは、頭痛薬かなにかが入っているただの薬瓶に決まっています」

パトラスクはハンカチを使って蓋を開け、においを嗅いでから、あわてて蓋を戻した。

「これは頭痛薬なんかじゃありませんよ。それに指紋など最初から期待していない。頭のいい犯人ならきれいに拭ったでしょうからね」

「どれほど頭の悪い犯人でも、瓶は窓から捨てていたでしょうね。そうすれば深い雪に埋もれてしまいますもの。雪が解けるころには自分の国に帰っていられるわ」

パトラスクは窓の外を眺めながら、わたしの言ったことを考えている。頭の回転は鈍いらしい。

「だれかがわたしを陥れようとしていることくらい、あなたでもおわかりでしょう？　犯人はどうして証拠を隠滅しようとしなかったの？　これほどの大きさのお城よ。壁や床には裂け目や格子が山ほどあるわ。肌身離さず持っていたってよかったはずよ」

パトラスクはしばらく無言だった。「頭のいい犯人であれば、だれかに陥れられたとわたしに思わせることで、疑いを晴らそうとするんじゃないですかね」彼はようやくそう言った。

「わたしの考えを言っておきますよ、イギリスのお嬢さん。これは、あなたとあなたの友人のイギリス男が企てた巧妙な計画だとわたしは思っています。わたしが死体を調べたり、尋問したりする前に、彼は都合よく死体を運び出していますね」

わたしは笑みを返した。「彼はイギリス人じゃありません。アイルランド人です」

パトラスクはうんざりしたように手を振った。「イギリス人だろうとアイルランド人だろうとなんの違いがあるというんです？　ミスター・オマーラの話は前にも聞いたことがあります。たしかどこかのカジノでのスキャンダルに関わっていたんじゃなかったですかね。それに金を手に入れたがっている。まあ、心配しなくてもいいですよ。部下に彼を追わせて連れ戻しますから。そうすれば真実が明らかになる」

「いい加減にしてください。祖国の代表であるわたしがこんな扱いをされたことを知ったら、イギリス王妃陛下はさぞお怒りになるでしょうね。学生時代の親友のマリア・テレサ王女も激怒すると思いますわ」

パトラスクはわたしの顎を指で持ちあげ、自分のほうに引き寄せた。

「お嬢さん、あなたは自分の置かれた立場がわかっていないようだ。わたしにはあなたを逮捕して監禁する力があるんだ。我が国の牢屋は居心地のいい場所とは言えませんよ――ネズミ、病気、残忍な犯罪者……そのうえ裁判が始まるまで数カ月から数年かかることもある。ですが、あなたはおめでたい席に出席するためにここに来たわけだから、わたしもあなたを丁重に扱いましょうかね。わたしの許可なしにこの城を出ないでいただきたいと言うにとどめておきますよ」

彼の爪が顎に食いこんだが、怯えていることを悟られるつもりはなかった。

「来週の結婚式のために来たのですから、それまでここを出るつもりはありません」わたしは答えた。「それにまた雪が降るかもしれませんから、しばらくはだれも出ようとはしないでしょうね」

パトラスクはさらに顔を近づけた。彼の息はニンニクかなにかのひどいにおいがした。

「ご自分の無罪をそれほど主張するのなら、こんな恐ろしいことをした犯人の心あたりがあるんでしょうな。いったいだれだと考えているんです？　たとえば、ドラゴミールとか？　あなたはすべてを見ていたと言った。ドラゴミールがグラスになにかを入れるところを目撃したんですか？　よく考えてくださいよ、お嬢さん。結婚式のあと家に帰りたいのならね」

このときになって、思っていたほど彼が愚かではないことに気づいた。彼はわたしを疑っているふりをして怯えさせ、ドラゴミールを名指しするように仕向けている。だがイギリス娘は、彼が考えている以上に手ごわいことがすぐにわかるだろう。イギリス娘は、牢屋に入れるといって警察官に脅されても、泣き崩れたりはしないのだ。たとえドラゴミールを疑っていたとしても、この男に打ち明けるつもりはなかった。

「わたしの考えを言いましょうか？　ヴァンパイアの可能性を考えるべきだと思いますわ」

25

「ああ、お嬢さん、あたし、もう怖くて怖くて」パトラスクが部屋を出ていくなり、クイーニーが言った。「あの失礼な男どもは、いきなり入ってきたかと思うと、お嬢さんの持ち物を漁《あさ》りはじめたんですよ。あたしは散々文句を言ったんです。〝いったいどういうつもりだい？　それは高貴な人の持ち物で、あんたたちの汚い手でいじったりしちゃいけないんだよ〟って。でも無駄でした。あの男たちは英語ができないんですよ。あの人はなにを言っていたんです？」

「彼は、ゆうべ具合が悪くなった男の人にわたしが毒を盛ったと思っているのよ」わたしは説明した。「あの衣装箱の中に、毒の容器のようなものを見つけたらしいわ」

「あいつらが自分で入れたに決まってますよ」クイーニーが言った。「だから外国人なんて信用しちゃいけないんです。父さんがそう言ってました。父さんは世界大戦のとき前線にいたから、よくわかっているんです」

「今回ばかりは、あなたのお父さまの言うとおりかもしれないわね」彼らが証拠をねつ造した可能性はおおいにあった――でも、どうしてわたし？　遠い場所から来ている人間であれば、逮捕しても国際問題にはならないと考えたから？　それともわたしが精神的にもろくてすぐに取り乱し、罪を認めたり、ドラゴミールの仕業だと言いだしたりするとでも思った？どちらにしろ、ゴシック小説の読みすぎだ。彼の部下がダーシーに追いつけないことを祈るほかはなかった。追いつく可能性は低い。窓から見える空はどんよりとして、いまにもまた雪が降りだしそうだ。わたしはちらりとベッドを見た。ひと眠りしたいところだったが、ニコラスと会うことをこれ以上先延ばしにはできない。彼はいまも危険にさらされているかもしれないのだ。ああ、どうしてダーシーはよりによってこんなときにいなくなってしまったのかしら。彼がいてくれさえすれば、ニコラスから目を離さないようにしてもらって、次の殺人を防ぐことができるのに。

わたしはまた階下におりた。廊下はいつも以上に冷え冷えとしていて、紋章旗は実際に風にはためいている。あたりを見まわしていると、使用人があちらこちらにいることに改めて気づいた。普段であれば使用人に気を留めることなどないのだが、いまはその存在を意識せざるを得ない。使用人のことを考えるうち、もし何者かがここに侵入したのなら、だれか手引きしたものがいるはずだと思い至った。使用人にまったく会うことなく、城内をうろつくことは不可能だから、食事を運んだり、安全な場所に匿《かくま》ったりしている人間が必ずいるはずだ。となると、暗殺者はブルガリアから来たのではなく、地元の人間だということになる。

当然のことながら、ドラゴミール伯爵のことが再び脳裏に浮かんだ。肖像画のあった応接間の前にやってきたことに気づいて、そろそろとドアを開ける。だれもいない。爪先立って暖炉に近づき、肖像画を見あげた。揺れる炎の明かりの中で見ると、まるで生きているようだ。

「おひとりですか、お嬢さま?」背後から低い声がした。

わたしは息を呑み、振り返った。本物のドラゴミール伯爵がそこに立っていた。

「なにかお持ちしましょうか?」彼が尋ねた。「紅茶でもいかがです? イギリスの方はこの時間に紅茶を飲まれるのでしょう?」

「ええ――いえ、けっこうです」わたしは口ごもりながら答えた。

「それではここにいらしたのは、おひとりになるためか、午後の休息を取られるためですね。わたしは失礼しますので、どうぞいい夢を」

彼がお辞儀して部屋を出ていこうとしたところで、わたしはなんとか勇気を振り絞って切り出した。

「ドラゴミール伯爵、あなたと警察官のパトラスクはお互いにあまりいい印象を抱いていらっしゃらないようですわね」

「そのとおりです」ドラゴミールが言った。「若い頃、わたしたちは同じ大学に通っていました。最初から嫌い合っていましたよ。あの頃から卑劣な男だった」ほかにも理由があるような気がしたが、彼はそれ以上言うつもりはなさそうだった。

わたしはひとつ深呼吸をすると、思い切って次の質問を口にした。

「壁のあの肖像画ですけれど、あれは――あなたにとても似ているので驚きましたわ。でもまさかあなたが一七〇〇年代に生まれているはずがありませんものね」そう言って、楽しげな笑い声をあげた。

「おっしゃるとおりです。血は争えない」彼は絵を眺めながら答えた。「わたしの祖先のひとりです。この城は昔、わたしたちのものでした。それどころか、ここがルーマニアの一部ではなく独立した州だった頃は、わたしたちがトランシルヴァニアを支配していたんです」

「でもあなたはユーゴスラヴィア出身だとうかがいましたわ」

「祖先のひとりが、当時この地を占領していたトルコに反旗を翻そうとしたのです。その頃のトルコは強大でしたから、無謀な行為でした。彼は、地域全体が決起することを期待していたのです。近隣の人たちの協力をあてにしていたのですが、残念なことにわたしの家は野蛮で残忍だという評判でした。協力は得られず、城は奪われ、わたしの祖先は外国への逃亡を与儀なくされました。そういうわけで、いまはユーゴスラヴィアの一部となっている土地でわたしが育ったことは事実です。その後ウィーンで学び、そこで現在のルーマニア国王と学友として出会いました。わたしたちは親しくなり、のちに彼が国王の座につくと、政府の仕事を提示されたのです。世界大戦以降、厳しい時代が続いていましたし、仕事を見つけるのも大変でしたから、わたしは喜んで引き受けました。だが皮肉なことに、任されたのがこの城だったというわけです。いまのわたしは、かつて祖先が支配していた城の執事に成りさがった。だが人生とはそんなものだ。違いますか？　確かなものなどひとつもない」

うなずいた。「わたしの家族も財産をすべて失いました。兄はいま自宅でかつかつの生活をしていますわ。厳しい時代です」

「我らが友人パトラスクがいなければ、わたしは政府関連機関でもっといい仕事を得ていたはずなんです」ドラゴミールはわたしに顔を寄せるようにして訊いた。「教えてください――パトラスクはわたしを陥れるようにとあなたを唆《そそのか》したんじゃありませんか？　それがあいつのやり方なんです――有罪にしたい人間を決め、その人間を逮捕し、証拠を作りあげるんですよ」

「あなたがグラスに毒を入れるところを見たんじゃないかと言われましたわ。そんなところは見ていないと答えました」

「あなたがたイギリス人は、常に紳士淑女として振る舞いますからね」彼は微笑んだ。「ですが、パトラスクという男を見くびってはいけない。彼は我が祖国で強大な権力を手にしています。ロシアのあやつり人形だという噂もあります。ロシアはこの地域にまで手を伸ばしたがっているんですよ。ニコラス王子が今回の件を自然死にしたがっている理由が、わたしにはよくわかります。このあたりではほんのささいな出来事が、国際問題になりかねないのです」ドラゴミールは小さなテーブルの上の花瓶の位置を直していたが、不意に顔をあげて言った。「ですから、わたしなら素人探偵のようなことはやめておきますね。あなたは火遊びをしているのですよ、お嬢さま。花嫁の付添人としての役割に満足して、ここで楽しいひとときを過ごしてください。それが若い娘さんのするべきことではありませんか？」

ドラゴミールは優雅にお辞儀をすると、部屋を出ていった。親しげな口調ではあったものの、そこには確かに脅すような響きがあった。彼はわたしの身の安全を気にかけているの？　それとも心配していたのは自分のこと？　このお城は彼の祖先のものだったという。一家の歴史を考えれば、バルカン諸国に恨みを持っていて当然だ。復讐したいという思いもあるかもしれない。国同士をいがみ合わせたいというのが、彼の思惑だったという可能性もある。

わたしは彼のあとを追うようにして応接室を出た。もしもドラゴミールが毒を入れた犯人だとしたら、事件のあとどうしてあれほど協力的だったんだろう？　食器を回収する手伝いをし、使用人に指示を与え、死体を寝室に運び、いかにも忠実な執事らしく振る舞っていた。なぜ？　疑われたくなかったから？　それともあの殺人は完璧だから、絶対に捕まることはないと信じていた？　あるいは間違った相手を死なせてしまったことで、良心の呵責を覚えていたのかもしれない。

あれこれと考えながら歩いているうち、いつのまにか午後のコーヒーが供されている長広間に来ていた。母が年配の伯爵夫人たちのグループにまじって、トルテを食べている。わたしを見つけて手を振った。

「これからブリッジをするところなの。いっしょにどう？」

「遠慮しておくわ。ブリッジは苦手なのよ。マッティはまだ仮縫いをしているのかしら？」

「あら、もう終わっているわよ。三〇分ほど前にやってきて、物欲しそうにケーキを眺めながらブラックコーヒーを飲んでいたわ。あの子はもっと食べなければだめよ。あれでは細すぎるわ。ヨーロッパの男性は、少しふっくらしている女が好きなのよ」

「ニコラス王子を見かけなかった？」

「昼食のあとは見ていないわね。アントンと狩りに出かけたんじゃないかしら。マックスもいっしょだと思うわ。あの人たちときたら、なにかを撃っているときしか満足しないんだから――もちろん、セックスは別だけれど」

「お母さま！」わたしは顔をしかめて見せた。

母は、心ゆくまでトルテを味わっているまわりの女性たちを見まわした。

「大丈夫よ、わかっていないから。彼女たちの英語はひどいものなの。それに、そろそろあなたも人生の現実と向き合うべきだわ。その方面に関しては、わたしは義務を怠ってしまったわね。男が考えていることはふたつしかないのよ。殺すこととセックスだけ」

「もっと高尚なことを考えている男の人は大勢いるわ。芸術や文化に興味のある人は」

「ええ、もちろんいるわよ。そういう人は同性愛者《フェアリー》よ。愛すべき人たちなのよ――機知に富んでいて、いっしょにいてとても楽しいわ。でもわたしのこれまでの豊富な経験からすると、機知に富んでいる人というのはベッドでは役立たずなの。その逆も真実よ」

母はケーキの最後のかけらを口に運ぶと、フォークをなめ――ここに男の人がいたなら、その舌の動きをなまめかしいと感じたに違いない――ブリッジ・テーブルの準備をしているほかの女性たちに加わった。わたしはコーヒーとケーキを持って、落ち着かない気分でソファに腰をおろした。ニコラスはまた狩りに出かけたらしい。ああいうところで誤った獲物を撃つことがどれほど簡単なのかをわたしは身をもって知っているし、ダーシーもだれかを都合よく殺すには狩りはうってつけだと言っていた。けれどいま、ニコラスのあとを追うわけにはいかない。戻ってくるのを待つほかはなかった。素人探偵は危険だとドラゴミールに釘を刺されたばかりだが、犯人をのぞけば、いまこのお城にいる人間で事実に気づいているのはおそらくわたしだけだ。ニコラスが戻ってきたら、すぐに警告しなければ。

ケーキは見るからにおいしそうだった——チョコレートとクリームとナッツが何層にもなっている。ひと切れ取ったものの、なかなか喉を通っていかなかった。最初の疑問——だれがニコラス王子を殺したがっているのか——に答えを出せないのであれば、次の問題を考えるべきかもしれない。なぜ？　人が殺人を犯すのには、いくつかの理由があることは知っていた。恐怖、利益、復讐。そのなかでも恐怖がもっとも切実な理由だろう。ここにいるいったいだれが、永遠に黙らせなければならないと思うほど王子を恐れているのだろう？　その疑問にも答えは出せなかった。ここにいる人たちのことをわたしはほとんど知らない。それでは、彼の死によって利益を得るのはだれかしら？　答えは明らかだ。アントン。もし兄が死ねば、彼が王位を継承することになる。それに彼には手段——化学の知識——があり、立ちあがって兄とグラスを合わせていた。いいえ、この理論は成り立たない。毒が赤ワインに入れられたのは、ニコラスが飲み物をシャンパンに切り替えたあとだ。アントンがそれを見ていなかったはずがない。

ほかにニコラスの近くにいたのはマッティだが、結婚式直前に彼女が花婿の命を奪う理由がない。ジークフリートとわたしは彼の向かいに座っていたが、わたしたちのどちらも犯人ではない。となると残るはやはりドラゴミールか、大金と引き換えに恐ろしい行為を引き受けた使用人のだれかということになる。あるいは、政治的な暗殺者かもしれない。それがもっとも筋の通った説明のような気がした。無政府主義者や共産主義者は、公衆の面前で殺人を行うことをなんとも思わないだろう。それどころか、大勢の人の前で派手なことをするのを好むものだ。たとえば、世界大戦勃発の原因となった、サラエボでの大公暗殺のように。

これはわたしの手に負えるようなことではない。任務を帯びて潜入してきた、高度な訓練を受けた共産主義者たちと関わったことがあるが、そんな経験は二度とごめんだと思っていた。ドラゴミールの言葉に従うことができれば、どんなにいいだろう。ほかの若い娘たちといっしょに、結婚式を楽しむことができれば。いまはただ、ダーシーがわたしをあてにしていないことを祈るほかはなかった。

26

ブラン城　長広間
まだ一一月一八日

なにかに気を取られた様子のマッティがやってきたとき、わたしはまだケーキをつついていた。

「ニコラは戻ってきた？」彼女が訊いた。アントンのようにニコラスのことをニッキーとかニックと呼ぶのではなく、フランス風に〝ニコラ〟と発音したことにわたしは気づいた。

「見かけていないわ」わたしは答えた。

「そう。こんなお天気の日に狩りに出かけるなんて、本当にばかみたいね。男の人ってなんて間抜けなのかしら――少なくとも、一部の男の人はそうね」

マッティはわたしの隣に腰をおろした。その目はじっとケーキを見つめている。

「男の人はふたつのことにしか興味がないって母が言っていたわ。殺すこととセックスですって」彼女の気を紛らわせようとして、わたしは明るく言った。

「みんなじゃないわ」マッティはケーキから視線をはずした。「わたしはパリで芸術家や作家といった人たちに出会った。ロマンチックな一面を持ち合わせていて、自分を表現できる人たちよ」

「母に言わせれば、そういう人たちはみんなフェアリーなんですって」

「みんなじゃないわよ」マッティは立ちあがると、細長いアーチ形の窓に歩み寄った。外は急に暗くなっている。「また雪が降りそうね。あの人たち、迷わないといいんだけれど。ドラゴミールに言って、だれかに探しに行かせたほうがいいかもしれないわ」

そう言ってマッティは長広間を出ていった。話し声と階段をのぼるブーツの音が聞こえてきたのは、それからほんの数分後のことだった。やがてニコラスとアントンが髪やまつげにまとわりつく雪を払いながら部屋に入ってきた。顔を輝かせ、いかにも楽しそうだ。

「花嫁があなたのことを心配していたわよ」わたしは近づいてきたニコラスに言った。

「たしかにばかげた振る舞いだったかもしれないな」ニコラスが応じた。「迷ってしまったし、マックスが雪の吹きだまりにはまったもので、引っ張り出してやらなくてはならなかった」

「それだけの苦労をしたあげくに、手ぶらで戻ってきたんだからな」アントンが言葉を添えた。「だが楽しかったよ。一日中城に閉じこめられているのはうんざりだ」

ふたりはまっすぐにコーヒーポットとケーキに歩み寄り、それからわたしの隣に腰をおろした。

「さっき、わたしに話そうとしていたことはなんだったんだい？」ニコラスが訊いた。「あのときはパトラスクに連れていかれてしまったが、まさか彼は殺人の容疑できみを逮捕しようとしているんじゃあるまいね？」

「実を言えばそうなの。わたしの部屋の衣装箱の中から、小さなガラス瓶が見つかったの。毒が入っていたに違いないって彼は考えているわ」

「なんということだ」ニコラスが言った。「だがいくらパトラスクほど鈍い男でも、まさかきみが自分でそこに隠したとは思っていないだろう？」

「わたしもそう言ったの。窓から雪の荒野に放ってしまえば、何カ月も見つからないんだからって」

「問題はだれがきみをはめようとしたかということだ」アントンが口をはさんだ。

「暗殺者だろう。あわてて逃げ出したときに」

「それともパトラスク自身かもしれない。わたしはそのほうが可能性が高いと思うの。わたしを脅して、ドラゴミールが犯人だと言わせたいのよ」

「つまり彼はドラゴミールが犯人だと思っているということか？　面白い。実はわたしも同じ疑惑を抱いていたんだ」ニコラスが言った。

「パトラスクは、ドラゴミールが犯人であろうとなかろうとどうでもいいんだと思うわ。あのふたりは長年の確執があるみたいなの――なにがあったのかはわからないけれど、彼はドラゴミールを陥れたくて仕方がないのよ。わたしはその手には乗らなかったわ。脅しになんて屈しなかった」

「たいしたものだ」アントンが言った。「ぼくはイギリス娘が大好きだよ。兄さんはどうだい？　彼女たちには、なににも負けない強さがある。ブーディカ（ケルト人イケニ族の女王。ローマ帝国の侵略軍に対し、大規模な反乱を起こした）をご覧よ」彼は手を伸ばし、わたしの膝をつかんだ。

「いい加減にしろよ、トニー。一度にふたりを追いかけようなんて、とんでもない」ニコラスが笑いながら言った。

「どうしてだめなのかわからないな。多いほど楽しいというのが、ぼくのモットーなんだ。実のところ、トルコ人に生まれなかったことが残念なくらいだよ。ハーレムはさぞ楽しいだろうと思うよ。ひと晩で何人とやれるのか、挑戦してみたかったよ」

「おまえはこちらの若い令嬢の感情を逆なでしているぞ」ニコラスが言った。

「いいえ、大丈夫よ」わたしは笑いながら応じたが、アントンは立ちあがった。「ぼくはベリンダを探してくるよ。彼女はぼくの偉業を聞くのが大好きだし、さらに話を楽しくしてくれるからね」

「いずれあいつは、人生を真剣に受け止めることを学ばなければいけない」アントンの姿が見えなくなったところで、ニコラスが言った。「父上はアントンに失望しているんだ。王子に生まれたことが、あいつにとっては不幸だった。ハリウッドで映画俳優になれば成功していただろうと思うよ――スタントマンのほうがもっと向いていたかもしれない」

　わたしはあたりを見まわした。女性たちはブリッジを始めている。数人の若い伯爵を相手に、長舌をふるっている老人がひとりいた。わたしはニコラスににじり寄った。

「さっきあなたに話そうとしたことだけれど」

「ああ、そうだった。なにか重要なことに気づいたのかい？」

「とても重要なことよ。とりわけあなたにとっては」わたしは事件について思い出したことを語った。「だからピリンが手にしたのは、あなたのグラスだったの」そう締めくくる。

ニコラスはしばらく無言だったが、やがてため息をついた。

「目が覚める思いだよ。暗殺の危険があることはわかっていても、それが現実になるとやはりショックだ。だがそういうことなら、どこかのいまいましい無政府主義者の仕業であることは間違いないだろう。パトラスクが言ったとおり、使用人に金を払って実行犯に仕立てあげたのかもしれない」

「ほかにあなたの死を望むような人に心当たりはない？　あなたに強い敵意を抱いている人はここにはいない？」

ニコラスは苦々しげに笑った。「自分のことは人好きのする男だとずっと思っていたんだが。敵を作るような人間ではないとね」

「でも政治がからんでいるとしたら、どうしてあなたじゃなくてお父さまを狙わなかったの？」

「ふたつの理由が考えられる。あの夜、父上はここにいなかった。雪崩のせいで峠を越えられなかったからだ。計画があの夜のために立てられたものだったとしたら、犯人は次善の策としてわたしを狙ったのかもしれない。ふたつ目は、殺すのは父上でもわたしでもどちらでもよかったのかもしれないということだ。サラエボの大公を思い出してごらん。彼はハプスブルグ家でそれほど重要な地位にいたわけではなかったが、それでもあの事件が世界大戦を引き起こしたんだ」

わたしは身震いした。「なんて恐ろしい。常に危険にさらされながら生きていかなければならないなんて」

「わたしたちに選択肢はない。王家はその地域に安定と文化をもたらすと思いたいが、結局は陰謀と暴力を育んだにすぎない。このあたりでは、初めから互いを殺し合っていたんだよ。この地を支配していた一族は、とりわけ凶暴だった。串刺し公ヴラドとその子孫だ。きみも聞いたことがあるはずだ。とんでもない輩《やから》だった。残虐で冷酷で。わたしはここの書斎で何冊か本を読んだんだが、その悪辣な所業には吐き気がしたよ。ヴラドはドラキュラになって、いまもまだ生きていると主張する地元の人間がいるし本もある」

そう言ってニコラスは笑った。

「まあ、あなたったらここにいたのね」マッティが部屋に入ってきて、ニコラスの額にキスをした。「心配したのよ。頭にまだ雪がついているわ」

わたしは気を利かせ、ふたりを残して部屋を出た。自分の寝室に戻り、窓の外に目をやった。雪が勢いよく降っていた——大きな雪片が小塔のまわりを舞っている。とたんに、あの峠のどこかにいるダーシーのことが頭に浮かんだ。あそこにある宿屋に避難していればいいのだけれど。いまはただ、すべてが終わってくれることを祈るばかりだ。

クイーニーはどこだろうとふと考えた。きっとまだ厨房にいて、ケーキに顔を突っ込んでいるに違いない。いっしょにロンドンに戻ることがあったとしても、ベークド・ビーンズとトーストでわたしが生き延びていることを知ったとたんに、さっさと逃げ出すことだろう。探しに行こうかとも考えたが、顎から血を滴らせていたマッティの姿が脳裏から離れなかった。ヴァンパイアの存在など信じたくはないけれど、自分が見たもののことははっきりと覚えている。彼女が本当にヴァンパイアだとしたら、次の食事になるつもりはなかった。

うろうろと部屋を歩きまわった。じきに晩餐のための着替えを始めなければならないが、イブニングドレスをひとりで着るのはほぼ不可能だ。母の部屋に行き、約束してくれたとおりメイドに髪を整えてもらおうかと考えた。ちゃんとした髪形にしたら、わたしはどんなふうに見えるかしら？　クイーニーはまだ帰ってこない。中になにかが潜んでいるような気がして、わたしはおそるおそる衣装ダンスを開けた。人前に着ていける唯一のディナードレスを取り出したが、三晩続けてこれを着ていくわけにはいかなかった。かといって、焦げたドレスを着ることもできない。お母さまがあんなに小柄でなければよかったのに、とわたしは思った。母が美しいドレスを山ほど持ってきていることはわかっていた。ふとひらめいた。ベリンダも最新流行の服をたくさん持っているはずだ。そのうちの一着を貸してもらえるかもしれない。

ひとつ目の階段を駆けおり、ベリンダの部屋がある廊下を走った。ある部屋の前を通りかかったところで、話し声がした――低く落ち着いた男の声と、怒りに甲高くなった女性の声。「なにを考えていたのよ?」彼女はフランス語で言った。「どうしてあんなことを? すべてが台無しになってしまうかもしれないのよ」

男の返事は聞こえなかった。興味を引かれながらも、そのまま廊下を進んだ。ベリンダの部屋だとおぼしきドアをノックしたが、彼女のことだから部屋の中でなにが進行中なのかはだれにもわからない。わたしはじっと待ち、あきらめて引き返そうとしたところでドアが開いて、ベリンダが寝起きの顔で現われた。

「あら」わたしを見て、がっかりした表情になる。「アントンだとばかり思ったの。ごめんなさい。どうしても我慢できなくて、夕食前にひと眠りしていたのよ。もう着替えの時間?」

「そろそろね」

「それじゃあ、入って」ベリンダに通されたのは、小さな正方形の部屋だった。ベリンダはすぐにベッドに戻って、再び目を閉じた。わたしは部屋の中を見まわした。このお城の基準からすると、ずいぶんと地味だ。ぞっとするような衣装ダンスも衣装箱もない。

「あなたの着替えはだれが?」わたしは尋ねた。「トランクに入れてメイドを連れてきたわけじゃないでしょう?」

「フローリーは置いてきたのよ。外国に来ると、あの子はとても情緒不安定になるんですもの。幸い、マッティがとても親切にしてくれて、自分の着替えが終わると、メイドをよこしてくれるの。マッティの部屋はすぐ隣なのよ。見ればわかるでしょうけれど、ここは元々、着替え室だったんだと思うわ。実を言うとすごく不便なのよ。夜の訪問者がたびたびあるというのに、壁はちゃんと防音ができていないんですもの」

わたしはベッドに腰掛けた。「ベリンダ、そんなことをしていて心配にならないの？　ほら、身ごもってしまったらどうしようって？」

ベリンダはくすくす笑った。「あなたったら本当におかしくなるくらい古臭い言葉遣いをするのね、ジョージー。フレンチ・レター《コンドーム》とかダッチ・キャップ《ペッサリー》とかいう便利なものがあるのよ。それにもしできてしまったら、ボーンマス近くの海岸に小さなクリニックがあるわ。相手の男の人がそのために必要な資金は出してくれるでしょうしね」ベリンダの顔から笑みが消えた。「そんなに恐ろしい顔をしないの。みんなしていることなのよ。もちろん、結婚していれば話はもっと簡単だわ。名目上の父親に赤ん坊がいくらかでも似ていれば、クリニックなんて必要ないんですもの。現実を受け入れなさいな、ジョージー——わたしたちの階級の人間にとって、大勢の人と関係を持つのは人気のあるスポーツのようなものよ。狩りや射撃や釣りの合間の長い時間をそうやって過ごすの」ベリンダはまた声をあげて笑った。

「結婚を考えたことはないの？」

「お金があって、退屈で、できれば年を取っていて目が悪い人がいたら、するかもしれないわ」ベリンダは両手でわたしの頬をはさんだ。「わたしはこの人生を楽しんでいるの。スリルがたまらないのよ。ひとりの人に縛りつけられている自分なんて想像できないわ」

「あなたもお母さまも、きっとどこか別の惑星から来たのね。ひとりの人と添い遂げるのは、わたしには素晴らしいことに思えるけれど」

「問題はその相手よ、ジョージー」ベリンダは息を吐きながら、また枕に頭をもたせかけた。「あなたの愛しのダーシーは、温かな家庭を築くだけの財力も性格も持ち合わせていないわ。それどころか、自分の才覚で世の中を渡り、世界を駆けめぐる、謎めいた男になりつつあるように見える」

わたしはため息をついた。「あなたの言うとおりかもしれない。彼に心を奪われたりしなければよかったのにと思うの。でも手遅れだわ。だれもがわたしに、分別ある結婚をしろって言うわ――その気になれば、アントンのような人とでも結婚できたかもしれない。でもその気になれないのよ。それに、いつ暗殺されるかわからないようなところでなんて、とても暮らせないもの」

「ばかなことを言わないのよ、ジョージー。アントンも彼の家族も大丈夫よ。だれが彼らを殺したいと思うわけ？」

ベリンダはなにも知らないことを思い出した。うっかり口を滑らせてしまう前に、わたしは立ちあがった。「ベリンダ、実はお願いがあって来たの。メイドのクイーニーがわたしのイブニングドレスを派手に焦がしてしまったのよ。同じドレスを毎晩着るわけにはいかないから、もしよければあなたのドレスを貸してもらえないかと思って」

「あなたのメイドって、本当に救いようがないわね」ベリンダが言った。「次はいったいなにをするかしら？　朝の紅茶をあなたに浴びせて、ひどい火傷を負わせるかもしれないわね。

雪に閉じこめられたのは運が悪かったわ。そうでなければ、次の列車で送り帰すことができたのに」

「彼女はとてもひとりではヨーロッパを横断できないわ」こんな状況でありながら、思わず笑みがこぼれた。「どういうわけかコンスタンチノープルにたどり着いて、気がつけばハーレムにいるでしょうね。あのあたりでは大柄でふっくらした女性が人気なんでしょう？」

ベリンダもベッドからおり、金の縁取りがしてある白い衣装ダンスに近づいた。

「貸してあげられると思うわ」そう言いながら、タンスを開ける。少なくとも一〇着のドレスが吊るされていた。

「ベリンダ――あなた、いつまでここにいるつもりだったの？」わたしは驚いて尋ねた。

「外国にどれくらいいることになるのかなんて、だれにもわからないわ。だれかと出会って、その人から南フランスやロアールのシャトーに招待されるかもしれないでしょう？　だから、常に準備をしておくほうがいいのよ」

わたしは一枚ずつドレスを吟味し、一番控え目なものを選んだ――淡い青緑色の直線的でシンプルなドレス。

「いいドレスを選んだわね」ベリンダがにこやかに言った。「まったくわたしの好みではないのだけれど、だれかのご両親の前で純情そうに振る舞わなきゃいけなくなったときのために持ってきているのよ」

「あなたはわたしの母よりもいい女優なんじゃないかしら」わたしは冗談を返した。

「あなたもそろそろ演じることを覚えるべきよ。そうすれば、自分がなにを逃しているのかがわかるわ」ドレスを抱えて部屋を出たわたしに、ベリンダは背後から声をかけた。「あなたのメイドがアイロンを持っているときには、そのドレスに近づかせないでね」

廊下に出たときには、隣の部屋から物音は聞こえなかった。そこがマッティの部屋であることに気づいて、わたしはひどく驚いた。彼女といっしょにいたのはだれ？　マッティがフランス語で話しかけていた男性は？　彼女はいつもニコラスとはドイツ語で話している。お父さまかしら？　母親はフランス人だから、彼女の家ではフランス語が使われているのかもしれない。でもジークフリートはドイツ語を話していることのほうが多い。わたしは部屋の中をのぞきたいという誘惑にかられた。ドアに近づき、膝をついて鍵穴に目を当てた。けれど、なにも見えない。向こう側から鍵が刺さっているらしい。

背後から軽やかな足音が聞こえてきたのはそのときだった。伯爵夫人のお目付け役ふたりがこちらに近づいてくる。自分の部屋があるわけではない廊下にうずくまっているわたしに好奇の目を向けていた。

「わたし――その――指輪を落としてしまって」わたしは弁解した。「手が冷えると、時々はずれるんです」

「それなら、探すのをお手伝いしましょう」ひとりが言った。

「いいえ、大丈夫です。もう見つけましたから」わたしはあわてて立ちあがった。「ご親切にありがとうございます」

急いでその場を立ち去ろうとすると、ふたりがドイツ語で言葉を交わすのが聞こえて、頬が熱くなった。

無事に自分の部屋にたどり着くと、安堵のため息と共にドアを閉めた。やはりクイーニーの姿はない。いくらなんでもひどすぎる。彼女がいたからといって着替えの役に立つわけではないが、必要なときにはそこにいてもらわなければ困る。わたしはベッドにドレスを置くと、断固とした足取りで厨房に向かった。階段をおりていると、使用人がひとりあがってきた。彼女は膝を曲げてお辞儀をした。

「わたしのメイドは下にいるかしら？」そう言ってから、同じことをフランス語でもう一度繰り返した。「メイドを探しているの」

「いいえ、お嬢さま」彼女はフランス語で答えた。「下にはだれもいません」

ということは、クイーニーは自分の部屋で長い昼寝をしているに違いない。彼女はわたしが知るだれよりもよく眠る。彼女の部屋があるとおぼしき塔の螺旋階段をのぼって、すきま風が吹きぬける凍えそうな廊下に出た。クイーニーが毛布にくるまって暖を取っていたとしても、責められない気がした。どれが彼女の部屋だっただろうと考えているとドアが開いて、上品な黒い服を着た若い女性が出てきた。

「なにかご用でしょうか、お嬢さま？」彼女はフランス語で尋ねた。

クイーニーを探しているのだと答えた。

「彼女の部屋は隣です。ここです」隣のドアを指差す。「でもいまはいないと思います。失礼します。王女さまの晩餐のお着替えを手伝わなければいけませんので」

クイーニーの部屋のドアを開け、明かりのスイッチを探したが、見つけることができなかった。だが廊下の薄明かりの中でも、部屋が空であることはわかった。ベッドは整えられている。クイーニーは確かにいなかった。

27

まだ一一月一八日
クイーニーの行方がわからない。

わたしは困惑して引き返した。少し心配になり始めていた。いったいどこに行ったんだろう？　男性使用人とひそかに逢い引き？　だがゆっくり考えている時間はなかった。晩餐用のドレスをひとりで着るのであれば、急がなくてはならない。幸いなことにベリンダのドレスは脇にファスナーがあって、背中にフックはついていなかったので、四苦八苦しながらもなんとか着ることができた。髪を梳き、鼻に粉をはたいて、身づくろいを終えた。やはりクイーニーは戻ってこない。不安が募り、いらだちを覚えた。彼女はいったいどこにいるの？

宴会場の外にある長広間に行ってみると、そこは人であふれていて、前夜よりさらに豪華な飾りつけが施され、宝石の輝きに満ちていた。そしてティアラ。ああ、どうしよう、ティアラをつけてこなければならなかったらしい。自分の部屋まで急いで取りに帰っている時間はあるだろうかと考えていると、ジークフリート王子につかまった。

スだ」

「とても魅力的だ、レディ・ジョージアナ」彼が言った。「まさにこの場にふさわしいドレ

「ティアラをつけなければならないことを知らなかったんです。部屋に置いてきてしまった

わ」

「気にしなくていい。きみはそのままでも充分に美しい」

どうして彼はこんなに優しいのかしら？　わたしがなにか気づいていることを悟って、そ

れを喋らせないようにするため？

「今夜もわたしにきみをエスコートさせてもらえるだろうか？」彼はそう言うと、腕を差し

出した。とても断ることなどできず、わたしはおとなしく彼に連れられて人ごみの中央へと

進んだ。彼の両親はどこだろうと考えたところで、トランペットが鳴り響き、普段にも増し

て堂々たる態度のドラゴミールが歩み出た。

「新婦のご両親であられるルーマニアの国王、王妃両陛下、新郎のご両親であられるブルガ

リアの国王、王妃両陛下のご入場です」

人々は左右に分かれ、彼らのお辞儀を受けながら二組のロイヤルカップルはそのあいだを

進んだ。ふたりの王妃陛下は王冠を頭に載せ、宝石で全身を飾っている。一行が目の前を通

りすぎるときには、わたしも膝を曲げてお辞儀をした。ルーマニアの国王陛下がわたしに手

を差し出し、にこやかに微笑んで言った。「とても美しい」

わたしたちは、陛下たちに続いて宴会場へと進んだ。わたしの席はジークフリートの向か

いで、彼の両親からさほど離れていないところだった。隣の席が空いていて、わたしはマッティの姿が見えないことに気づいてあたりを見まわした。食事の始まる直前になって、うろたえた様子のマッティが駆けこんできた。

「ごめんなさい、お母さま、お父さま。寝坊してしまったの。役立たずのメイドが起こしてくれなかったんですもの」

妙だわと、わたしは思った。メイドは充分間に合うように、彼女の部屋に行ったはずだ。それにいまの言葉で、彼女と言い争っていた男性が父親でないこともわかった。最初に運ばれてきたのは、濃厚なハンターズ・スープだった。マッティはほんのひと口かふた口飲んだだけで、あとはかきまぜているだけだ。わたしはと言えば、さっき寝室で彼女といっしょにいた人物に、おおいに興味をそそられていた。テーブルの左右を見渡し、あちらこちらの若き伯爵や男爵を眺めながら、名前を思い出そうとした。ゆうべ乾杯をしながら、ニコラスはひとりひとり名前を挙げていたはずだ。彼らの大部分はフランス語ではなくドイツ語で話をしている。となると、マッティがドラゴミールのような立場の人間と話をしていたというのが残る唯一の可能性だが、使用人を寝室に入れるのは許されることなのだろうか？　それもメイドがその場にいないときに？　ひょっとしたらベリンダがなにかを耳にしているかもしれないが、彼女はいまテーブルの向こう側の端で年配の紳士ふたりにはさまれて、退屈そうな顔で座っている。ふたりの紳士のほうは、彼女の隣に座ったことで明らかに舞いあがっている。面白いことに逆の反対側の端では、母が同じような表情を浮かべていた。あのふたりは本当によく似ている。わたしではなくベリンダが母の娘だったら、なにもかもがずっと簡単だっただろうに。

飲み終えていないマッティのスープがさげられ、鱒《ます》の料理が運ばれてきた。今回ここに来たことの利点のひとつがおいしい料理を食べられることだが、いまのわたしはマッティと同じくらい食べることに問題を抱えていた。ジークフリートがなにか言ったので、わたしはうなずき、笑みを返した。不安が胃のあたりに居座っている。いったいクイーニーはどこにいるの？　外に出たはずはないから、お城のどこかにいるはずで、だとすれば安全だ。彼女のことだから暖かな居心地のいい場所を見つけてそこで眠ってしまい、今頃は目を覚ましてうしろめたい思いをしているのかもしれない。

わたしはレタスの葉の下に鱒を隠そうとしているマッティに目を向けた。

「どうかしたの？」小声で尋ねる。

「いいえ、どうもしないわ。なぜどうかしたと思うの？　でも、ついいましがた、あの人が毒を盛られたって聞いたわ。メイドが教えてくれたの」

「メイドが？」懸念が湧き起こった。「メイドがどうしてそんなことを知っていたの？」

「パトラスクの話を耳にはさんだそうよ」

「そう」なにかを聞きつけた人間はいったい何人いるだろう？　ひょっとしたら、殺人のことは、もう大勢の耳に入っているのかもしれない。使用人ですら知っているのなら、ニコラスの父親に隠しておくのは無理だ。

わたしはマッティの顔を眺めた。彼女のメイドはどこまで聞いたのだろう？　あの毒が、実はニコラスに対して盛られたものだったことを知っているのだろうか？　そんなふうには見えなかった。

「本当に腹立たしいわ。せっかくの結婚式なのに、まるで悪夢になってしまったみたい。そもそもこのお城に来ることをどうしてあんなにいい考えだと思ったのか、自分でもわからない。ブカレストの宮殿に残っていてもよかったのに。そうしたらお芝居に行ったりして、楽しいこともたくさんあったのに」

彼女の父親である国王陛下が立ちあがったので、マッティは言葉を切った。ドラゴミールが小槌でテーブルを叩いた。「お静かに。ミハイ国王がお話しなさいます」

国王はここにいるすべての人々、とりわけ新郎とその両親を歓迎すると述べ、二国間の友情が永遠に続くことを祈って乾杯のグラスを掲げた。全員がグラスを口に運んだものの、事情を知っているわたしたちはほかの人たちに目を配りながら、おそるおそる中身を飲んだ。だが今度はだれも倒れたりしなかったので、国王は言葉を継いだ。

「我が娘の婚姻の儀のためにお集まりいただいたわけですが、近々二度目の祝典が行われる運びになったことをうれしく思っています。花嫁を娶《めと》ることにしたという報告が息子からありました」好意的なざわめきが起こった。「尊敬すべきヴィクトリア女王の子孫を、再び我が一家に迎えられることをわたしたちは大変喜んでいます。彼女の父親はわたしのよき友人であり、彼女が娘になることがわたしは楽しみでなりません」

いったいだれのことを言っているのだろうと、わたしはきょろきょろとあたりを見まわした。

陛下はグラスを手に取った。「それでは皆さん、乾杯をお願いいたします。わが息子ジークフリートと、未来の花嫁レディ・ジョージアナに」

全員が立ちあがった。わたしは深い井戸の底にまっさかさまに落ちていくような気分だった。〝いやあーーー！〟と叫びたかったが、だれもが笑みを浮かべて、わたしに向かってグラスを掲げている。

「ずるいわ、ジョージー。話してくれなかったわね」マッティがわたしを抱きしめ、両方の頬にキスをした。「わたしはジークフリートと結婚したいとは思わないけれど、あなたが義理のお姉さまになってくれるのはすごくうれしいわ」

この場のわたしになにができただろう？　礼儀作法をいやというほど叩きこまれて育ったのだ。淑女は決して晩餐の席で騒ぎを起こしてはいけない。淑女は決して国王に反論してはいけない。けれどここにいる淑女は、一〇〇万年たってもジークフリート王子とは結婚しないだろう。ジークフリートはわたしに向かってグラスを突き出し、魚のような唇をキスの形にすぼめている。ああ、神さま、どうか彼とキスをしなくてはいけないなどと言わないでください。人々が再び腰をおろしたのを見て、わたしもキスを要求される前に急いで座ろうとした。給仕係が椅子を引いてくれていたことには気づかなかった。グラスを手に立っていたはずのわたしは、次の瞬間にはなにもないところに腰かけようとして、悲鳴をあげながらテーブルの下に倒れこんでいた。当然ながら、全員の視線が一斉にこちらに向けられた。あられもない格好で倒れていたわたしは助け起こされ、椅子に座らされたものの、恥ずかしさで顔は燃えるようだ。まわりの人々は口々に怪我をしなかったかと尋ね、シャンパンのグラスを差し出した。「シャンパンの飲みすぎかしら」とか「ヒステリーの発作ね、かわいそうに」などという声が聞こえてきた。

このままテーブルの下に潜りこんで逃げ出せるものなら、そうしていただろうと思う。だがそこは脚でいっぱいだった。次の料理――剣の上で肉が炎をあげているハンガリー風料理――が運ばれてきたときは、心の底からうれしかった。人々はそれを見て感嘆の声をあげたが、わたしはだれかほかの人間の人生を描いた映画を見るようにそれを眺めていた。こんなことが自分の身に起きるはずがない。わたしはいったいいつジークフリートに、彼との結婚を前向きに考えていると思わせてしまったんだろう？　ゆうべ、気を引くような態度を取ったことは事実だ。ピリン元帥の部屋に行こうとした彼を引き留めるために、踊ってほしいとわたしから頼んだ。彼はそれを、わたしの気持ちが変わった証だと受け取ったんだろうか？　それに、今夜彼はなにかをわたしに尋ねたけれど、よく聞き取れなかったので、適当にうなずいて笑顔で応じてしまった。あのとき、気持ちが変わったかどうかを尋ねていたのかもしれない。料理や天気の話をしているだけだと思っていたのに。絶望的な状況だった。〝跡取りを産む〟という言葉が頭の中でぶんぶんとうなっている。ベリンダが笑いながら提案した言葉が思い出されて、わたしは目を閉じてイギリスのことを考えた。

絶対に無理だ。たとえどこかの小塔から身を投げなければならないとしても。いや、そこまで極端なことをする必要はない。たとえば農民のふりをしてアルゼンチンに逃げてもいいし、エセックスでおじいちゃんと暮らしてもいい。とにかくジークフリートと結婚するつもりはなかったが、だれの面目もつぶさない方法を考える必要があった。彼が女性よりも男性に興味を持っていることに初めて気づいたふりをして、そんな性癖を許すわけにはいかないと彼の両親に訴えるのはどうかしら？　きっとうまくいくだろう。だが今夜はだめだ。この場では。いまはジークフリートの婚約者でいるほかはなかった。

死人が出ることもなく、事件や意外なできごとも起こらないまま、食事は無事に終わり、わたしたち女性陣はコーヒーと食後酒を楽しむために客間に案内された。気づかれることなく逃げ出せるだろうかと様子をうかがっていると、ルーマニアの王妃陛下が両手を広げてわたしの前に立った。

「わたくしは言葉にできないくらいうれしく思っていますよ。こうなることをわたくしたちも、あなたの国の王家の親戚たちも心から願っていたのです」

わたしはそのとき、はっきりと悟った。今回の旅は最初から、わたしをジークフリートと結婚させるための策略だったのだ。教養学校時代、わたしは決してマッティと仲がよかったわけではないし、本当ならばメアリ王妃陛下は、わたしではなく自分の娘を結婚式によこすべきだった。アメリカのギャング映画をきどるなら、わたしははめられたのだ。罠にかけられた。だまされた。女性たちがわたしを取り囲み、軽く叩きながら口々にお祝いの言葉を述べている。母ですらやってきて、頬にキスをした。「賢明な判断よ」わたしの耳元で囁く。「洋服代がたっぷりもらえるし、彼があなたをわずらわせることもないわ。ダーシーは黒髪だから、赤ん坊についてはちょっと問題かもしれないけれど、ジークフリートの母親も黒髪だから大丈夫」

顔をあげると、ベリンダが驚いたような、面白がっているような顔でわたしを見ていた。まわりから人がいなくなるのを見計らって、わたしを脇へと連れていく。「あなた、頭がどうかしたの？　それほど切羽詰まっていたとは思わなかったわ」

「切羽詰まってなんかいないわよ」わたしは応じた。「とんでもない誤解なの。彼と結婚するなんてひとことも言っていないのに、ゆうべちょっと彼の機嫌を取らなくてはならないことがあったものだから、それを都合よく解釈したみたいなのよ。いったいどうすればいいかしら、ベリンダ？」

「わたしを花嫁付添人にしてくれる？」また笑いがこみあげてきたらしい。

「冗談じゃないんだから」わたしはぴしゃりと言った。「助けてちょうだい」

「あなたはヴァージンじゃないって彼に言うといいわ。ジークフリートのような人には、重大なことのはずよ」

「でもわたしはヴァージンなのに」

「それなら大急ぎでそうじゃなくなるのね」

「ありがたい助言だわ」わたしは引きつったような笑い声をあげた。「でもどうやって？

ダーシーはまたどこかへ行ってしまったし、ほかのだれかにそんなことを頼むほど必死になっているわけでもないわ」

「アントンを貸してあげてもいいわよ」まるで手袋の貸し借りの話をしているような口調だった。

「ベリンダ、あなたったら真面目に考えてくれていないでしょう」

「だってこんなに面白いことってないじゃないの。あなたは魚顔夫人になるのよ。王妃になることは約束されているから、フィグはあなたにお辞儀しなくてはならなくなるわ」

「だからといって、魚顔と結婚する理由にはならないわよ。今日は人生最悪の日だわ。そういえば、わたしのメイドを見かけなかった？」

「きっとまたこっそりケーキを食べに行っているのよ」

「それが違うの。訊いてみたけれど、下にはいなかったわ。自分の部屋にもいないの。いろいろとあったあとだし、心配になってきて」

「どういうこと？」ベリンダに訊かれ、彼女が殺人について知らないことを思い出した。

「ヴァンパイアとかそういうことよ」わたしが答えると、ベリンダはまた笑った。

「ジョージー、このお城にヴァンパイアがいるなんて本当は信じていないんでしょう？」

「こんなところにいると、どんなことでも信じられる気がするわ」

「お嬢さま、お祝いの言葉を述べさせてください」すぐうしろで低い声がした。振り返るとドラゴミール伯爵が深々とお辞儀をしていた。「我が国の皇太子妃さまとなったあなたにお仕えする日を楽しみにしております」

引きさがろうとした彼をわたしは呼び止めた。「ドラゴミール伯爵、少しいいかしら」

「もちろんです、殿下」彼は片手を胸に当ててお辞儀をした。わたしは殿下に昇格したらしい。

彼を少し離れたところに連れ出した。「ドラゴミール伯爵、わたしのメイドの姿が見えなくなったので心配しているんです。夕食の着替えのときにも現われなかったし、部屋にもいませんでした。彼女を見かけなかったか、ほかの使用人に訊いてもらえませんか？　できれば、彼女を探すように手配していただきたいんです。どこかに迷いこんで、暗い階段に落ちているのかもしれません」

「ごもっともです。入ってはいけない場所に入ってしまうと、このようなお城には危険な場所がたくさんあります。ですが、どうぞご心配なさいませんように、お嬢さま。ただちに使用人を探しにやります。わたしどもが必ず見つけます」ドラゴミールが再びその場を去ろうとしたところで、レディ・ミドルセックスとミス・ディアハートがそろって部屋に入ってきたのが目に留まった。もうひとつ彼に尋ねておこうと決めた。

「ドラゴミール伯爵、あそこにいるイギリス人女性ですが――夜中に若い男性が廊下をうろついているのを見かけたと言うのです。その同じ男性が、アーチの陰から最初の日の晩餐を眺めていたそうです。それが何者なのか、あなたに心当たりはありませんか？　それとも侵入者がお城に隠れていることは可能でしょうか？」

「どうやってこの城に侵入するというのです？」ドラゴミールが訊いた。「ご自身でご覧になったはずです。入り口は一カ所だけで、そこは常に警備されている。そこを通らずに入ろうとすれば、空を飛ぶほかはありません」

「それとも壁をよじのぼるとか？」わたしは切り返した。

ドラゴミールは笑って言った。「ヴァンパイアの噂をお聞きになったんですね？　正気の人間は城の壁をよじのぼろうとは思いませんよ」

「それでは、見慣れない若い男性を見たという使用人はいないのですね？　色が白くて、金色の髪の男性です」

「いません。使用人はだれひとりとして、この城の中に知らない人間を見てはいません。もし見ていれば、すぐにわたしに報告があるはずです。申し訳ありませんが、イギリス人のご友人は想像をたくましくされたのでしょう。ここに到着されたとき、大変、動揺されていたようですし。殿下の婚約者は金色の髪をなさっています。彼を見かけたのではないでしょうか」

わたしはなんとかしてこの件を真剣に受け止めてもらおうと思い、わたし自身もその若者を見かけたこと、部屋にあった肖像画がどういうわけか違うものに替わっていたことを説明したが、ドラゴミールは「申し訳ありません、殿下。わたしはほかに用事がありますので」と言い残し、こちらを向いたままその場からあとずさっていった。

もしわたしが本当に王妃になったら、ほかの人たちはわたしに背を向けないようにあとずさらなければならないのだと考えて妙な気持ちになっていると、ミス・ディアハートを従えたレディ・ミドルセックスが近づいてきた。

「意外な展開になりましたね」彼女が言った。「いい相手を選ばれたと思いますよ。王妃陛下もお喜びになるでしょう。おめでとうございます」

わたしは弱々しい笑みを浮かべてうなずいた。「ミス・ディアハートが見たという若者を使用人のだれかが見かけていないかどうか、ドラゴミールに訊いてみましたが、お城に侵入することは不可能だというのが返事でしたわ」

「自分がなにを見たのかはわかっています」ミス・ディアハートがきっぱりと言った。「わたしが正しかったことを証明してみせます。このお天気では逃げられませんから、きっといずれは見つけます。いつも笛を持ち歩いているので、その男を見かけたらすぐに吹き鳴らします」

「言葉に気をつけなさい、ディアハート――ほら、あのとんでもない男が来ましたよ」

レディ・ミドルセックスはちらりと背後に目を向けた。案の定、ふたりの部下を従えたパトラスクが客間に入ってきた。だれもが晩餐用に身なりを整えている中、彼だけはまだ襟を立てた外出用の黒いコートを着たままだ。戸口に立ち、部屋の中を見まわしている。冷たい風が突然吹きこんだように感じられ、女性たちは会話の途中で凍りついた。パトラスクはものうげに手を振って言った。

「お邪魔をするつもりはありません。どうぞ話を続けてください」

パトラスクはわたしを見つけるとまっすぐに近づいてきた。女性たちは彼を避けるように道を開ける。

「お祝いを言わなければならないそうですね。気が変わって、彼の申し出を受けたというわけですね、イギリスからいらしたレディ・ジョージアナ？　じきにあなたはわたしの国の一員となる。その日が楽しみですよ」

そこにはやはり脅すような響きがあった。〝じきにわたしはあなたを支配できるようになるんですよ〟だがわたしはひるむことなく優雅にうなずき、お礼を言った。

「殿方たちはまだ晩餐の席ですわ、ミスター・パトラスク」王妃陛下がよく通るフランス語で言った。「わたくしたちはコーヒーとブランデーを静かにいただきたいので、邪魔はしないでくださるかしら」

「仰せのとおりに」パトラスクは礼儀を失しない程度のお辞儀をすると、部屋を出ていった。わたしはほっとして息を吐いた。

「あの男のことなど気にすることはありませんよ」王妃陛下はわたしに手を差し出しながら言った。「どうして彼があなたにこれほど興味を持つのかはわかりませんが、とにかく無視することです。わたくしたちはみな、そうしています。さあ、こちらに来てコニャックをおあがりなさい。顔色がひどく悪いですよ」

陛下は女性たちの輪の中にわたしを引き戻した。

間もなく、男性陣もやってきた。ジークフリートとニコラスが近づいてきたかと思うと、ジークフリートはわたしの手を取り、魚のような冷たい唇を押しつけた。おえっ。手にキスされただけでこれほどぞっとするのなら、本当のキスはいったいどんな感触がするのか、考えたくもなかった。

「きみはとても賢明な女性だ。いい選択をしたと言わせてもらおう。必ずや、幸せな人生が送れるだろう」

なにも言葉が見つからなかった。ただかろうじて笑みを作り、床がぱっくり割れてわたしを呑みこんでくれることを祈るばかりだ。幸い今夜はマッティがダンスをしようと言いださなかったので、ジークフリートと踊ることは免れた。代わりに持ち出されたのはルーレットで、やがてわたしにとっては巨額のお金が賭けられ始めた。

「きみは何歳だね、ジョージアナ?」ジークフリートが訊いた。

二二歳だと答えると、彼は二二のところにチップの山を置いた。「きみに敬意を表して」彼が言った。「きみが幸運を呼んでくれる気がするのだ」

その言葉どおり、ルーレットはその次の回で二二を出した。ジークフリートは笑みを浮かべ、チップの山をわたしの前に持ってきた。わたしは自分がなにをしているのかまったくわからないまま、適当なところにチップを置いたが、なにをしても今夜のわたしは負けることがないらしかった。パトラスクとドラゴミールのふたりが暗がりからこちらを見つめていることに気づいた。

「ツキが逃げる前に、あなたにチップを返しておいたほうがよさそうですね」それ以上の緊張に耐えられなくなったところで、わたしは言った。

「わたしといる限り、きみのツキが逃げることはない。それにもちろん勝った分はきみのものだ。婚礼の準備に必要だろう」

チップを現金に換えてみると、驚いたことに数百ポンドも勝っていたことがわかった。これがほかのときであれば、予期せぬ大金に安堵し、おおいに喜んだのだろうけれど、今夜は自分の馬がダービーに出ることを知らされた死刑囚のような気分だった。

それ以上留まる必要がなくなったところでわたしはすかさずその場を抜け出し、部屋に戻った。やはりクイーニーの姿はない。恐怖が募った。人間が理由もなくいなくなるわけがない。人がひとりすでに殺されているのだ。クイーニーは殺人者に出くわしたんだろうか？いてはいけないときに、いてはいけない場所にいたんだろうか？もしも犯人が例の金髪の若者だとしたら、クイーニーは一度自分の部屋で会っているから、次に会ったときには彼だということがわかる。もちろんそれはわたしにも言えるから、わたしもまた危険にさらされているということになる。わたしは部屋を横切り、窓の外をのぞいた。雪は小降りになっていて、外には沈黙が広がるばかりだ。

「ダーシー、あなたがいてくれたらどんなによかったかしら」わたしは暗闇に向かって言った。「あなたが無事であることを祈るわ」

鎧戸をおろし、厚手のカーテンを元通りにして、消えかかっている暖炉の炎を見つめた。腕時計のぜんまいのように、神経がぴりぴりと張りつめている。たった一日のうちに、秘密警察の長官から牢屋に入れると脅され、あの不愉快なジークフリートと婚約していることを知らされ、メイドが姿を消した。城内で殺人があったことは言うまでもない。クイーニーの身になにがあったのかを知るまでは、とても眠れそうになかった。蠟燭に火を灯し、もう一度彼女の部屋まで行ってみた。だがそこはさっきのままで、廊下と階段にも人気《ひとけ》はなかった。これ以上なにをすればいいのかわからず、その場に立ち尽くしたまま暗い廊下をじっと眺めた。使用人たちにクイーニーを探させるとドラゴミールは約束してくれたし、わたしはこのお城のことはまったくわからない。いまは自分の部屋に戻り、眠る準備をするしかできることはなかった。

眠りはなかなか訪れなかった。ようやくうとうとしかかったところで、窓の外からなにかを引っ掻くような音がしたかと思うと、鎧戸ががたがたと鳴り、わたしは目を覚ました。体を起こし、耳をそばだてる。鎧戸には内側から掛け金をかけたはず。厚いカーテンが窓を隠していなければよかったのにと思いながら、暗闇に目を凝らす。全身の神経を研ぎ澄まし、逃げる準備を整えた。動くものはない。音もしない。わたしは肩の力を抜いた。突風が鎧戸を揺らしたのよ、それだけのこと、と自分に言い聞かせる。だが念のためと思い、炉棚に歩み寄り、再び燭台を手に取った。

燭台を握りしめながらベッドに横になると、ばかげたことをしている気がした。心配しすぎに決まっている。クイーニーはきっと、使われていないどこかの階段から落ちたのだろう。足首をひねったかもしれないが、すぐに見つかるに決まっている。それにヴァンパイアなどというものは存在しない。そう考えたまさにそのとき、ひんやりした風が顔に当たるのを感じ、カーテンが揺れるのが見えた。おののきながら見つめるその先で、カーテンの隙間から白い手が現われ、人影が音もなくわたしの部屋に入ってきた。

28

真夜中のわたしの寝室
一一月一八日金曜日から一九日土曜日にかけて

わたしは燭台を握りしめ、体を起こした。黒い人影が、猫のような優雅な動きでベッドに近づいてくる。男がベッドを囲むカーテンを開け、わたしのほうにかがみこんだところで、一撃を加えるべく燭台を振りあげた。彼のシルエットが炎の明かりに浮かびあがったのはそのときだ。頭と首が毛皮に覆われている。思わず息を呑んだ隙に、男の手が燭台を握るわたしの手首をつかみ、もう一方の手が口を押さえた。

「静かに」耳元で男が言った。

男を見あげ、薄明かりの中でその顔を見て取ろうとしたが、声を聞いただけですでにだれであるかはわかっていた。

「ダーシー？　いったいここでなにをしているの？」安堵がどっと押し寄せてくる。「気を失うかと思うくらい恐ろしかったわ」

「よくわかるよ」ダーシーはわたしの手から燭台を取りあげた。「きみがあそこでひと息ついてくれていなければ、ぼくは今頃頭を殴られて昏倒していたところだ。秘密のゲームのルールその一——重大な局面で息をしてはいけない」ダーシーはそう言って微笑むとコートと帽子を脱ぎ、ベッドに腰かけた。

「あなたの頭が毛むくじゃらなのが見えて、それで息を呑んだの。てっきり狼人間だと思ったのよ」

「最初はヴァンパイアで、今度は狼人間か。次はなんだろう——魔女かフェアリーかい？そう言えば、この城には何人かフェアリーがいるんだった」ダーシーはにやりとした。「今後の参考のために教えておくが、これは地元の男たちが狩りのときにかぶる帽子だ」顎の下のストラップをほどく。「ほらね——耳当てがついている。寒さを防ぐにはうってつけだよ」

「それにしても、ここでなにをしているの？」わたしは訊いた。「ピリンの死体を運んでいるんだとばかり思っていたわ」

「運んでいたよ。だが城で起きている事態がどうにも気になったから、引き返すことに決めたんだ。ピリン元帥は文句を言わないしね。車は安全そうな吹き溜まりに止めて、またスキーで戻ってきた」

「それにしても壁をよじのぼる必要があったの？」

「言うほど難しくはなかった。だれかが都合よく、ロープを残しておいてくれてあったしね」

「ロープがしっかり結んでなかったらどうなっていたと思うの？　落ちて死んでいたのよ」

「男には時に危険を冒さなければならないときがあるものさ」

「あなたにはそんなことをしてほしくない」わたしは言った。「岩の上のあなたの死体なんて見たくないのよ。わかるでしょう？」

ダーシーは優しいまなざしでわたしを見つめ、顔にかかった髪をうしろにはらった。

「ぼくのことは心配しなくていい。ぼくは不死身さ。アイルランドの守り神がついている」

「もうダーシーったら。あなたって本当に腹の立つ人ね」わたしはそう言うと、彼の腕の中に飛びこんだ。強く抱きしめられて、コートの濡れたウールが頬に当たった。「濡れた羊みたいなにおいがするわ」わたしは笑って言った。

「文句はそれくらいにしておいてもらえるかな。ぼくは雪嵐をものともせずに戻ってきて、きみに会うために城壁をよじのぼったんだ。喜んでくれてもいいと思うぞ」

「喜んでいるわよ。ものすごく。あなたに会えてどれほどうれしいか、あなたにはわからないのよ」

「それでぼくが出かけたあとで、なにか動きはあったかい？」

「たいして。あの毒の本当の狙いがだれだったのかがわかったことと、秘密警察がわたしに対する証拠をねつ造したことくらいかしら。ああ、それからわたしはジークフリート王子と婚約したらしいわ」

「なんだって？」ダーシーは笑い始めた。「冗談だろう？」

「三つとも大真面目よ」

「本当にジークフリートとの結婚を承諾したわけじゃないだろうね？　違うと言ってくれ」

「ええ、承諾なんてしていないわ。でも彼はそう思っている。今夜の晩餐の席で、彼のお父さまが婚約を発表したのよ。あれだけの人の前ですもの。結婚はしませんなんて言って、騒ぎを起こすわけにはいかないわ。そうでしょう？」

ダーシーは眉間にしわを寄せていた。「いったいなんだってジークフリートは、きみが自分と結婚すると思いこんだんだろう？」

「ゆうべ、思わせぶりなことをしすぎたのかもしれない」

「たとえば？」

「ピリン元帥の部屋に行こうとする彼を引き留めなくてはならなかったの。だから踊ってほしいと頼んだのよ。それに今夜なにかを言われたんだけれど、同時にマッティが話しかけてきたものだから、なにを言っているのかよくわからなかったの。だからただ笑ってうなずいたのよ」わたしは絶望のまなざしを彼に向けた。「どうすればいいと思う、ダーシー？　国際紛争を起こすことなく、この窮状から抜け出したいの」

「とりあえずいまは放っておくことだ」ダーシーが答えた。「心配しなくていい。なにか方法を考えよう。少なくとも、ジークフリートが夜中にきみの寝室に忍びこんでくる心配だけはない。それで、ほかの件はどうなんだい？　あの毒はピリンを殺すのが目的ではなかったときみは言ったね？」

　わたしはうなずき、グラスのことを説明した。ダーシーは深刻な表情を浮かべている。

「つまりニコラスが狙いだったということか。このことをだれかに話したかい？」

「ニコラスに。知る権利があると思ったし、気をつけてほしかったの。彼がだれかに話したかどうかはわからない。マッティには話したかもしれないわね」

「そいつはまずいな。すでに城中に知れ渡っているかもしれない」

「もしそうなら、犯人にもわたしたちが真相を知っていることが伝わったわけよね。もう一度やろうとは思わないはずよ」

「だが別の方法を試みるかもしれない。この城のような場所では、人間を始末するのは簡単だ」

「そうね。実を言うと、わたしのメイドもいなくなってしまったのよ。心配でたまらないの。どこに行ったのか、見当もつかないわ」

「それから、秘密警察が証拠をねつ造したって？」

「シアン化物の容器らしいものが、わたしの部屋の衣装箱から出てきたの」

「あの愚かなパトラスクの仕業だろう」ダーシーは再び渋面を作った。

「彼を知っているの？」

「ああ、知っている。会ったことがある」

「彼は、あなたが死体を運び出したことにものすごく腹を立てていたの。彼って、本当に不愉快な人ね、ダーシー。牢屋に入れるってわたしを脅したのよ」

「いったいどうしてきみを疑ったりするんだろう？　たいして頭がよくないことは知っているが、それにしても――」

「わたしを脅して、ドラゴミールが怪しいと言わせせたいんだと思うの」

「それなら話はわかる。いかにも彼の使いそうな手口だ」

「でもわたしは彼の思いどおりにはさせなかった。かなり頭にきていると思うわ」

ダーシーは暖炉の火を見つめた。「ひょっとしたら彼は、きみのメイドがいなくなったことにも関わっているのかもしれない。取引の材料に使おうとしているのかもしれないよ」

「なんて恐ろしい。もしそれが本当なら、そんなひどいことってないわ。クイーニーは素朴な子なのよ、ダーシー。きっと死ぬほど怯えているでしょうね」

腰にまわされた彼の手に力がこもった。「もう心配ないよ。ぼくが戻ってきたんだ。明日には、すべて解決するさ」

わたしはまた彼の胸に頭をもたせかけ、目を閉じた。「そうだといいんだけれど。だれかが犯人を見つけ出して、なにもかも元通りになればいいって思っていたところだったの」

「それじゃあ、真相にはまったくたどり着けていないままかい？」

「あの毒がニコラスを狙ったものだったなら、訓練を受けた暗殺者か無政府主義者の仕業かもしれない。あなたが見つけたロープを使って侵入してきて、毒を入れて、また出ていったのよ。お城から出ていく足跡が残っていないというのが、この仮説の弱点なんだけれど」

「きみが見過ごしていることがもうひとつある。城内にいる何者かが、彼のためにロープを垂らしたということだ。つまり、内部に共犯者がいる。この殺人にはふたり以上の人間が関与しているわけだ」

「テーブルの近くにいたのはドラゴミールと使用人だけっていうことがわかっているの。でも謎のミスターXの存在があるわ。知らない男の人がわたしの部屋にいて、わたしの上にかがみこんでいた話をしたわよね？　ヴァンパイアだと思ったって？」

ダーシーはうなずいた。「彼は部屋を間違えたんだろうとぼくは答えた」

「お城中を見てまわったんだけれど、それっきりその人を見かけることはなかったわ。ただここに着いた最初の日には、彼か、彼にそっくりな人の肖像画がわたしの部屋にかかっていたの。でもいまは別の絵に替わっている。どうしてそんなことをしたんだと思う？」

ダーシーは首を振った。「まったくわけがわからない」

「もし彼がヴァンパイアじゃなくて人間だったとしたら、このお城のことをよく知っているということだわ。ひょっとしたらあの肖像画は彼の祖先のもので、自分によく似ていることに気づいてこっそり取り替えたのかもしれない」突然わたしはあることに気づいて、背筋を伸ばした。「ドラゴミール。ここは昔、彼の祖先のものだったって言っていたわ。それに下の階にある肖像画は彼にそっくりだった。犯人も同じ血筋の人だったとしたら？　反乱に失敗したあと、彼らはトルコ人にこの城から追い出された。隣人が助けてくれることを期待したけれど、だれも手を差し伸べてはくれなかったそうよ。復讐が目的だということは考えられない？」

「ありそうもないな」ダーシーが答えた。「その一家が城から追い出されたのは二〇〇年以上も前のことだ。この地域では報復が重大な意味を持つことは知っているが、ルーマニアにしろブルガリアにしろ、現在の王家が即位したのは一八〇〇年代に入ってからだ。バルカン諸国とはなんのつながりもない。きみも知っているとおり、ヨーロッパ諸国の力によっていまの地位についたんだ。それにニコラスは、ザクセン＝コーブルク＝ゴータ家の血を引いている。きみと同じようにね。トランシルヴァニアの王朝が、彼らに恨みを抱くはずがない」

「ドラゴミール伯爵は、祖先が所有していたお城で使用人として働いていることを苦々しく思っているわ」

「だとしたらルーマニアの王室に復讐しようと思うんじゃないかい？　ブルガリアの王子ではなくて」

「そうなると、やっぱり謎のミスターXが鍵ね」わたしは言った。「レディ・ミドルセックスの同行者のミス・ディアハートは――」ダーシーが笑いだしたので、わたしは言葉を切った。「名前はどうしようもないんだから、笑うのはやめて話を聞いてちょうだい。ミス・ディアハートはあれこれと嗅ぎまわるのが大好きなの。夜中に廊下をうろついていた男を見たんですって。同じ男が初日の晩餐の席でアーチの陰に潜んでいたと彼女は言っている。そのアーチはニコラスが座っていた場所のすぐうしろだったから、レディ・ミドルセックスに言わせると下見をしていたんだろうっていうことなの」

ダーシーは立ちあがると暖炉に近づき、濡れたコートを脱いで椅子の背にかけた。

「そのことをぼく以外のだれかに話したかい？」

「いいえ。だれに話せばいいのかわからなかったの。いまのところ、かろうじて王家の人たちには秘密にできている。お城の中を隅々まで調べられるのはドラゴミール伯爵だけだけれど、彼は事件に関わっている可能性があるんですもの」

「だれにも話してはいけないよ」ダーシーは暖炉のそばの低い椅子に腰かけ、ブーツの紐をほどき始めた。「ぼくが自分で探ってみるが、いまはぼくが戻ってきたことをだれにも知られないようにするんだ。メイドがいないのは好都合だ。ここに隠れていられるからね」

「いまから探りに行ったりはしないでしょう？」

「雪の中を苦労して戻ってきて、そのあとロープで壁をよじのぼったんだ。もうくたくただよ。なにより、ベッドが恋しいんだ」

ダーシーはベッドに潜りこみ、わたしを抱きしめた。「きみは王位継承者と婚約したわけだから、こんなことをしたぼくは絞首台行きだな」彼は囁き、わたしにキスをした。わたしもキスを返そうとしたが、次々と起きる事件のせいで神経がささくれだっていて、その気になれない。

「ごめんなさい。だめだわ。ひどく気が動転していて、あれこれと考えずにはいられないの」

「心配しなくていい、なにもしないから」彼が言った。「疲れ切っているから、いますぐにでも眠れそうだ。実際……」

ダーシーのまぶたが閉じた。目を閉じた彼は、まるで眠っている子供のように愛らしい。男性のくせに、うらやましくなるほどまつげが長い。わたしは身を乗り出し、彼の頬にキスをした。

「いまいましいジークフリート」わたしはつぶやいた。

ダーシーの規則正しい寝息に誘われて、わたしのまぶたもいつしか重くなっていた。だが突然けたたましい音が響き、直後にこの世のものとは思えない悲鳴が聞こえて、わたしはぎくりとして目を覚ました。まるでだれかがこのお城にある鍋という鍋を階段から落としたような音だ。わたしはベッドから飛び起きた。

「いまのはなに？」

ダーシーは眠たそうな目を開けた。

「使用人が皿の載ったトレイを落としたんだろう。さあ、もう一度寝よう」

「いいえ、そんなものじゃないわ」わたしは手近にあったカーディガンを羽織るとスリッパをはき、暗い廊下に歩み出た。ほかの人も目を覚ますほどの音だったらしく、丈の長いナイトシャツを着たまるで幽霊のようなジークフリートの姿がそこにあった。そんな恐ろしい姿を毎晩見ることを想像しただけでぞっとした。

「ジョージアナ、大事な人《マイン・シャッツ》、あの音を聞いたのだね？」

「ええ」

「心配しなくていい。わたしがきみを守る」ジークフリートは慎重に歩を進めた。

階下から悲鳴が聞こえた。ジークフリートとわたしは一番近い階段へと急いだ。

螺旋階段をおりきったところに、すでに人々が集まっていた。甲冑らしきもののまわりに集まっている。

「だれが甲冑を階段から落としたのだ？」ジークフリートが尋ねた。「いったい何事だ？」

主人の声を聞いて、使用人たちが恭《うやうや》しく立ちあがった。

「殿下、物音を聞いて駆けつけたところです」ひとりが切り出した。「どうも――」

甲冑の中から大きなうめき声がしたので、彼は言葉を切った。だれかが面頬を開くと、人間以外の何物でもない目がわたしたちを見あげた。その持ち主がまたうめいた。

「これはどういうことだ？」ジークフリートが問い詰めた。「いったいおまえはなにをしている？」

「見張っているようにと命じられたのです」男は痛みに顔をゆがめながら答えた。「パトラスク長官の命令です。この甲冑に身を隠せと言われました」

「ばかな男だ」ジークフリートが吐き捨てるように言った。「あの男にそんなことをする権利はない。ここにある甲冑は先祖代々伝わる貴重な家宝だ。カーニバルの衣装のように身に着けるものではないのだ」

「脚が」男はうめいた。「こいつを脱がせてくれ」

集まっていた人々が慎重に彼を甲冑から引っ張り出そうとしているところに、黒い服に身を包んだパトラスクが階段を駆けおりてきた。

「いったいなにが起きた」パトラスクは甲冑を見おろした。「シリック、おまえか？」

「はい、そうです」甲冑の中の男が答えた。

「こんなところでなにをしているんだ？」パトラスクが訊いた。あまり頭がよくないと思ったのは正しかったようだ。

「足を踏みはずして階段から落ちたんです」男はもっともらしく、大きなうめき声をあげた。

「この面頰をつけていると、よく見えなくて」

「我が家の甲冑を部下につけさせる権利はきみにはない」ジークフリートが告げた。「どういうつもりだ？　まるで茶番劇ではないか」

「これには理由があります」パトラスクが答えた。「あなたがた王家の人々を守るために、目立たないように部下たちを城内に配置したのです。だがこの男は愚かにも自分の持ち場を離れようとしたらしい」

「トイレに行きたかったんです」男は言い、甲冑が脚からはずされるとひときわ大声でうめいた。「階段には気づきませんでした」

「その男をベッドに連れていけ。こんなばかげた行為はすぐにやめるのだ」ジークフリートが命じた。「ここは王家の地所だ。ここではきみにはなんの権限もないのだ、パトラスク。さっさと消えてくれたまえ。きみはわたしの婚約者を動揺させている。さあ、おいで、マイン・シャッツ」ジークフリートはわたしに腕を差し出した。

彼はわたしを部屋まで送り届けてくれた。「あの愚か者のせいできみを起こしてしまって、申し訳なかった。よく眠れるように、なにか届けさせようか？　ホットミルクとか？　炭は足りているだろうか？」

「いえ、ありがとうございます、殿下」こうしているいまもダーシーがわたしのベッドに寝ていることを意識しながら、口ごもりつつ応じた。「必要なものはありません」

「もうわたしを〝殿下〟と呼ぶ必要はない、マイン・シャッツ。これからはジークフリートとジョージアナだ」

「ありがとう、ジークフリート」

ジークフリートは踵を合わせたが、はだしではあまり印象的な仕草とは言えなかった。

「今夜はこれ以上眠りを邪魔されないことを祈ろう」

彼はわたしの手を取ると、また魚のような唇を押し当てた。

29

ひとりではないわたしの寝室
まだ真夜中

部屋に入り、安堵のため息をついた。暗闇の中でもベッドにダーシーの姿がないことは見て取れた。

「ダーシー？」

小さな声で呼びかける。ドアの外でジークフリートの声がするのを聞いて、万一のことを考えて隠れたに違いない。わたしは音を立てないように部屋をまわり、カーテンを持ちあげたり、ベッドの下をのぞいたりした。

「もう大丈夫よ。出てきてもいいわ」わたしは言ったが、それでもダーシーは現われない。例の衣装箱に目をやった。もちろんあれを開けるつもりはなかったが、衣装ダンスの中は調べた。人間が数人隠れられるくらいの大きさがある。

「ここにいるの？」

「だれと話をしているんだい？」うしろから声がして、わたしは飛びあがった。

ダーシーがそこに立っていた。

「あなたを探していたのよ。二度とこんなことしないで。心臓が止まりそうになったわ」

「騒ぎを聞いて、自分の目で確かめておこうと思ったんだ」ダーシーが答えた。「いつものごとく、あのばかなパトラスクがへまをやらかしたわけだ。さあベッドに戻るんだ。凍えているじゃないか」

まずわたしが、それから彼が続いてベッドに戻った。彼の肩に頭を乗せる。このうえなく心地よかったし、どこよりも安心できた。これこそわたしが求めているものだ、そう思ったことを覚えている。悲鳴が聞こえたとき、夢を見ているのだと思ったところをみると、そのまま眠りに落ちていたらしい。少しずつ意識が浮かびあがってきて、やがてその悲鳴が現実のものであることに気づいた。ダーシーはすでに体を起こしている。

「今度はなんだ？　この城では満足に眠ることもできないのか？」

「わたしが行くわ。きっとまたパトラスクの部下が甲冑で歩きまわって、メイドを驚かせたのよ」

ダーシーは笑った。「ありうるな。ぼくはとりあえずここで待機しているよ。いまはまだ戻ったことをだれにも知られたくないんだ」

ジークフリートがまた自分の部屋の前に立っていた。「本当に申し訳ない、マイン・シャッツ。ひと晩に二度もこんな騒ぎを起こすとは許しがたい。パトラスクには、いますぐに部下を連れて城を出ていくように命じよう」

ジークフリートはわたしを従える格好で廊下を進んだ。ひとつ目の階段をおりたが、今回はだれにも会わなかった。ふたつ目の廊下では、寝間着姿のほかの人々が自分の部屋の前に立っていた。下からはまだ悲鳴が聞こえている。

「メイドがヒステリーを起こしているのよ」前を通りすぎようとしたとき、母が言った。「せまってきた従僕を追い払おうとしているんじゃないかしら。よくあることよ」

低いアーチをくぐると、そこは玄関ホールに続く階段の上だった。手すりらしきものがまったくない、壁沿いに造られたあの危険な階段だ。階段の下にはすでに人々が集まっている。案の定そのうちのひとりはメイドだったが、ほかの使用人になだめられて悲鳴をあげるのをやめ、いまはすすり泣いている。彼女の脇にはこぼれた炭が散らばっていて、ほかの人たちは床の上のなにかを取り囲んでいた。

「なにごとだ？」ジークフリートが尋ねると、ホールの高い天井にその声が反響した。

人々が道を開けた。メイドがふたり、膝を曲げてお辞儀をする。ドラゴミールが歩み出た。

「殿下、悲劇が起きました。イギリスのご婦人です。かなりの高さから落ちたようです。どうすることもできません」

階段の下には、首がありえない角度に曲がったミス・ディアハートの死体があった。わたしはこれまでにも何度か死体を見たことがあったが、ここ数日の緊張感のせいか、胃液が喉までこみあげてきた。頭の中がわんわんと鳴り始め、一瞬、気を失うのではないかと思った。

壁の冷たい石にもたれ、ミス・ディアハートと並んで床に横たわる羽目にならないうちにそろそろと下まで階段をおりた。

「だれかレディ・ミドルセックスに知らせてきてちょうだい」わたしは自制心を取り戻そうとしながら言った。「この女性は彼女の同行者なの」

「気の毒に」ジークフリートは不快そうに死体を眺めた。「こんな夜中に、彼女はいったいここでなにをしていたのだろう？」

「パトラスクの部下たちの騒ぎで目を覚まして、温かい飲み物かコニャックを取りにおりてきたのでしょう」ドラゴミールが答えた。「それとも夢遊病だったのかもしれない。わかりません。とにかく、こんなことになってしまったのは運が悪かったのでしょう」

その口調があまりに滑らかだったので、わたしは鋭い視線を彼に向けた。ミス・ディアハートがなにをしていたのか、わたしにはよくわかっていた。探していた男をようやく見つけて、愚かにもそのあとをつけたに違いない。ドラゴミールがなんらかの形で関わっていることはありうる？　部屋に戻ってなにがあったのかをダーシーに話したかったが、まずはレディ・ミドルセックスに報告するのがわたしの務めだろうと思った。

姿が見えるより先に、彼女の声が聞こえてきた。「いったい今度はなんなんです？　どうしてこんなとんでもない時間に、ベッドから引きずり出されなければならないんです？」廊下に声が反響する。階段の上に彼女が現われた。「どこかの愚かな外国人が落ちたからといって、それがわたしになんの――」彼女の声が途切れ、その顔が恐怖にこわばった。

「ディアハート？」息を吞む。「いいえ、嘘よ。ありえない」

一気に階段をおりてきて、死体のかたわらに立つ。

「ああ」

片手で口を押さえたが、こらえきれない嗚咽《おえつ》が漏れた。わたしはレディ・ミドルセックスに近づき、ためらいながら肩に手を乗せた。彼女は軽々しく抱きしめていいような女性ではない。嗚咽に体を震わせながら友人をじっと見つめているレディ・ミドルセックスを見て、わたしはほかの人たちと同じくらい驚いていた。彼女はミス・ディアハートのことをわずらわしい同行者だと考えているのだとばかり思っていたから、この反応は意外だった。

「本当に残念です」わたしは言った。「こんな恐ろしいことが起きるなんて」

レディ・ミドルセックスは、なんとか気持ちを立て直そうとしながらうなずいた。

「かわいそうな、ばかな人。どこに行っても危険だとか陰謀があるとか、そんなことばかり想像していたわ。まわりの状況に目を光らせておくと言っていた」

「ええ。きっとあたりを歩きまわっていて落ちたんでしょう。この階段はとても危険だとずっと思っていたんです」密かに考えていたことは言わなかった――彼女は落ちたのではなく、突き落とされたのだということは。

「行きましょう、レディ・ミドルセックス」ドラゴミール伯爵が口をはさんだ。「ここであなたができることはありません。わたしがお部屋までお連れしましょう。コニャックとホットミルクを運ばせせます」

「いいえ、大丈夫。わたしがお連れします」わたしは言った。「あなたにはここですることがたくさんあるでしょうから」

わたしはレディ・ミドルセックスを半分引きずるようにして、あの恐ろしい階段をのぼった。彼女は茫然としたまま足を運んでいたが、部屋に着く頃には毅然とした態度を取り戻していた。

「どうもご親切に。大変なショックでした。彼女なしでこれからどうすればいいのか、とても考えられません。彼女がそばにいることに慣れていましたから」

わたしはいっしょに部屋に入り、ベッドまでレディ・ミドルセックスを連れていった。

「とても眠れそうにありません」レディ・ミドルセックスが言った。「彼女の遺体を家まで送り届ける手配をしなくてはなりません。異国の地に葬られたくはないでしょうからね。彼女は外国が大嫌いだったのですよ。ただただわたしへの忠誠心からいっしょについてきたのです。いっしょに来てほしいなどと思わなければよかった……わたしの過ちです」レディ・ミドルセックスはハンカチを探し出し、顔に押し当てた。

「わたしがいっしょにいましょうか？」

「いいえ、ひとりにしてください。ありがとうございます」彼女は硬い声で応じた。

「なにかわたしにできることがあるようでしたら、使用人をよこしてくださいね」

彼女はうなずいた。部屋を出ようとしたところで、淡々とした声がうしろから追いかけてきた。「ディアハートは感じていましたよね。ここに着いた直後、彼女は死のにおいを嗅いだと言った。けれど、まさかそれが自分の死だとは思っていなかったでしょうね」

わたしはドアを閉めると、自分の部屋へと急いだ。ダーシーはまたいなくなっていた。彼のぬくもりが残るベッドに潜りこんで、彼の腕に抱かれて眠るのはどれほど居心地がよくて、どれほど安心できるかを思った。不意に、隣に眠るジークフリートの姿を想像した。ありえない！　悲鳴をあげたくなった。一刻も早くこの恐ろしい場所から逃げ出して、安全だと感じたい。この部屋に戻ってくる途中で、あることに気づいたからだ。ミス・ディアハートは殺人犯に気づき、彼の姿を見たせいで殺された。それなら、わたしも同じ危険にさらされていることになる。

わたしは横になったままベッドの黒い天蓋を見つめ、理にかなった説明を見つけようとした。

何者かがわたしの部屋に忍びこみ、ベッドにかがみこんでいた。壁の肖像画が別の絵に替えられていた。マッティが口のまわりを血に染めていた。ニコラスが飲むはずだったグラスからピリンがワインを飲んだ。そしていま、ミス・ディアハートが死んだ。それぞれの出来事はいったいどういう意味を持つのだろう？　理性的に考えて、ここがヴァンパイアの棲《す》み処《か》ではないことを信じるとしたら、それらすべてはどうつながるのだろう？　だがいくら考えても、理にかなった説明は思いつかなかった。それどころか、何度打ち消しても同じ答えばかりが浮かんでくる――わたしたちが見かけた若者がこの城に出没するヴァンパイアで、マッティとドラゴミール、そして何人もの使用人がその仲間にされてしまっているとしたら？　だれもその存在に気づかず、ミス・ディアハートだけがアーチの陰から晩餐会を眺めていた彼を見かけたというのも、それで説明がつく。この仮説がばかげて聞こえることはわかっていたけれど、フェアリーを見たことがあると断言する人間はスコットランドに大勢いるし、ラノク城には幽霊が出る。それなら、ヴァンパイアは存在しないとだれが言いきれるだろう？

いつのまにか眠っていたらしく、次に目を開けたときには部屋の奥の壁にかけられた例の肖像画に太陽の光が当たっていた。わたしは大きなベッドにひとりで横たわっていて、ダーシーの姿はないままだ。起きあがり、顔を洗って服を着替え、朝食の席へと向かった。食堂には大勢の人がいて、楽しげに語らいながら食事をしている。ゆうべの悲劇のことなどだれも知らないのか、あるいは知っていても気にかけていないようだ。彼らにとってミス・ディアハートは、足を踏み外して階段から落ちた、ただの同行者にすぎないのだ。

わたしがカップにコーヒーを注いでいると、ニコラスが笑顔で話しかけてきた。

「今日は日差しが気持ちいい。狩りにはうってつけだ。雪がそれほど深くなければの話だが」

「花嫁の付添人は行くわけにはいかないんだから、誘惑しないでちょうだいね。午前中に最後の仮縫いがあるのよ」マッティが言った。

「若い女性たちを仮縫いから連れ出すつもりは毛頭ないよ」ニコラスが応じた。「記念すべき日には、きみたちみんなが美しく輝いていてほしいからね」

そのときわたしは、たまたまマッティの顔を見ていた。笑みが浮かぶ直前、ほんの一瞬だけいらだちか、あるいは恐怖のような表情がよぎったのがわかった。

「もちろんわたしたちは美しく輝くわよ。記念すべき日には最高にきれいでなくてはいけないものね」

マッティがトーストを口に運んでいるあいだも、わたしは目を離さなかった。ニコラスが言ったなにかに、彼女は動揺したか、腹を立てたかしたのだ。改めて彼女を観察すると、美しいという言葉にはほど遠いことに気づいた。やつれて顔色は悪く、目の下には隈ができている。結婚式を控えた花嫁の輝かしさなどどこにもなかった。マッティは残ったトーストを細かくちぎってばらばらにしてから、皿を押しのけて食堂を出ていった。ひどく緊張しているようだ。でもいったいなぜ？　思い出したことがあった。かつて警察官だった祖父はよく、心から尊敬していた上司の警部の言葉を引用していた。「明白な事実に注目して、そこから解いていけ。十中八、九、答えはそこにある」

ニコラスのグラスにどうやって毒を入れたのかを考えたとき、それをもっとも簡単にやってのけられるのがマッティとドラゴミールであることはわかっていた。これまでは花嫁となるマッティは除外していた。どうして未来の夫を殺そうなどとするだろう。けれど彼女を観察するうちに、その陽気さが時折わざとらしく見えたことを思い出した。幸せな花嫁の役を演じてはいたものの、どうしても結婚しなければならないのなら、ニコラスは悪くない相手だとも言っていた。できるならずっとパリにいたいとも。もしも彼女が、未来の夫に毒を盛るという究極の手段で、この結婚から逃げ出そうとしていたとしたら？

彼女に正面きって尋ね、真実を聞き出すべきだろうと思った。仮縫いのときに、そのチャンスがあるかもしれない。若い女性たちが大勢いる部屋ならわたしの身に危険はないだろうし、このお城のどこかにダーシーもいる。けれど、万一ヴァンパイアの仮説が正しかったときのことを考えて、準備だけはしておくべきじゃないかしら？　わたしは立ちあがり、食べ物が並べられたテーブルを眺めた。においからしてニンニクがたっぷり使われているに違いない冷肉がある。これでヴァンパイアから身を守れる？　それとも丸ごとのニンニクでなくてはだめなの？　とは言え、厨房に赴き、ニンニクをちょうだいなどと頼むわけにもいかなかったから、様々なソーセージを皿に山盛りにした。普段であれば朝食にこういうものを食べたりしないが、全部たいらげた。食事が終わる頃には、自分でもわかるくらい息がニンニク臭くなっていた――ヴァンパイアもそう感じてくれるといいのだけれど。どこかで小さな十字架を見つけることができれば……。

わたしがテーブルから立ちあがったとき、ニコラスは戸口で父親である国王陛下と話をしていた。顔つきが険しい。短いやりとりのあと、国王陛下は廊下を歩き去っていった。ニコラスはわたしに気づいて、渋面を作った。

「父上はピリンの件でいらだっている」彼が言った。「いつ電話が復旧するのかを知りたがっていた。ピリンの容体はどうなのか、無事に病院に着いたのか、医者はソフィアからここに向かっているのかどうかを訊かれたよ。車を出して、確かめるようにと命じられた。また雪が降ったから峠は通れないと何度も説明したんだが、聞く耳を持たないんだ。厄介なことになりかねない。いったいダーシーはどこにいるんだろう」

ここに戻ってきていると言いたい誘惑に駆られたが、それは、ダーシーがまた姿を見せたときに彼が決めることだと考え直した。彼がいまなにをしているのかは知らないが、きっと大切なことに違いない。

「不運な出来事が続いたせいで、花嫁は動揺しているようね」わたしは言った。

「そうなんだ。彼女はとても繊細でね。ゆうべまた人が死んだ。マリアの言うことに耳を貸したりせず、この城で式を挙げることに反対すればよかったと後悔しているよ。宮殿にしていれば、こんな思いもせずにずんだだろうに」

彼に背を向けたところで、急ぎ足で歩いていくドラゴミール伯爵を見かけた。呼びかけると、彼は仕方なさそうに振り向いた。

「わたしのメイドのことはなにかわかったかしら？　心配でたまらないのよ」

「申し訳ありません、殿下。なにも手がかりはありません。ですが、ご心配にはおよびません。使用人たちが探していますから」

「いなくなるはずがないのよ。今日は徹底的に探してほしいの。それができないなら、ミスター・パトラスクに手を貸してもらうように頼まなくてはならないわ」

この台詞には効き目があった。ドラゴミールの目に警戒するような表情が浮かぶ。

「ミスター・パトラスクは、自分の体についていなければ自分の鼻さえ見つけられないような男ですよ。お約束どおり、わたしが必ず見つけてみせます」

彼はそう言い残すと、マントを翻しながらその場を去っていった。わたしは廊下を歩きながら手頃な十字架を探したが、見つかったのはニッチに飾られていた二メートル近いものだけだった。とてもこんなものを持ち歩くことはできない。首から十字架をかけている使用人を見かけたものの、彼女は英語を話せなかったので、しばらくそれを貸してほしいだけなのだということを理解してはもらえなかった。そういうわけでわたしは仕方なく、十字架なしで、仮縫いが行われている部屋へと向かった。女学校時代の友人を怖がるなんてばかげていると頭の中で囁く声があったけれど、いまはもうなにを信じればいいのかわからなくなっていた。

その部屋にはほかの付添人たち数人がすでに集まって、顔を寄せ合ってドイツ語で話をしていた。わたしが入っていくと、うしろめたそうな表情になったので、わたしの話をしていたに違いないと思った。案の定、ハンネローレが話しかけてきた。

「あなたがジークフリート王子と婚約した話をしていたの。心からおめでとうって言えないわ。ひょっとしたら、あなたは本当のことを知らないんじゃないかってわたしたちは考えているのよ。結婚する前に、彼のことをよく調べたほうがいいと思うの」

「ありがとう。そうするわ」

ハンネローレはわたしを引き寄せた。「彼は女性には興味がないっていう話よ。ベッドであなたを満足させてはくれないわ」

なんと答えればいいだろう？　彼と結婚するつもりはないと？　彼女は心からわたしを心配してくれていた。「ありがとう。時間をかけて考えるわ。約束する」

「もしあなたが王妃になることに憧れているのなら、たいして楽しいことじゃないって言っておくわ。いつもいつも義務ばかりよ」

英語のわかる娘たちも、そのとおりだというようにうなずいた。マッティが姿を見せたのはそのときだった。

「さあ、きれいになる準備はできている？」

朗らかに声をかける。彼女はお化粧をしていて、頬と口が赤く彩られていた。仮縫いが始まった。ドレスはどれもほぼ仕上がっていて、あとは体の線にぴったりと沿うように、ところどころつまんだり、縫いこんだりするだけでよかった。ドレスの上には、白い毛皮で裏打ちをした、床までの長さのあるマントを羽織る。わたしがこれまでに見たなかでも、最高に美しいもののひとつだ。それを着ると、まるで雪の女王のように見えた。わたしは自分の仮縫いが終わったあとも暖炉のそばにいて、マッティがひとりになる機会をうかがっていた。ほかの娘たちと笑ったり、朗らかに話をしたりと、いかにも楽しげに振る舞っているのを見て、彼女の気分の波が激しいのはヴァンパイアだからではなくて、薬のせいかもしれないと考えた。

やがて彼女は暖炉に近づいてきて、火に手をかざした。

「ここって本当に寒いわよね。教養学校時代を思い出すわ。寄宿舎がどれほど寒かったか、覚えている？」

「あれは、夜中に部屋を抜け出してスキーのインストラクターに会いに行っていたベリンダが、窓を開けっ放しにしていたせいよ」わたしは当時のことを思い出して微笑んだ。尋ねるならいまだと心を決め、彼女に近づいて並んで立った。「マッティ、話があるの」

ニンニクたっぷりのわたしの息を嗅いで、マッティはわずかにひるんだようだったが、ニンニクを前にしたヴァンパイアのように昏倒したり、逃げ出したり、溶けて消えたりはしなかった。「なんのこと？　なにかあったの？」彼女の顔から笑みが消えた。

わたしは部屋の中を見まわした。だれもがなにかに気を取られている。

「知っているのよ」低い声で言う。「本当のことを知っているの」

マッティは驚いたような顔をしたが、やがて肩をすくめた。

「知っていて当然よね。彼ったら間違えてあなたの部屋に入ってしまったんですもの。わたしもあなたの部屋に彼の絵を飾ったままにしていたし。あれは、彼がわたしのために描いてくれたものなの。あの人は、素晴らしい画家なのよ。子供の頃から才能があったわ」

マッティは話をしながらわたしの腕に自分の腕をからめ、ほかの娘たちとミシンから離れた場所へとわたしをいざなった。彼女がなにを言っているのか、最初のうちこそ理解できなかったが、やがて少しずつわかってきた。ニコラスを愛していないことを彼女はこれまでにも何度かほのめかしていたし、パリにいたかったとも言っていた。つまり彼女はだれかほかの男性を愛しているということだ。だが、子供の頃という言葉が引っかかった。

「子供の頃から彼を知っていたの？」

「もちろんよ。彼はこのお城で育ったんですもの」

「このお城で？」

マッティはうなずいた。「彼の父親はここの使用人なの。夏のあいだわたしがここにいるときには、いっしょに遊んだものよ。子供の頃はとてもいい友人同士だった。わたしがパリに行かされたとき、彼もあの町にいて絵を勉強していたの。わたしたちは恋に落ちた——激しく情熱的な恋よ。でもわたしはニコラスと結婚するようにって父に言われたの。考え直してほしいって懇願したけれど、父は聞く耳を持たなかった。王女はまず義務を果たさなければいけないと言われたわ。ほかに愛している人がいると言うと、彼と会うことを禁じられた」マッティは冷たい手でわたしの手を包んだ。「結局わたしたちは、義務を果たさなければならないのよ。あなたとジークフリートのように。あなたが彼を愛していないことはわかっているわ。愛せるわけがない。それでも、あなたの家族が求めることをするしかないのよ」

うなずいた。「あなたにはつらいことだったでしょうね。愛していない人と本当に結婚できるかどうか、わたしにはわからないわ」

「ヴラドはいっしょに逃げてほしいと言ったの」マッティはほかの人たちとの距離が充分に離れていて、それぞれが作業に没頭していることを確かめながら囁くような声で言った。「わたしたちはパリでいっしょに暮らしていて、とても幸せだった。でもわたしは、義務を果たすようにと教えこまれて育ったわ。彼と逃げることはできなかった」

「それであなたは、幸せな思い出のあるこのお城で結婚式がしたいと言ったのね」

「ヴラドの考えなの。最後にもう一度だけいっしょの時間が過ごせるように。どうにかしてお城に入りこんで、わたしに会いに来るって彼は約束してくれたわ。彼はここを隅々まで知っているから。あなたは彼が壁をよじのぼっているところを見たんでしょう？　いつだって危険を冒すのは彼のほうだけれど、でも姿を見られずにお城に入る方法がほかにある？」

「彼がのぼれるように、あなたがロープを垂らしたの？」

「いいえ。彼が壁をよじのぼるつもりだなんて、まったく知らなかった。あとになってから、わたしのメイドの部屋からロープを垂らしたのよ。彼が急いで逃げなければならなくなったときに備えて」

「わたしが使っているのはあなたの昔の寝室なのね」ようやくわかりかけてきた。「彼はあなたがあの部屋にいると思った。わたしを見てひどく驚いたのも無理ないわ」

「そうなの。結婚式までは未来の花婿からできるだけ離れた、お目付け役のフォン・ターンスタイン伯爵夫人の近くの部屋で眠らなければいけないって、直前になって両親に言われたのよ。わたしの父は古臭い慣習にひどくこだわるの」

「ヴラドはいまもここにいるの？」

「ええ、いるわ。都合のいいことに、このお城には秘密の部屋がいくつかあるのよ。彼はそこに隠れていて、素晴らしく忠実なわたしのメイドのエステルが食事を運んでいる。食事と言えば——あなたはわたしのもうひとつの秘密も知っているわよね？」

「なんのこと？」

「厨房の外の廊下でわたしを見たでしょう？」マッティは再びあたりを見まわした。「どうしても我慢できなかったのよ」

「あなたはあそこでいったいなにをしていたの？」答えを知りたいような、知りたくないような気分でわたしはおそるおそる訊いた。

マッティはさらに顔を寄せてきた。「さくらんぼのタルトよ。あのすばらしくねっとりしたさくらんぼのジャム。厨房におりていったら、料理人がちょうど焼いているところだったから、ふたつほど盗んだの。あのウェディングドレスを着るためには、厳しい食事制限が必要なのよ。でも昔から体重は悩みの種だった。わたし、食べることが大好きなんですもの。それも理由のひとつよ——ヴラドはわたしが太っていても気にしなかった。ありのままのわたしを愛してくれたの」マッティは唇を噛んだ。「また太ったら、ニコラスはわたしを好きでいてくれなくなるんじゃないかと思うわ」

彼女が気の毒でたまらなかった。本当の愛をあきらめて、まったく愛していない人と結婚するのがどれほどつらいものなのか、わたしにはよくわかった。食べないようにすることも同じくらいつらいだろう。けれどまだ答えてもらっていない大きな疑問が残っている。

「マッティ、ピリンが死んだことだけれど。だれが彼のグラスに毒を入れたのか知っている？」

「外から来た暗殺者でしょう？　ほかのだれだっていうの？」

「あなたのヴラドがしたことだとは……」

「外国の陸軍元帥を殺したっていうの？　どうして彼がそんなことをするのよ？」マッティが怒ったように訊いた。

「マッティ、話しておかなければならないことがあるの」ここは思い切って打ち明けるべきだと判断した。「あのワイングラスは、ニコラスが飲むはずのものだったのよ」

「なんですって？」

「ピリンは田舎者よ。ちゃんとしたテーブルマナーを学んだことがなかったにちがいないわ。それにひどく酔ってもいた。乾杯をするとき、彼は一番近くにあったワイングラスを手に取ったのよ。左手で。わたしは彼の向かいに座っていたわ。それを見ていた。あれはニコラスのワイングラスだった。でも乾杯が始まったとき、ニコラスはシャンパンを飲んでいたの。覚えている？」

「いいえ」マッティが大きな声をあげたので、部屋にいるほかの女性たちがこちらに目を向けた。マッティは激しく首を振り、再び声を落とした。「そんなことばかげている。ありえないわ。ヴラドは絶対にそんなことしない。彼は思いやりのある人よ。優しい人なの。パリにいた頃の彼を見せたかったわ。わたしを王女さまみたいに扱ってくれた」彼女はわたしの手を取った。「昔からの友人であるあなたのことは信用できるわ。わたしといっしょに来て、彼に会ってちょうだい。あなたが自分で訊いてみるといいわ。そうすればわかるから。あなたのことは彼に話してあるし、それに、すぐにあなたはわたしの義理のお姉さんになるんですもの」

「わかった」わたしは答えた。

マッティはわたしを連れて部屋を出ると、羽目板張りの壁にある秘密のドアを開けた。その先は狭い階段になっている。「秘密の部屋への近道よ」マッティが説明した。「このお城にはこういうものがたくさんあるの。子供の頃は、みんなでよくかくれんぼをしたものよ。ジークフリートは別だけれど。あの頃から彼は堅物だったの。足元に気をつけてね。とても狭いし、暗いから」

マッティは先に立って階段をあがっていく。わたしはそのあとを追った。石の床に足を乗せた次の瞬間、その床が傾いて、わたしは暗闇へと落ちていった。

30

地下牢の中。あまり快適ではない
一一月一九日　土曜日

わたしは半分滑り、半分転がりながらざらざらした石の傾斜を落ちていった。止まることも、落ちる速度を緩めることもできなかったから、硬い床に叩きつけられることを覚悟した。うさぎの穴を落ちていった不思議の国のアリスのイメージが脳裏をよぎる。新たな石の板にぶつかったと思う間もなく、そこが開いた。体が宙に浮き、だれかの腕がわたしを抱きとめようとする不思議な感覚のあと、思っていたよりも柔らかいなにかの上に落ち、それから石の床にぶつかってあとはなにもわからなくなった。

意識を取り戻すと、耳障りな音が聞こえてきた——この世のものとは思えない悲嘆の声。目を開けた。そこはほとんど光のない暗闇で、わたしは冷たい石の床に横たわっていた。丸くて白いものがわたしに覆いかぶさっている——青白く丸い顔がわたしを見つめ、大きく開けた口で身の毛がよだつような呪文を唱えている。やがてその言葉が聞き取れるようになった。

「ああ、大変、ああ、どうしよう、ああ、お嬢さん」

「クイーニー？」わたしは体を起こそうとしたが、世界がぐるぐる回転し、鋭い痛みに頭を貫かれた。

「すみません、お嬢さん。受け止めようとしたんですけど、落ちてくるのがあんまり速かったもんで。でも少しはましになったんじゃないかと思います」

「わたしはあなたの上に落ちたの？」

「そうです」

「まあ。あなたったらなんて勇敢なの。怪我はしなかった？」

「大丈夫です。あたしには肉がたっぷりついてますから。でもお嬢さんはすごい速さで飛んできたんで――」

「足元の床が突然なくなったら、だれでも勢いよく落ちるわ」

「わかってます。あたしもそうでした。でも運よくおけつから落ちたし――すいません、こんな言葉を使って――さっきも言ったとおり、肉がたっぷりついてますから。でも子供の頃、父さんにベルトで叩かれたときくらいには痛かったですけど」クイーニーが手を貸してくれ、わたしは体を起こして座った。「お嬢さんに会えて、ものすごくうれしいです。あたしを助けに来てくれるなんて、お嬢さんはやっぱり本当に素晴らしい人ですね。きっと来てくれるってわかってました」

「がっかりさせて悪いけれど、ここに閉じこめられてしまったのはわたしも同じよ。助けに来たわけじゃないの」

「ここはどこなんです？　なんだかすごく恐ろしいところですけど」

あたりを見まわした。丸い部屋だ。壁の床近くに小さな格子がひとつあって、そこからかすかな灰色の光が射しこんでいる。それ以外はすべてが石で、ドアらしきものはまったくない。

「冗談で言っていた土牢の中のようね」

「土牢？」

「招かれざる客を入れるところ。天井の落とし戸から出入りする牢屋よ」わたしは答えた。「古いお城にあるという話を聞いたことはあるけれど、見たのは初めて。特定の石板に足を乗せるとそこが開いて、地下牢に落ちる仕掛けよ。そこに落ちたら、二度とだれにも見つけられないの」

「そんなこと言わないでくださいよ、お嬢さん」クイーニーはわたしの袖を引っ張った。「だれかが見つけてくれますよね？」

「そう願うわ」だがそう言いながらも、ここの存在をいったいだれが知っているだろうとわたしは考えていた。ヴラドはここで育ち、このお城の隅々まで知っているのだから、マッティはもちろん彼から聞いたのだろう。だがほかにはだれが？　使用人？　ドラゴミール？　全員がお城を徹底的に捜索するものの結局見つけることができず、クイーニーとわたしが飢えて死んでいく恐ろしい光景が目に浮かんだ。望ましい死に方とは言えない。ジークフリート王子と結婚するほうがまだましだと思った――わたしがどれほど切羽詰まっていたか、これでわかってもらえると思う。

「心配ないわ」わたしは言った。「必ず外に出られるから。ところであなたはどうしてこんなところにいるの？」

「それが、よくわからないんです。厨房への近道みたいなところに入っていく男の人を見かけたんですよ。その人が羽目板の壁のドアを開けると、その奥が階段になっていたんです。その人がおりていったんで、あたしもあとをついていくことにしました。それで気がついたら、滑り台みたいなところを滑っていて、ここに落ちてきたっていうわけです」

「その男の人だけれど――どんな人だった？」

「よくわからないんです。黒い服を着てました。使用人が着るみたいな」

「髪は金髪？」

「ああ、そういえばそうです」

「それなら彼は、あなたがなにか目的があってあとをつけてきていると思ったのね。だからここに入れられてしまったのよ」

「あの人はだれなんです？　悪者ですか？」

「このあいだの夜、あなたが自分の部屋で見たという人よ。殺人犯かもしれないわ。ここから出たら、わたしたちは行動に気をつけないと」

「どうやって出るっていうんです？　ドアすらないのに」

「あら、入ったんですもの」わたしは内心とはうらはらに明るい声を出そうとした。「同じところから出られると思うわ。あなたが肩車してくれれば天井に届くから、あの石板を押し開けられるんじゃないかしら」

クイーニーはしゃがんでわたしを肩に乗せると、アーチを描く天井の一番高い部分の真下までじりじりと移動した。ここへの入り口となった石板は難なく見つかったが、枠にぴったりとはまっていて指を入れる隙間がない。なんとかこじ開けようとしたものの、爪が折れただけで終わった。

「だめだわ」わたしは言った。「おろしてちょうだい」

わたしはクイーニーの肩からおり、ふたりそろって床に座りこんで荒い息をつきながら、部屋の中を見まわした。

「あの壁の下に格子があるわ。わたしは細いから、あそこを通れるかもしれない」

「やめてください、お嬢さん。危ないに決まってます」クイーニーが言った。「ここでただじっと座って、だれかが見つけてくれるのを待っているわけにはいかないわ。お城中、あなたのことを探してもらったのよ。それでも見つけられなかったんだから、わたしたちが見つけてもらえる可能性はあまりないと思うの」

わたしは床に腹ばいになり、格子の向こうをのぞいた。あまり期待が持てるような眺めではない。三メートルほど向こうに、さらなる石の壁が見えるだけだ。格子を引っ張ったり押したりしてみたけれど、びくともしなかった。数百年もここにはまっていたのだから、簡単にはずれるとは思わないが、それでもやってみるほかはない。

「手伝ってちょうだい、クイーニー」

わたしたちはいっしょになって格子を引っ張ったが、格子の隙間が小さすぎて指を入れることができない。うしろを向いて蹴っ飛ばしたりもしてみたものの、効果はなかった。

「素手じゃだめだわ。わたしのペチコートはシルクなの。あなたのは綿？」

「綿のペチコートかってことですか？　そうです」

「脱いでちょうだい」

クイーニーは言われたとおりにペチコートを脱ぎ、わたしがそれを裂こうとするのを不思議そうな顔で眺めていた。歯と爪、クイーニーのヘアピンとわたしのブローチを駆使したあげく、わたしたちはようやくペチコートを裂いて数本の長い紐を作り、格子に結びつけた。

「わたしが合図をしたら、壁に両足を踏ん張って、ありったけの力で引っ張るのよ」わたしは言った。

わたしたちは引っ張った。唐突になにかが割れるような、砕けるような音が響いて、格子がはずれて宙を飛んだ。わたしたちは目と目を見交わし、満足げにうなずいた。

「でもあそこを通るのは無理です、お嬢さん。たぶん、つっかえます」

わたしも同じ意見だった。開口部は高さがせいぜい四〇センチ、幅は六〇センチほどしかない。

「幸いわたしは痩せているし、帽子職人から頭が小さいって言われたことがあるの」

「あたしが通れるなら、あたしが行くんですけど。でも爪先だって、通りそうにありません」

わたしは彼女を見つめ、心からの笑みを浮かべた。彼女はこの世で最悪のメイドかもしれないが、こんな絶望的な状況に陥っても騒ぎ立てることはしない。

「とにかくやってみるわ」わたしはそう言って、穴に頭を突っ込んだ。心躍る眺めとは言えなかった。そこは長い縦穴の底近くだった。下には氷があったから、井戸かもしれない。はるか頭上にはまた別の格子があるが、壁にあたるところに開口部は見当たらない。

「大声で叫んだら、だれかが気づいてくれるかもしれないわ」わたしは言った。「声を合わせて〝助けて〟って叫ぶのよ、クイーニー」

わたしたちは叫んだ。フランス語でも試してみた。だがなにも起こらない。

「縦穴の向こう側に鉄の梯子《はしご》らしいものが残っているわ。氷が割れさえしなければ、その上を渡って向こう側に行けるかもしれない」

「割れたらどうなるんです？」

「最悪の場合、濡れて凍えるわね。でもやってみる価値はある。足から出るわ」

わたしは床に腹ばいになり、穴に足を突っ込んだ。少しずつ後退していくと、やがて両脚が宙に浮き、腰のところで体が折れ、肩が穴の出口につっかえた。

「放してって言うまで、手をしっかりつかんでいて」クイーニーはその言葉どおり、わたしの手をつかんだ。わたしは両肩をすぼめ、頭を片側にかしげて穴を通り抜けた。氷はまだ六〇センチも下にある。

「手を放していいわ、クイーニー。ゆっくりおりてみる」

つるつる滑る石が計算外だった。ゆっくりどころか、勢いよく氷の上におり立つ結果になった。氷が不気味な音をたてる。わたしは即座に両手をついて、這いながら前進した。動くにつれ、氷は上下に揺れたが、なんとか向こう側にたどり着いた。古い梯子のステップに手をかけ、そこをのぼっていく。梯子は壊れていて滑りやすく、ひどい状態だった。ステップのひとつに体重をかけると壁からはずれ、からんという音をたてながら氷の上に落ちた。

「あなたならできる」自分に言い聞かせた。「家にいた頃は山をのぼっていたでしょう？あれと同じようなものよ」

永遠にも思える時間がすぎて、ようやく上までたどりついた。

「上まできたわ、クイーニー」わたしは声をかけた。「格子を開けてみる」

その格子をひと目見て、それが不可能であることを悟った。格子は中央にあって、わたしのいるところからでは手を伸ばさないと届かない。格子の端にはなんとか触れるが、その格好では力が入らない。わたしはこみあげる涙をこらえた。格子に積もった雪をできるかぎりどけて、外の様子をうかがおうとした。なんの変哲もない石の壁しか見えなかった。そこにあってほしいドアも窓も見当たらない。いつかはだれかがここまでやってくるだろう。問題は手が凍えて言うことをきかなくなるまで、どれくらいわたしがこうやって持ちこたえられるかということだ。

「助けて！」わたしはまた声をあげた。「助けて《オスクール》！」ドイツ語でも〝助けて〟と言えればよかったのに。このあたりはかつてハプスブルグ帝国の一部だったから、農民の多くがドイツ語を使う。

突然頭上から荒々しい息遣いが聞こえ、何者かが格子の隙間をのぞきこんだ。わたしは期待に満ちて顔をあげたが、そこにあったのは灰色の毛皮に覆われた長い鼻づらだった。この角度からでは、それが犬なのか狼なのかは判然としない。

「よしよし、いい子ね」わたしは言った。

その生き物は歯をむいてうなった。

「そうよ」わたしは不意に気づいた。「いいから吠えて。ワン、ワン」

雪をはじき飛ばすと、その生き物はあとずさった。わたしは無謀にも格子の隙間から指を突き出して、ひらひらと動かしてみせた。その生き物は怪しんでいるように首をかしげたが、吠えようとはしない。どうしようもなくなったわたしは、歌を歌い始めた。お気に入りの曲のひとつ〝ザ・スカイ・ボート・ソング〟だ。わたしは歌が決して得意ではなく、実家にいた頃、わたしの歌を聞いた犬たちに吠えられたことがある。

「大丈夫ですか、お嬢さん？」クイーニーが大声で訊いた。

「歌っているだけよ」わたしも叫び返す。「いっしょに歌って」

「その歌は知りません」

「それなら、なんでもいいから知っている歌を歌うの」

「お嬢さんといっしょにですか？」

「いいから歌って」

わたしたちは歌った。わたしは〝ザ・スカイ・ボート・ソング〟を歌い、彼女はおそらく〝イフ・ユー・ワー・ジ・オンリー・ガール・イン・ザ・ワールド〟を歌っていたのだと思う。耳をふさぎたくなるような歌だった。やがて犬が吠え始めた。わたしたちの歌が井戸に反響し、犬の鳴き声がその壁に反響する。

そのとき、犬を叱りつける人間の声が聞こえた。

「助けて！」わたしは叫んだ。「ここから出して」

視界の端のほうに顔が見えた。その女性は息を呑み、十字を切るとあとずさった。

「助けを呼んできて！」まず英語で、それからフランス語で言った。「イギリスの王女なの」

女性はいなくなり、犬もいなくなった。わたしは梯子につかまったまま、絶望感と闘っていた。彼女はわたしを悪霊かなにかだと思って逃げたに違いない。これから数年はこの場所に近寄らないようにするだろう。だがそのとき、天からの贈り物のような音が聞こえてきた――数人の話し声。恐怖に顔をこわばらせた男たちが、わたしをのぞきこむようにして立った。ひとりは古ぼけた散弾銃を持ち、ほかの男たちは棒を手にしている。

「お願い助けて」わたしは言った。「ドラゴミール伯爵を連れてきて。わたしはイギリスの王女なの」いささかの誇張があったが、その言葉がどの言語でも通じることはわかっていた。

彼らは声高に話し合っていたが、やがてひとりが金てこを持って戻ってきて格子をこじあけると、わたしを穴から引っ張りあげた。ドラゴミール伯爵が中庭に走り出てきたのはそのときだ。わたしを見てとると、その顔に恐怖とショックが浮かんだ。

「なんということだ《モン・デュー》。レディ・ジョージアナ。いったいなにがあったんです？」

「この城の有名な土牢に落ちたの」わたしは答えた。「メイドがまだそこにいるわ」

「だが土牢なんていうものは、ただの伝説です。これまでだれもそんなものを見たことはない」

「でも、あるのよ。わたしのメイドがまだ中にいるんだけれど、開口部は小さすぎて、彼女をそこから出すのは無理だわ。熱い紅茶かスープを彼女にあげてちょうだい。お城の中から、あそこに通じる入り口を探しましょう」

ドラゴミールはすでに大声で指示を出していた。

「すぐに出してあげるわ、クイーニー」わたしは呼びかけた。「いま助けが来るから。もう安心よ」

わたしの声は縦穴の中で妙な具合に反響したので、クイーニーに理解できたかどうか怪しいものだった。「レディ・ジョージアナ、こちらにどうぞ。冷えた体を温めなくては」ドラゴミールは離れ家のような建物のドアを開けながら言った。「熱いコーヒーと毛布があります」

「先にメイドを助けなければいけないわ。いますぐお城にわたしを連れて戻ってください」

「わかりました。仰せの通りに」ドラゴミールはわたしを連れて中庭をいくつか通り抜け、ドアをくぐり、階段をのぼってお城へと戻った。

「どうして土牢に落ちるようなことになったんですか？」ドラゴミールが尋ねた。

「マリア・テレサ王女といっしょだったの」わたしは答えた。「彼女が先に立って歩いていて……」

わたしがあの石板に足を乗せて土牢に落ちるように、彼女がわざとあそこに連れていったのだとは言えなかった。彼女とヴラドが共謀してニコラス王子の殺害を企てたのだと、わたしは確信していた。実際に手をくだしたのがどちらかはわからないが、ふたりのうちのどちらかが毒を入れたのだ。問題は、わたしたちがここにいるのは彼女の結婚式に参列するためだということだった。ふたつの王家の人々に大勢の有力者。外交上の問題が起きる可能性はおおいにある。ダーシーを見つけることさえできれば、どうすればいいかを教えてくれるだろうに。けれどいまはまずクイーニーを助けることが先決だった。

「土牢の場所を教えるわ」わたしはドラゴミールを従えて廊下を進み、目的の場所へとやってきた。羽目板張りの壁にあるはずのドアを探していると、うしろから足音が聞こえてきた。振り返ると、パトラスクのふたりの部下がわたしをねめつけていた。

「いっしょに来ていただきます」ひとりが下手なフランス語で言い、わたしの腕をつかんだ。

「ちょっと待って」わたしはその手を振りほどこうとした。「どこに連れていこうというの？いまはわたしのメイドを助けなくてはいけないのよ」

だが別の男がもう一方の腕をつかむと、わたしを引きずるようにしてかなりの速さで廊下を歩きだした。

「待ってったら。足を止めてわたしの言うことを聞いて」

わたしは叫んだが、無駄だった。三人目の男が先に立ち、ドアを開けた。そこには活人画のような光景があった。暖炉の片側には、ルーマニア国王とジークフリートが背もたれの高い椅子に座っている。ブルガリア国王とニコラスとアントンが反対側にいる。その前には警察官ふたりに両腕をつかまれたダーシーが立っていて、その横にパトラスクがいた。

31

ブラン城
一一月一九日　土曜日

男たちがわたしを部屋へと押しこむとその活人画は崩れ、全員が恐ろしいものを見るような目でわたしを眺めた。

「いったいこれはどういうことだ？」国王が立ちあがった。「レディ・ジョージアナ、なにがあったのだね？」

「彼女は明らかに逃亡しようとしていて、わたしの部下に捕まったのです」わたしが答えるより先に、パトラスクが言った。「これで容疑者ふたりを逮捕したことになります。事件は解決です。安心して結婚式を執り行ってください」

「なんの話をしているの？」わたしは訊いた。

ダーシーがよけいなことを言わないようにと目で合図を送ってきた。

「このばかな男は、ピリンが毒を盛られたことを陛下たちに話したんだ。のみならず、きみとぼくが金をもらって、彼を殺すためにここにやってきたと思いこんでいる」

「わたしほど経験と能力のある人間にとっては、それくらい見破るのは簡単なことです」パトラスクが言った。「ミスター・オマーラは狡猾にも、わたしが調べるより先に死体をここから持ち出した。証拠を消そうとしたのだと思いますね。レディ・ジョージアナは、彼女の部屋の衣装箱に毒の容器を隠していたことを認めていませんが、このわたしの目はごまかせない。わたしは疑問を抱きました。そもそもふたりはどうしてここにいるのだろう？　どうして彼女が結婚式に参列するのです？　イギリス王室の人間ではなくて？」

「わたしは王室の人間よ。国王の親戚だわ」

「だがイギリスの代表だというのに、どうしてただの親戚をよこすんです？　実の子供を来させることもできたのに」

「それはわたしが彼女を招待するよう娘に言ったからだ」いらだちがありありとわかる声でルーマニア国王が言った。「彼女を未来の花嫁として選んだことを息子から知らされ、彼女にわたしたちのことを知ってもらう機会を作ろうと考えたのだ。だからきみには、わたしたちに対するのと同じ程度の敬意を彼女にも払ってもらいたい。わかったかね？」

パトラスクはほんのわずかにお辞儀をした。「もちろんです、陛下。ですが、もし彼女が重要人物の殺人に関わっていたとしたら、ご子息はそんな女性と結婚する前に真実をお知りになりたいのではないでしょうか」

「わたしは関わってなどいません」

ジークフリートが近づいてきた。「ジョージアナ、彼らがきみを傷つけたのかね？　ひどい有様ではないか。出血している」

「この人たちのせいじゃありません。土牢に落ちたんです。ドラゴミール伯爵は信じてくれませんでしたけれど、このお城には本当に土牢があるんです。わたしのメイドはまだそこに閉じこめられています」

「この城に土牢が？　それはただの伝説にすぎない」

「本当にあるんです」わたしは言った。

「その土牢にどうして落ちるようなことになったのだ？」国王が尋ねた。

わたしはためらった。ここは外国で、わたしはその国の王女の関与をほのめかそうとしているのだ。だれも信じてくれなかったらどうする？　国王がパトラスクの言葉を鵜呑みにして、ダーシーとわたしが犯人だと思いこむ可能性は充分にあった。けれど、もしわたしが彼女の父親だったなら、真実が知りたい。そうじゃない？　ひょっとしたら、彼女が本当のことを打ち明ける気になるかもしれない。

「お嬢さまを呼んでいただけませんか、陛下？」わたしは頼んだ。「彼女がわたしの無実を証明してくれると思います」

「よろしい。わたしの私室に来るようにと、王女に伝えなさい」国王が命じると、パトラスクの部下のひとりが頭をさげ、部屋を出ていった。

「もしかしたらあなたは無実なのかもしれませんね、レディ・ジョージアナ」パトラスクが言った。「ひょっとしたらこちらのミスター・オマーラが、罪をかぶせるためにあなたの部屋に毒を隠してから、死体と共に逃げたのかもしれない。ミスター・オマーラについての噂はいろいろと聞いていています。冷酷な男で、金におおいに興味を持っていると。間違っていますかね？　カジノでスキャンダルを起こしたそうじゃないですか」

ダーシーは声をあげて笑った。「勝ちすぎて、カジノを追い出されたという話のことかい？　インチキをしていると思われたらしいが、実はとてつもなく運がよかっただけのことだ。アイルランドの女神のおかげだとは思わないか？　だが言っておくが、ぼくは誉れ高きアイルランド貴族の息子だ。金のために人を殺したりはしない。だが、ぼくを怒らせた相手に対しては……」ダーシーはパトラスクをにらみつけた。事態がこれほど深刻でなければ、わたしも笑っただろう。ダーシーはさほど心配しているようには見えなかった。

「それなら、なぜあなたはここにいるんです？　ほかの若者に話を聞きましたが、あなたはそれほどニコラス王子と親しくなかったそうじゃありませんか」

「学生時代、わたしたちはいい友人だった」ニコラスが怒ったように告げた。「それ以外のことは、きみには関係ない」

ニコラスは結婚式でなにかトラブルが起きることを予想していて、守ってもらうためにダーシーを招待したのかもしれないという考えが、不意に浮かんだ。

「彼はわたしが招待したからここにいるのだし、ピリン元帥の死になんら関わりがないことは断言できる。きみの言っていることはばかげている。きみがすべきは――」

そのときマッティが部屋に入ってきたので、彼は言葉を切った。彼女の顔には不安と当惑の入り混じった表情が浮かんでいたが、わたしを見ると安堵の笑みに変わった。

「ここにいたのね、ジョージー。どこに消えてしまったんだろうって心配していたの。探しまわったのよ」

わたしは笑みを返した。「あら、わたしがどこにいたのか、あなたはよく知っているはずでしょう？　あなたがあそこに落としたんだから」

「なんのこと？　わたしのあとをついてきているとばかり思っていたのに、階段をあがり切って振り返ったら、あなたはいなくなっていたのよ」

「そのとき、わたしは土牢に落ちていく途中だったのかもしれないわね」

マッティは引きつったような笑い声をあげた。「土牢？　そんなものここにはないわ。本当よ。子供の頃、わたしたちは散々探したんだもの。そうよね、ジークフリート？」

「それなら見せてあげるわ」わたしが言った。「わたしのメイドはまだ地下牢に閉じこめられたままなの。そろそろだれかが助けた頃かもしれないわ」

わたしは一行を引きつれて廊下を進み、ドアがあるはずの場所までやってきた。

「羽目板のどこにドアがあるのか、教えてもらえないかしら？」わたしはマッティに向かって言った。

マッティは肩をすくめると前に出て、壁の一部を押した。

「この奥には上にあがる階段があります。そのうちの石の床のどれかが傾いて、無防備な犠牲者を地下牢に落とす仕掛けになっているんです。どの段かはわかりません」

「でもわたしはここを何度となくあがったりおりたりしたわ」マッティが反論した。「わたしの部屋からメインフロアに行く近道なのよ」

「それなら、先に立ってのぼってもらえる？」

「もちろんよ」マッティは自信に満ちた足取りで階段に近づくと、最初の数段をのぼった。「ほらね？」彼女は振り返って微笑んだ。「ここにはなにもないわ。ただの階段よ」

「その仕掛けを動かすつまみだかレバーだかがあるに違いないわ」わたしは言った。「壁を探してみて。マリア王女はわたしの前にいたから――」

マッティが険しいまなざしをわたしに向けた。「ちょっと待って。まさかわたしがあなたを地下牢に閉じこめただなんて、考えていないでしょうね？　そのためにあなたをここに連れてきただなんて？」

「悪いけれど、まさにそのとおりのことを考えているの。マッティ、あなたは本当は、わたしをヴラドに紹介したくなかったんじゃない？　彼には隠れたままでいてほしかった」

「なんだと？」マッティの父親が大声をあげた。「ヴラディミール？　あの若造がここにいるのか？　この城に？　二度と会ってはならぬと言ったではないか」

「いいえ、お父さま。もちろんいません。いるはずがないじゃありませんか。ジョージアナがなにを言っているのか、わたしにはわかりません」

「ここに来なさい、マリア」国王が命じた。「おまえの顔がよく見えるように、明るいところに来なさい。おまえが嘘をついているときは、すぐにわかる」

「お父さま、お願いです。この人たちの前ではやめてください」マッティが階段をおりてきた。狭い廊下に無理やり並んでいたパトラスクの部下たちが、道を開けようとした。彼らが押し合ったり、ぶつかったりする中で階段の下の床にマッティが足を乗せたとたん、石板が傾いた。マッティが悲鳴をあげながら落ちかけたが、まわりから伸びた手が彼女をつかみ、無事に引きあげた。わたしたちはその場に立ちすくみ、足元の黒い空洞を見つめた。

「これで信じてくれるでしょう?」わたしは訊いた。「クイーニー? 聞こえる?」

「お嬢さんですか?」反響する声は、どこか遠くからのもののように聞こえた。「まだここにいます」

「すぐに出してあげるわ」わたしは大声で返事をした。

「陛下、いったい何事です?」ドラゴミール伯爵が姿を見せた。「本当に土牢があるのですか? 長年ここに住んでいるというのに! てっきり伝説だと思っていました」

「わたしのメイドがまだそこにいるのよ」

「申し訳ありません、レディ・ジョージアナ。いますぐ彼女を助け出します」

国王陛下が彼に向き直った。「訊きたいことがある、ドラゴミール。ヴラドがこの城にいることを知っていたか?」

「知りませんでした、陛下」ドラゴミールは腹立たしげに応じた。「ここには近づかないようにと、はっきり申し渡しました」

「隠れていることも考えられるから、城を捜索するのだ。手の空いている者すべてに探させるように。わかったか？」

「承知いたしました、陛下」ドラゴミールは抑揚のない声で答えた。「ですが、ヴラドは約束しましたし――」

「彼はここにはいないわ、お父さま」マッティが叫んだ。

「手の空いている者すべてだ」国王は轟《とどろ》くような声で告げた。「それからおまえは――」娘をにらみつける。「おまえの口から真実が聞きたい。いますぐわたしの書斎に来なさい。大勢の人間に聞こえるような場所で、こんな話をするわけにはいかない」

国王は娘を連れて書斎に向かった。わたしたちもあとに続いた。部屋に入り、ドアを閉めると、国王は冷ややかな声で切り出した。

「わたしが聞きたいのは真実だ、マリア。あの若造はこの城にいるのか？　おまえはまた彼と会っていたのか？」

「いいえ、お父さま。ジョージアナは誤解しているんです」

「わたしは彼を見ました」わたしは言った。「ごめんなさい、マッティ。これが殺人に関わることじゃなかったら、あなたの秘密を喋ったりしないわ。でも人が死んでいるのよ。それにあなたの夫になる人は、あなたが彼を殺そうとしたことを知る権利がある」

「なんですって？」マッティは金切り声をあげた。「そんなの嘘よ。ヴラドは優しい人だって言ったでしょう？　彼は人を殺したりなんてしない」

「それじゃあ、あなたはどうなの？　本当はニコラスと結婚したくなかった、ほかの人を愛しているのに彼との結婚を強いられたって、あなたは散々ほのめかしたわ」

「わたしがニコラスのグラスに毒を入れたと思っているの？」

「ちょっと待ってください」パトラスクがわたしたちのあいだに割って入った。「よくわからない。毒を盛られたのはブルガリアの陸軍元帥だ。わたしはそう聞いている。そうですよね？」

「あの毒はわたしを狙ったものだ」ニコラスが言った。マッティを見つめるその顔には、恐怖と信じられないといった表情が浮かんでいる。「ピリンは田舎者だった。テーブルマナーを知らなかったのだ。彼は手近にあったグラスを手に取ったが、それはわたしのグラスだった」ニコラスは首を振った。「とても信じられないよ、マリア。わたしとの結婚がそれほどいやだったのなら、どうして言ってくれなかった？　わたしはきみに不幸な人生を送ってもらいたくなどなかった」

「そうじゃないの、ニコラス」マッティは彼に近づき、そっと腕に手を置いた。「あなたをいやだなんて思ったことはないわ。あなたは優しくて素敵な人だし、あなたといっしょに人生を過ごせることをうれしく思うべきなのはわかっているの。ただわたしはほかの人を愛してしまった。わたしより身分が下で、結婚できない人を。でも決してあなたを殺そうなんてしていない。ヴラドもそうよ」

「それでは彼がここにいることを認めるのですね？」パトラスクが口をはさんだ。まるでお芝居を観ているようだ。

「いいわ、認めます。でも彼はわたしにさよならを言いに来ただけよ」

「彼はいまどこに？」

「いないわ。とっくに行ってしまったわ」

「雪に閉じこめられているのに、どうやって出ていくというんです？」

「スキーを持っていたのよ。あの男の人が毒を盛られる前にここを出ていったの」

わたしはマッティの言葉をいささかも信じなかったし、それはパトラスクも同じだった。

「あなたは彼を見たとおっしゃいましたね、レディ・ジョージアナ？」パトラスクはさっとわたしを振り返って尋ねた。「それはいつです？」

「ここに着いた最初の夜、彼は間違えてわたしの部屋に来たんです。マリア王女の部屋だと思っていたんでしょうね。それにほかにも晩餐会で彼を見かけた人がいます——亡くなったイギリス人女性、ミス・ディアハートです。夜中にあれこれと探っていたときに、階段から突き落とされたんだと考えていいと思いますわ」

「つまり殺されたのはひとりではなく、ふたりだということですか？」パトラスクが言った。

「イギリス人女性は自分で落ちたのかもしれない」ジークフリートが指摘した。

「だれかのあとをつけていたのでなければ、彼女があの階段をおりるはずがないわ。目撃した男の人を必ず見つけると言っていたもの」

「二番めの殺人にヴラドが無関係であることを証明できるわ」マッティが言った。「いいわ、正直に言います。彼はいなくなってなどいない。あの夜はひと晩中わたしといっしょにいたの。かたときもわたしのそばを離れなかったわ」マッティは挑むようにぐっと顔をあげた。

「マリア！」国王陛下はおののいた表情を見せた。「そのような恥ずべき行為を皆に告げるものではない。ヴァージンではないことを世間に告白したあとでも、ニコラスがおまえと結婚したがると思うのか？」

マッティはニコラスに目を向けた。「ごめんなさい、ニコラス。あなたに恥をかかせたり、こんな厄介な立場に追いこんだりするつもりはなかったの。でもわたしの愛している人が、犯してもいない罪を着せられるのを見過ごすわけにはいかない」

ニコラスはうなずいた。「きみの勇気を称賛するよ、マリア」

「そういうことなら、イギリス人女性が見たという男は、ミスター・オマーラだったかもしれませんね」パトラスクが再び言い募った。「見当違いのことをしているという説には、わたしは賛同できません。王女が怪しいと言いだしたのはレディ・ジョージアナなんですから。彼女は捜査の目を逸らそうとしているんだと思いますね」

「その点については、ぼくもマリア王女と同じようなアリバイがありますよ」ダーシーが言った。「気の毒なあの女性が階段から突き落とされたとき、ぼくはレディ・ジョージアナと同じベッドにいた」

全員の目が注がれて、当然のようにわたしは真っ赤になった。

「それは本当なのだね？」ジークフリートが訊いた。「否定しないのだね？」

「本当です。階下から悲鳴が聞こえたとき、ダーシーはわたしといっしょでした」

「だがもし全員にふたつめの殺人のアリバイがあるのなら、いったい犯人はだれなんだろう？」パトラスクが言った。「あなたがたのアリバイを疑いたいところだが、こちらの若い王女たちのうしろめたそうな顔を見れば、言っていることが事実だというのはわかる。犯人はまったく別の人物なんだろうか。いままで考えてもみなかった者なんだろうか」

だれかがうしろで咳払いをし、ドラゴミールが歩み出た。そのときまでわたしは彼が部屋にいることに気づかなかった。マントがこれみよがしにひらりと翻った。

「陛下、もう充分です。お嬢さまにこれ以上つらい目に遭っていただきたくはありません。わたしが殺人を犯したと認めればいいことです」

国王陛下が彼に近づいた。「おまえが？　ニコラスを殺そうとしたというのか？　なぜだ？なぜそんなことを？」

「理由はあります。ここはわたしの祖先の家で、わたしは祖先が受けた仕打ちに対する恨みを晴らしたのです」

背後のドアがさっと開き、冷たい風が吹きこんできた。

「ばかなことを言うなよ、父さん」部屋に入ってきたのは、これまで姿を見せることのなかったヴラドだった。明るいところで見る彼は肖像画よりも一段とハンサムだったが、その目には狂気じみた光が浮かんでいて、右手には銃が握られていた。

「父さん？　彼はおまえを父と呼んだのか？」国王陛下が訊いた。

「そのとおりです」ドラゴミールが答える。「彼はわたしの息子です。身分の違いのせいで彼の母親と結婚することはできませんでしたが、息子への義務は果たしてきました。学費を払い、パリで勉強させた。ひとりきりの子供を愛する当たり前の父親と同じように、彼を愛してきたのです」

「そしていま自分が高貴であることを披露して、してもいない罪をかぶろうとしているんだ」ヴラドが言った。「ぼくはニコラス王子を毒殺しようとした。食事が始まるときに、シアン化物を入れたゼラチンのカプセルを彼の赤ワインに入れたんだ。毒が効く頃には、ぼくはとっくにいなくなっているはずだった。愛した女性を彼に奪われるわけにはいかなかった。失敗したのが残念でたまらないよ。二度目は失敗しない」

「ヴラド！」マッティが彼に駆け寄った。「どうしてそんなことを？　信じていたのよ。愛していたのよ。一瞬たりとも疑ったりなんて……」

「きみのためだ、マリア。きみのためにやったんだ。愛してもいない男と無理に結婚してほしくなどなかった。きみが愛しているのはぼくなんだから」

「この話は終わったはずよ。家に対するわたしの義務はなによりも優先されるって言ったでしょう？　それはこれからも変わらない。銃をおろして。だれのことも撃ったりしないで」

「どくんだ、マリア」ヴラドは銃身で彼女を突いた。

「撃つならわたしを撃ってちょうだい」マッティは、毅然《きぜん》としたまなざしをヴラドに向けた。

「きみを撃つつもりなんてないことは、わかっているじゃないか」ヴラドの声は危険なほど高くなった。

「あなたにニコラスは撃たせない。ほかのだれのことも」

「どうしてきみはいつも、貴族みたいな態度を取るんだ?」

「貴族として生まれたからよ」マッティが答えた。

「ちきしょう」ヴラドが叫んだ。「だれもかれも地獄に落ちろ」

ヴラドはいきなりマッティの首をつかむと、自分のほうへと引き寄せた。「彼女は連れていく。ぼくがそう簡単にきみをあきらめるとでも思ったのか?」

「あなた、どうかしているわ。放して」首にまわされた彼の腕に力がこもり、マッティはあえいだ。

ニコラスがふたりに近づこうとした。

「さがれ」ヴラドが警告した。「ぼくは迷わず彼女を撃つぞ。失うものなど、もうなにもないんだ。そうだ、そうしよう。彼女を殺してぼくも死ぬ。あの世でいっしょになるんだ」

ヴラドはマッティを引きずりながらじりじりと後退し、閉じたドアへと近づいていく。うしろ向きのまま、銃を持った手でドアを開けようとしたまさにそのとき、いきなりドアが勢いよく開いて彼の側頭部に当たった。ヴラドがバランスを崩してよろめくと、ニコラスとアントンはその隙を逃さず飛びかかって彼を取り押さえ、パトラスクがマッティを彼から引き離した。床に押し倒されたヴラドはニコラスに両腕を背中にねじあげられ、悲鳴をあげた。

戸口には、ほこりまみれのひどい格好をしたクイーニーが当惑した様子で立っている。

「すいません、お嬢さん。だれかにぶつけるつもりじゃなかったんですけど。お嬢さんがここにいるって聞いたもんで。その人、大丈夫ですかね？」

「マリア王女は大丈夫よ。大事なのはそのことだわ」

32

一一月二四日
ようやく家に帰れる。待ちきれない

その後、奇妙な出来事はひとつしか起きなかった。あるいはふたつだったかもしれない。峠を越えられるようになるまで、ヴラドは古い地下牢のひとつに監禁された。だが二日後、それなりに雪が解けたときには、牢は空だった。マッティとドラゴミールは彼の逃亡に手を貸したりしていないと断言したし、事実、唯一の出口であるドアは常にだれかが見張っていた。わたしが知るかぎり、彼はそれっきり見つかっていない。ある夜わたしは、大きな翼がはばたくような音を窓の外に聞いて、目を覚ました。ベッドからおりて鎧戸を開けたときには、そこにはなにもなかった。

レディ・ミドルセックスはミス・ディアハートの遺体と共にイギリスへと戻っていった。まるで別人だった。風船から空気が抜けたかのように辛辣さや空威張りは影を潜め、すっかりおとなしくなって、わずかな親切にさえ感謝した。

マッティとニコラスは数日後に予定どおり、結婚式を挙げた。ニコラスの父親は式を延期しないことに決めたのだ。ピリン元帥の服喪期間は、葬式のあとに設けることとした。国をあげての大がかりな式になる予定で、それでマケドニアが納得してくれることを祈るばかりだ。あんなことがあったわけだからニコラスはとても理解があると思ったが、彼は本当にマッティのことが好きらしいし、それは彼女も同じだった。結婚式のドレスに着替えていると、マッティがわたしを脇に連れ出した。

「わたしたち、友だちに戻れるわよね？」

「もちろんよ」わたしは答えた。

「わたしがあなたを土牢に落としたとは、もう考えていないでしょう？」

「あなたも危うく落ちそうになったのを見たんですもの。あなたじゃないって信じるほかはないわ。きっとヴラドがどこかに隠れていて、あなたが通りすぎたあとでボタンを押したのね」

「出られなかったらって考えたら、ぞっとするわ」

「大丈夫よ。クイーニーを食べていたでしょうから」わたしはそう言って笑った。

「あら、気の毒に。彼女はとても勇敢だったわね。それにわたしを助けてくれた。そのつもりはなかったようだけれど」

わたしたちは黙りこんだ。

「本当は、ヴラドがひと晩中わたしといっしょだったとは断言できないの」マッティが言った。「こっそりベッドから抜け出して、あのイギリス人女性を階段から突き落とすことは充分にできたわ」

「それとも、彼の父親が彼を守るためにしたことなのかもしれない。いまとなっては、永遠の謎ね」

「自分がなにを考えていたのか、よくわからないわ」ややあってからマッティが口を開いた。

「わたしにはわかるわ。ヴラドはものすごくハンサムですもの」

マッティは悲しげに微笑んだ。「ええ。あなたもそう思うでしょう？　わたしはパリでひとりぼっちだったし、ロマンスを求めていた。そこに子供の頃の遊び相手だった彼が、素敵な男性になって現われたの。なにより彼はもう使用人の息子ではなくて、自信に満ちた社交家だった。わたしは世間知らずで内気で、あんな目で男の人に見られたのは初めてだった。狂おしいほど彼に夢中になったのも無理はないわ」マッティはわかってほしいと訴えるようなまなざしでわたしを見た。わたしはうなずいた。「でも気づくべきだった」マッティは言葉を継いだ。「彼はよく危険なことをしたわ。いちかばちかが好きだった。結局のところ、恐ろしい祖先の血を引いていたのね」

「あなたはきっとニコラスと幸せになれるわ」わたしは言った。

「彼はとても理解があるし、優しいわ」マッティが応じた。「もっと悲惨な結果になっていてもおかしくなかった。そういえば、あなたがわたしの義理のお姉さんにならなくなったことが、とても残念よ」

ジークフリートとわたしは話し合いをしていた。ダーシーとのふしだらな振る舞いのことを知った以上、わたしとの結婚は考えられないと彼は言った。わたしは真面目な表情を崩さないようにしながら、よくわかったと答え、お元気でと告げた。

「あなたはわたしの評判を徹底的に落としたっていうこと、わかっている？」その後わたしはダーシーに言った。

ダーシーはにやりとした。「きみはどちらがよかったんだい？　評判が落ちることと、ジークフリートと結婚することと？」

「だからあんなことを言ったのね？　わたしたちのどちらかがミス・ディアハートを殺したと疑われるかもしれないなんて、本当は考えていなかったんでしょう？　わたしがだれかほかの男の人と夜を過ごしたことを知ったら、ジークフリートは絶対にわたしと結婚しないってあなたはわかっていた」

「そんなところだ」ダーシーは認めた。「唯一の後悔は、その夜を眠って過ごしてしまったことだ」

「わたしは好きだったわ。あなたの隣で眠るのは、とても安心できた」

ダーシーはわたしの腰に腕をまわした。「ぼくも好きだったよ。だがだからといって、きみとロマンチックな夜を過ごすことをあきらめたわけじゃない。いつかもっとふさわしい場所で、ふさわしいときにね」

「きっとまた機会はあるわ」

結婚式は、王家のものにふさわしい壮麗さと格式をもって執り行われた。わたしは頭にティアラをつけ、パリのドレスの上に毛皮の裏打ちのあるこのうえなく美しいマントを羽織った。とてもよく似合って、わたしの母親すら感嘆したほどだった。

「これほど背が高くなければ、ハリウッドに行って女優になることを考えてもよかったわね。あなたの骨格はわたし譲りよ。とてもカメラ映えがするの」

お城のチャペルの身廊を並んで歩くわたしたちを、トランペットが出迎える。オルガンが鳴り響く。聖歌隊が歌う。王冠や勇ましい軍服で身を飾った参列者たちはまばゆいほどだ。ニコラスとマッティはお似合いだった。ひとつだけ気になったことがあった――マッティは太い真珠の首飾りをつけていたので、最後まで彼女の首をじっくり眺める機会がなかったのだ。ヴラドが本当にヴァンパイアだったのかどうか、わたしが知ることは永遠にないのだろう。だがこれだけは言える――家に帰れることが、わたしは心からうれしかった。

ドーバーの港に着岸した海峡連絡船の甲板の上で、クイーニーも同じことを言った。

「古きよきイギリスの海岸をもう一度見られて、こんなにうれしいことはありませんよ。そうじゃありませんか、お嬢さん？」

「ええ、本当にそうね、クイーニー」

ベリンダは南フランスの邸宅でハウスパーティーが開かれるという噂を聞きつけ、ニースに向けて旅立っていった。〝門の外で車が故障した〟という口実をもう一度使うつもりらしく、わたしにもいっしょに来てほしいと言った。

「考えてみてよ。太陽、おいしいお料理、素敵な男の人たち」

彼女の言葉に心が揺らいだが、結局断った。わたしは招待されてもいないパーティーに押しかけていくようなタイプではないし、クイーニーはいい加減外国に辟易《へきえき》していて、彼女を無事に家まで送り届けるのがわたしの義務のような気がしていたからだ。なにより、わたし自身がロンドンでの慣れた暮らしを恋しく思っていた。たとえそれが、ビンキーとフィグに顔を突き合わせることを意味していたとしても。少なくともあの家では自分がどこにいるかはわかるし、ふたりが真夜中に牙をむき出すこともない。それに、ベオグラードで片付けなければいけないちょっとした用事がすんだら、近いうちにロンドンに戻ってくるとダーシーが約束してくれた。

わたしはクイーニーのぽかんとした丸い顔を見た。ルーレットで勝ったおかげで、ポケットにはかなりの大金が入っている。食料品はビンキーとフィグが買うだろうから、しばらくならメイドを雇うことができる。こんなことを言ったら後悔するかもしれないと思いながら、わたしは大きく息を吸った。

「クイーニー、あなたをわたしのメイドとして雇おうと思うの。レディーズ・メイドとしての振る舞いを、あなたが学ぶつもりがあるならの話だけれど」

「本当ですか、お嬢さん？」クイーニーは大喜びだ。「あたしはよくやったってことですね？」

「いいえ、最初から最後まであなたは本当にひどいものだったわ。でも勇敢だったし、文句も言わなかった。なぜか、あなたのことが気に入ったのよ。すべて込みで、年額五〇ポンドなら出せるわ。たいした金額じゃないことはわかっているけれど……」

「やります、お嬢さん。このあたしが、貴族の家のレディーズ・メイドになるなんて。日帰りでフランスに行って、ひらひらしたガーターを買ってきたことを自慢している〈スリー・ベルズ〉のネリーに聞かせてやります。いったいどんな顔をすることやら」

「クイーニー、〝お嬢さん〟じゃなくて〝お嬢さま〟よ」

「わかってますって、お嬢さん」クイーニーは言った。

コージーブックス

英国王妃《えいこくおうひ》の事件《じけん》ファイル④

貧乏《びんぼう》お嬢《じょう》さま、吸血鬼《きゅうけつき》の城《しろ》へ

著者　リース・ボウエン
訳者　田辺千幸《たなべちゆき》

2015年4月20日　初版第1刷発行

発行人　成瀬雅人
発行所　株式会社　原書房
〒160-0022 東京都新宿区新宿1-25-13
電話・代表　03-3354-0685
振替・00150-6-151594
http://www.harashobo.co.jp
ブックデザイン　atmosphere ltd.
印刷所　中央精版印刷株式会社

落丁・乱丁本はお取り替えいたします。
定価は、カバーに表示してあります。
 ISBN978-4-562-06038-2 Printed in Japan